書下ろし

ソトゴト 暗黒回路

森詠

祥伝社文庫

目次

【本作の登場人物】

猪狩誠人 (いがりまさと) …………… 警視庁公安部 公安機動捜査隊 巡査部長

飯島舞衣 (いいじままい) …………… 警視庁公安部 警部補

大沼彦次郎 (おおぬまひこじろう) ………… 警視庁公安部 巡査部長

真崎武郎 (まざきたけろう) …………… 警察庁警備局 理事官 警視正

黒沢通雄 (くろさわみちお) …………… 警察庁警備局 管理官 警視

海原光義 (かいばらみつよし) …………… 警察庁警備局 班長 警部

山本麻里 (やまもとまり) …………… 誠人の同期 新潟県警から警察庁所属 現在FBI研修中

蓮見健司 (はすみけんじ) …………… 誠人の同期 新潟県警から警察庁刑事部所属

一色 卓 (いしきすぐる) …………… 神奈川県警警備部外事課 巡査

ショーン・ドイル …… ロンドン・ガゼット紙の特派員 MI6の諜報員

宇崎はいったんワイヤレスマイクを止め、茂原部長刑事に向いた。

「最寄りの駅は、京急三崎口《けいきゅうみさきぐち》駅だな。ここからの距離は？」

「およそ四キロです」

「車がなくても、十分に歩けるな」

宇崎はワイヤレスマイクをオンにした。

「マル対たちは、早朝のバスか徒歩で京急線三崎口駅に向かった可能性がある。駅の監視カメラ、県道横須賀三崎線沿線のコンビニやガソリンスタンドの防犯カメラ、監視カメラを押さえろ。早朝から開いているマックやめし屋、マル対が立ち寄りそうな店を聞き込め」

イヤフォンにつぎつぎに応答する声が入った。ノイズ混じりで聞き取りにくい。

「それから、三浦市立病院ほか、病院、医院、診療所にあたれ。昨夜から今朝にかけて、火傷《やけど》や怪我《けが》をした者が訪ねるか、運び込まれているかも知れない。以上」

宇崎はマイクを持ち直した。

「通信指令本部。こちら一課宇崎班長代理、緊急手配要請。現場から半径三十キロ圏内に不審車両、不審者の緊急手配願います」

『指令本部から、宇崎班長代理へ。了解した。三十キロ圏内に緊急手配する』

「海保《かいほ》（海上保安庁）にも手配要請願いたい。三崎港などから、昨夜から今朝にかけ、不審船が出入りしていないかをチェックされたい」

『本部了解。直ちに海保に三崎港などへ不審船の出入りがなかったかの調査を要請する』

宇崎は一息ついて現場の焼け跡を見た。

一台の覆面ＰＣが黄色いテープを張った阻止線を越えて、宇崎の前に入って来て止まった。ドアが開き、県警捜査一課長の誉田《ほんだ》警視が降り立った。運転席から急いで降りた巡査がコウモリ傘を広げ、誉田警視の上に掲げようとした。

「いい。刑事は傘を差さん」

誉田捜査一課長は巡査の傘を押し退けた。

「どうだ、班長代理、何か分かったか？」

「いえ、まだです。鑑識が済んでいないので」

「検視は終わったのだろう？」

「はい」

誉田は第二阻止線のテープの前に立って、現場の焼け跡を眺めた。邸の出入口だったところから、ちょうど二人が話しながら出て来た。鑑識課長の細野《ほその》警視と検視官の斎藤《さいとう》警視だった。二人は誉田捜査一課長が来ているのに気付いた。

誉田は雨に濡れながらいった。

「雨の中、二人ともお疲れさん」

「捜査一課長が直々《じきじき》にお出ましですか」

斎藤検視官はコウモリ傘を開いた。細野鑑識課長もコウモリ傘を差している。

「何か、新たに分かったことがあったかね」

「三人のマル害《ガイ》（被害者）は性別も分からぬくらいに、こんがりと焼かれていた。おそらく、三体とも殺された上に、さらにガソリンをかけられて焼かれた様子でした」

「身元が分からないようにするためかな」

「おそらく」

「ほかには？」

細野鑑識課長がいった。

「地下の金庫が破られていた。おそらく襲撃犯たちは金庫の中のカネや何かを強奪《ごうだつ》したのでしょうな」

「ほかに気付いたことは？」

「地下室が少し焼け残っていたのだが、そこには中国製の高性能な無線機の残骸《ざんがい》があった」

誉田捜査一課長は、傍らの宇崎警部補と顔を見合わせた。

「これは厄介《やっかい》な事案になりそうだな」

3

新宿《しんじゅく》の街は、降りしきる雨の中にくすんでいた。秋の終わりを告げる氷雨《ひさめ》だった。

駅のホームにも風に乗った雨が吹き込んでいた。電車が風雨を捲《ま》いてホームに走り込んで来た。停車すると車輛のドアが開き、一斉に大勢の乗客が吐き出される。入れ替わりに、今度はホームで待っていた乗客たちが雪崩《なだれ》を打ったように電車に乗り込んで行く。発車のチャイムが鳴り、扉が閉まると、電車はゆっくりと走り出す。

ホームには再び乗客の列が並び出し、続いて次の電車がホームに進入して来る。そのくりかえしだ。

猪狩誠人《いがりまさと》は、キオスクの売店の陰に立ち、吹き寄せる雨を避けていた。行き交う乗降客たちはほぼ全員が、マスクをかけている。新型コロナウイルス感染予防のためだ。そのため以前にも増して、見当たり捜査がしづらくなっていた。

右耳に填《は》めたワイヤレスイヤフォンから、マル対《タイ》（捜査対象者）が乗った電車が原宿《はらじゅく》駅を出たと告げた。次の停車駅は代々木だ。そして、新宿駅に入って来る。

マル対は五両目の車輌に乗り、出入口付近に立っている。人着《にんちゃく》（人相着衣）は、黒のソフト帽に、ネイビーブルーのアクアスキュータムのコートを羽織っている。背丈は185センチメートル強。ロシア人だ。黒縁眼鏡《くろぶちめがね》をかけ、口髭《ひげ》を蓄《たくわ》えている。ワシ鼻をしている。マスクをつけているので、ワシ鼻や口髭は目印にならない。ネクタイは鼠色《ねずみ》に緑の斜線入り。コートの下のスーツの色などは不明。

轟音《ごうおん》を上げて着いたばかりの電車から、また大量の客が吐き出された。まだ、マル対の電車ではない。だが、無意識に人波に目を流す。白いマスクがほとんどだが、黒いマスクや手作りのカラフルなマスクなど、色とりどり、形もさまざまなので、指名手配者やマル被《ヒ》（被疑者）を探すのは容易ではない。

ふと目の前を通り過ぎる若い女性たちの一人に目が吸い寄せられた。

似ている。マスクをつけているので、顔こそ見ることは出来ないが、マスクでかえって強調された黒目がちの眸《ひとみ》、きりっと両側に釣り上がった形のいい眉《まゆ》。髪は短く刈り上げ、赤いベレー帽を斜めに被っている。身長といい、怒り肩といい、モデルのような颯爽《さっそう》とした歩く姿といい、山本麻里《やまもとまり》によく似ている。

女性は猪狩の視線を感じて、一瞬だが、猪狩の方を見た。だが、女はすっと目を外し、隣の女友達と何事か話しながら歩み去って行く。

麻里のはずはないよな、と猪狩は苦笑いした。

山本麻里は、猪狩誠人同様、新潟県警本部から警察庁に出向している同期の女性警察官だ。麻里は将来の県警本部の幹部警察官となるべく準キャリア試験もパスしている。同期では、親友の蓮見健司《はすみけんじ》も準キャリア試験にパスして警察庁に出向している。二人とも警部補の昇級試験もパスしているので、まだ巡査部長の猪狩より階級が上になる。

猪狩は昇級試験の勉強をろくにしていないので、今年は受験を諦めた。現場の捜査が忙しく、勉強する時間がないのだから、仕方がない。

麻里は帰国子女ということもあり、英語はネイティブのように話す。一流大学の学士号を取っていることもあって、警察庁幹部から特別に命じられ、アメリカにFBI研修のため留学していた。まだ渡米して半年も経っていない。一年の予定だから、研修を修了して帰国するのは来年の春以降になる。

もっともアメリカは世界で最も新型コロナウイルスの感染が拡大しているので、麻里が受けている研修も一時中断している。今後の感染状況によっては、さらに何ヵ月か研修期間が延びるかも知れないと、先日メールでいって来たばかりだった。

麻里は渡米したばかりのころは、ほぼ毎日のように電話やメールを寄越《よこ》したが、月日が経つに連れ、次第に電話もメールも来なくなった。それでも、コロナ自粛で研修施設の寮に閉じ籠もっているころは、退屈を紛《まぎ》らわすためか、しばしばテレビ電話が来たが、やがてそれも週一回程度になり、いまでは月一回ほどになった。最近では、実地訓練の研修になったとかで忙しくなったらしく、こちらも仕事が厳しくなったこともあり、互いにほとんど連絡も取らなくなってしまった。

去る者は日々に疎《うと》しなのか、と猪狩は思うのだった。

『……せよ』

構内アナウンスが次の電車が進入して来たのを告げた。耳のイヤフォンも何か喚《わめ》いている。電車の轟音と雑踏《ざっとう》の騒《ざわ》めきで、イヤフォンの言葉が摑めない。耳に手をやり、イヤフォンを耳の奥に押し込んだ。少しは指示が聞き取り易くなる。

『……の電車が到着。スタンバイ』

「了解」

猪狩はジャケットの襟《えり》元に付けたワイヤレスマイクに返事をした。

電車が雨飛沫《しぶき》を撥《は》ね上げてホームに突進して来た。

マル対は山手線外回り電車五両目の一番先頭寄りの出入口付近に立っている。もし、マル対が新宿で降りた場合は、直近の猪狩が追尾しなければならない。万が一、マル対を見付けることが出来なかったら、諦めて動かず、次の指示を待つ。きっと班員の誰かが、マル対追尾を続行する。

電車は到着すると、扉を開け、乗客を吐き出した。ホームで待っていた人たちを押し分けるように流れ出る。

耳から指を離し、さりげなく目を流して、目の前を通り過ぎる人の波を見当たりしていた。

猪狩はキオスクの売店の陰から窺《うかが》った。マル対の顔写真や歩く動画写真をいやというほど見た。

いた。見付けた。

黒いソフト帽に、ネイビーブルーのアクアスキュータムのコート姿の上背のある大柄な男が歩いて来る。マスクをつけているので、やはり顔は見えない。だが、マル対がいくら鬘《かつら》を被ったり、髯や髭を生《は》やして変装しても、耳たぶの造作《ぞうさく》や耳の穴の形までは変えられない。歩く姿勢や歩き方も、容易には変えることが出来ない。

「5から本部。マル対視認。追尾する」

ジャケットの襟元に付けたワイヤレスマイクにそっと囁いた。

『本部了解。ヅかれるな。1、2、3は、いずれも、車中でヅかれて、失尾。4と5で追尾せよ』

「5、了解」

猪狩は静かに応えた。どこかで4号がマル対を追尾している。

マル対は人込みに紛れて、足取りも軽く階段を下りていく。猪狩は、マル対の仲間やウシロ（背後支援者）に注意しながら、およそ十メートルほど間隔を空け、マル対の斜め後ろに付いた。

マル対は前を見ているからといって、マル対の後頭部を見るのは厳禁だった。誰しも、襟首や後頭部に人の視線があたると、本能的に見られていると感じるものだ。猪狩はマル対をぼんやりと目の端で捉え、動きを予想しながら、尾行して行く。

マル対は特段後ろを気にするでもなく、ゆっくりした足取りで、東口の自動改札口へ歩んで行く。マル対はスマホを改札口にかざして通過した。猪狩もスイカが入った定期入れを出し、タッチして改札口から出た。

新宿駅ステーションビル内の地下商店街は、大勢の通行人で賑《にぎ》わっていた。マル対は改札口を出るとポケットからスマホを出し、耳にあてた。誰かと話をしながら、ブティックやおしゃれな洋品店が並ぶ通路を抜けて行く。

歩いているうちに、緩衝《かんしょう》にしていた人々が、一人抜け、二人外れして行く。次第にマル対との距離が詰まった。終《しま》いには、マル対の直後を歩く格好になってしまった。

猪狩は歩みを止め、ケータイを取り出して耳にあてた。誰かと話をしている振りをしながら、マル対を先に行かせ、何人かの通行人を間に挟んだ。マル対は歩きスマホをしながら、地下アーケードを歩いて行く。

猪狩は公安捜査講習で叩き込まれた追尾原則を思い浮かべた。

マル対の直後につくな。気になっても、絶対にマル対に視線を向けるな。

相手の様子を見る場合は、ショーウィンドウや窓ガラスに映った姿を間接的に見ろ。

ヅかれる（気付かれる）と思ったら、脱尾し、別の要員に任せろ。無理をして、マル対に警戒され、こちらの人着を憶《おぼ》えられるのは避けろ。

万が一、見失っても、あたりをきょろきょろするな。相手が尾行点検をはじめたら、相手の視界から逃げろ。

常に相手の先の行動を予測して行動しろ。

マル対の男はスマホを仕舞い、地下鉄新宿三丁目駅の改札口の前を通り過ぎた。

マル対との距離は、およそ三十メートルに拡がっていた。突然にマル対は、アーケードの中で立ち止まった。あたりをきょろきょろと見回し、通行人に鋭《するど》く目配りしはじめた。

尾行者はいないか、点検をしている。

猪狩は前を歩くサラリーマンたちの歩調に合わせ、同僚の振りをしながら、マル対の前を通り越した。マル対は、じろりと猪狩に目をやり、一緒に歩くサラリーマンたちを見たが、すぐに後から来る通行人たちに目を移した。

猪狩はマル対を追い抜き、サラリーマンたちに混じって歩き続けた。背後を振り返りたかったが、堪《こら》えた。全神経を後ろのマル対に向け、気配を感じ取ろうとした。

はっとした。後頭部に刺すような視線を感じた。マル対がこちらを見ている。猪狩は咄《とっ》嗟《さ》に隣を歩くサラリーマンの青年に、親しげな振りをして話し掛けた。

「ケータイ、鳴ってるよ」

「あ、はい」

青年は慌てて内ポケットに手を入れ、ケータイを取り出した。前を行く同僚たちが振り向き、青年にいった。

「おい、彼女からか?」

「お安くないな」

「あれ、変だな。着信記録がない」

青年はケータイのディスプレイを操作し、通話ボタンを押した。ケータイを耳にあてる。

「もしもし、電話くれた？」

「今夜は、おれたちに付き合うことになっててんじゃねえのか」

同僚が青年をどやした。猪狩はするりとサラリーマンたちの脇を抜け、ちらりと振り向いた。マル対は猪狩たちに興味を失った様子で、左右に目をやりながら、足を止めた。猪狩はサラリーマンたちの前に出て、サラリーマンたちを待つ振りをし、マル対の動きを目で追った。

きっとマル対は尾行者を特定するため、いったん新宿駅の方に戻る。猪狩はそう読んだ。マル対はくるりと向きを変え、いま来たアーケードを戻りだした。尾行者がいれば慌てて不自然な動きを取る。それを見極めようというのだ。

猪狩は知らぬ顔をし、歩調を緩めず、サラリーマンたちに隠れて先に進んだ。きっと、マル対は再度、向きを変え、こちらに来る。勝負は五分五分。来なければ、失尾したと諦め、本部に報告する。

左手に伊勢丹《いせたん》百貨店に上がる通路の階段が見えた。サラリーマンたちは談笑しながら、先を急いでいた。猪狩はそっと彼らと別れ、伊勢丹百貨店の通路に折れた。階段の下で壁に身を寄せた。スマホを取り出した。撮影モードを自撮りにし、壁からそっと覗《のぞ》かせた。

アーケードを大勢の通行人がやって来る。

待った。通り掛かる女子高生たちが、不審の目で猪狩を見、こそこそ話しながら通り過ぎて行く。彼女たちからすると、怪しいおじさんに見えるのだろうな、と猪狩は苦笑した。

案の定、人波に紛れて、マル対がやって来るのが見えた。猪狩はさっとスマホを仕舞い、階段を上った。上がりながら、もし、自分がマル対だったら、どうするか、を考えた。

マル対はきっと尾行を恐れ、次は百貨店の買い物客の人込みを使うはずだ。百貨店を利用するのは、プロの常套《じょうとう》手段だった。

百貨店には、いくつも出入口があり、いったん店内に入ったら、買い物客に紛れ、尾行者を撒《ま》きながら、どこからでも抜け出すことが出来る。

アーケードから百貨店に入る通路は、この階段しかない。マル対が尾行を気にしているなら、きっとこの通路から百貨店に入る。猪狩は、そう読み、階段を上がって、出入口のガラスのドアを押し開けて入った。

一階の化粧品売場や宝飾品売場に出た。猪狩は宝飾品売場のショーケースの間をぶらつきながら、それとなく地下アーケードへの出入口を目の端で窺った。

マル対の姿が出入口のガラスドアを押し開けた。マル対は周囲を点検し、エスカレーターに向かった。マル対の視線を首筋に感じた。

宝飾品コーナーには、男の客は猪狩だけだった。ほかに夫婦連れや二人連れの女性たちが何組かいたが、猪狩はマル対から疑念を持たれたと確信した。

「きみ、これ見せてくれないか」

猪狩は若い女店員にショーケースの金のネックレスを指差した。女店員がショーケースの裏側に屈み込んだ。猪狩はショーケースに両手を広げて、展示してある宝飾品を眺めた。ショーケースに映ったマル対の姿がエスカレーターで上の階に向かっていく。マル対は、上がりながら、まだ猪狩を見ていた。

「これですね」

若い女店員が金のネックレスとケースを猪狩の前に出した。猪狩は女店員にいった。

「すまないが、ちょっとマスクを外して、首にあててくれないか。きみは、ぼくの彼女によく似ているんだ」

「は、はい……」

若い女店員はマスクを外し、恥じらうように笑いながら、ネックレスを首にあてた。丸顔の可愛い女性だった。麻里の首に付けたらよく似合うだろうな、と猪狩は思った。ショーケースに映っていたマル対の姿は消えていた。

「それ、頂こう」

猪狩は財布からＶＩＳＡカードを出した。値段は少々高かったが、麻里の誕生日祝いに買っておこうと思った。こうした機会でないと、デパートの宝飾品など見て回ることはない。

同時に、もし、マル対が猪狩を気にしてチェックしていたら、本物の客だと思い込むはずだ。

女店員はマスクをつけ直しながらいった。

「プレゼントですね」

「そう。誕生日のお祝い。赤いリボンを付けてほしい」

「少々お待ちください」

女店員はネックレスをケースに仕舞い、カードや伝票を手に小走りでレジに向かった。

猪狩は女店員を見送り、さりげなく階上に目をやった。二階の売場の仕切りパネルにアクアスキュータムのコートが身を隠すのが見えた。猪狩は襟元のマイクに囁いた。

「５から本部へ。マル対は二階売場に上がった」

『本部了解。ヅかれぬよう追尾を続行せよ』

「了解」

4号はどこにいるのか分からなかったが、きっと近くにいるのだろう。まだマル対に気付かれてはいないが、警戒されているのは間違いない。これ以上マル対に接近したり、マル対の視界に入るのは危険だった。

「お待たせいたしました。これでよろしいでしょうか」

女店員が赤いリボンをかけた小箱を猪狩に見せた。

「ありがとう」

猪狩は女店員にうなずいた。また首筋に強い刺すような視線を感じた。誰かが見ている。マル対にウシロが付いていたというのか?

猪狩は少し不安になった。本部からはマル対のことしか聞いていない。敵も用心して、ウシロの防衛要員を付けていたとすれば、こちらもそれ相応の用心はしなければならない。

「お買い上げ、ありがとうございました」

女店員は笑顔を見せ、赤いリボンの小箱を入れた紙の手提げバッグを猪狩に手渡した。併《あわ》せて、カードとレシートをプラスチックの皿に載せ、猪狩に差し出した。

猪狩はカードやレシートを財布に仕舞い、手提げバッグを手に宝飾品売場を離れた。

マル対はいつまでも店内にいるわけがない。伊勢丹百貨店の地上一階の出入口は、新宿通りに面して二ヶ所、明治《めいじ》通りに面して三ヶ所、北面の別館側に一ヶ所、西側の裏路地に抜ける出入口の計七ヶ所だ。北面の別館側の出入口は従業員や商品の搬入口なので、一般の客は通れない。

マル対は新宿通りの地下アーケードから百貨店に入った。だから、入った口に戻ることはない、と猪狩は読んだ。マル対がどこに行こうとしているか。どこかで相手が待っているのだろう。

外は雨が降り続いていた。マル対は傘を持っていなかった。恐らく、百貨店の界隈《かいわい》にある喫茶店かレストラン、パブで相手は待っている。

二丁目、三丁目の店だったら、アーケードをそのまま行って三丁目の交差点を越えているはずだ。ということは、明治通り側の出入口ではない。マル対は靖国《やすくに》通りに出ようとしている、と推理した。そうなれば、西側の裏路地に抜ける出入口を出る。

猪狩は、化粧品売場を抜け、裏路地への出入口に出た。そこには花屋の店舗があった。

花屋では、何人かの女性客が女店員と季節の花の話をしていた。猪狩は、彼女たちの陰に隠れ、花を選ぶ振りをして佇《たたず》んだ。

「お客様、どんなお花をお求めですか？」

女店員が気を利かせて、猪狩に尋ねた。

「いま、考えているところだ。後で、決めたら頼みます」

「はい。どうぞ、ごゆっくり」

　女店員はほかの客に向かって声をかけ、相談に乗り出した。

『本部から、5。いま、どこにいる？』

「百貨店の出入口で、張り込み中」

『マル対は？』

「まだ現われない」

　猪狩は花瓶《かびん》から赤い薔薇《ばら》を一本抜き取り、薫《かお》りを嗅《か》いだ。その時、出口から出てくる人波の中に黒いソフト帽が見えた。マル対は出入口に立ち、真っ直ぐに猪狩を見つめた。

　マル対が見ている。猪狩は赤い薔薇を女店員に差し出した。

「これ、ください」

「一本だけでいいんですか？」

「ええ」

　猪狩はマル対を見ないようにしながら、財布を取り出した。女店員は一本の薔薇の茎《くき》を綺麗《きれい》な包装紙で包んだ。礼をいい、お金を払った。

　黒のソフト帽は、降りしきる雨の中を駆けていく。猪狩は急いで店の外に出ようとした。

　女店員が猪狩の腕に触れた。

「お忘れものですよ」

　女店員が手提げバッグと薔薇の包みを差し出した。

「あ、いけね」

「お客様、いまは土砂降りですよ。せっかくのプレゼントが台無しになります」

　マル対は斜め向かいのビルに走り込んだ。

「傘は？」

「持っていない」

　刑事は傘をささない、という警句が頭を過《よぎ》った。刑事は、常在戦場《じようざいせんじよう》、いついかなる時にも、両手を使えるようにしていなければならない。凶悪犯罪者が不意《ふい》を突くかも知れない。それに常時備えておく。それが刑事の心得だった。

　女店員は笑いながら猪狩にビニール傘を押しつけた。

「じゃあ、これをどうぞ」

「いや、おれは……」猪狩は迷った。

　逆をいえば雨の中、傘も差さないで付いて来るのは刑事ということでもある。

「差しあげます。お客様が置いていったものですから」

「ありがとう」

猪狩は礼をいい、ビニール傘を開き、雨が煙《けむ》る路地に走り出た。マル対が消えた斜め向かいのビルに駆け込んだ。出入口のガラス戸は開けたままになっていた。通路にはマル対の姿はなかった。

通路を出ると靖国通りになる。猪狩は傘を半ばすぼめ、靖国通りの舗道に出た。また傘を差し、左右に目をやった。向かい側に渡るには、右手の明治通りとの交差点の横断歩道か、左手の横断歩道を使うしかない。だが、どちらも赤信号で、何人もの人が立ち止まっている。黒いソフト帽はない。まだ渡っていない。

猪狩はビルの通路を振り向いた。通路の右側に純喫茶マドンナの看板があった。舗道に面したガラス窓越しに、喫茶店の店内が見えた。

まずい。マル対が窓越しに見ているかも知れない。猪狩は急いで通路に戻った。傘を折り畳み、喫茶店のガラスドアの前に立った。自動ドアが開き、店内から一組のカップルが出て来た。入れ替わって猪狩が店内に入ろうとした。

カップルの女が猪狩の体を手で止めて囁いた。

「マサト、ミッション終了」

飯島舞衣《いいじまま い》警部補だった。連れの男は、剛毅《ごうき》こと井出《いで》剛毅巡査長だった。

「主任たちは、どうしてここに」

猪狩は驚いた。飯島舞衣は悪戯《いたずら》っぽく大きな眸の片方を瞑《つむ》った。

「あなたの視察に来たの」

「俺の？」

「マサト、いいから来て」

飯島は猪狩の腕を摑み、通路に連れ出した。

「でも、マル対を探さないと」

猪狩は店内をガラス戸越しに見た。席に黒のソフト帽は見当たらない。剛毅が不機嫌そうな顔でいった。

「籠抜《かごぬ》けしたよ」

「籠抜け！　しまった」

猪狩は店にもう一つ出入口があるのに気付かなかった。マル対は喫茶店内に入ると、そのまま店内を抜けて、反対側の出口から出て行ったのだ。尾行された時、相手を撒くのによく使う常套手段だ。

「主任、マル対の後を追わないでいいんですか」

「いいの。これは演習だから」

演習だって？　そんなことは聞いていない。マル対はロシア大使館のアタッシェで、裏の顔は諜報部員といわれた。誰に接触するのかを、尾行して突き止めよ、というミッションだった。

「あとは別の班が引き継いだ。あなたは、ここで脱尾していいの。さ、行きましょう」

「どこへ？」

「班長が待っているの。いいから、傘」

飯島は猪狩にビニール傘を差せと促した。

猪狩はプレゼントの箱を入れた手提げバッグを丸めて、コートのポケットに押し込んだ。

薔薇をどうしようか、と迷った。

「わたしが預かっておくわ」

飯島は猪狩の手から薔薇を受け取り、顔を寄せた。

猪狩はビニール傘を開いて差した。

「刑事が傘を差すなんてよ。みっともねえ」

剛毅が呆《あき》れた声を上げた。

「いいじゃないの。これも偽装だと思えば」

飯島が猪狩を弁護した。

「主任、俺、先に行ってるわ」

剛毅は吐き捨て、雨が降りしきる路地を駆けて行った。

「刑事だって、雨の時は普通に傘を使っていいじゃないのねえ。捜査中というわけじゃないんだから」

「はい」

「さ、行きましょ」

飯島は猪狩の右腕にコートの左腕を絡め、雨に踏み出した。飯島は赤いヒールを履いていた。

4

飯島に腕を取られ、土砂降りの雨の中、連れて行かれた先は新宿御苑《ぎょえん》通りに面して建っている高層マンションだった。玄関先は、まるで高級ホテルのエントランスのように広くて天井も高く、壁や床は御影石《みかげいし》造りになっていた。

猪狩の問いに、飯島は黙ってと唇に人差し指を立てた。

「ここは？」

「セイフハウスの一つ」

エントランスは二重の扉になっていた。最初のガラス張りの扉は手動だったが、風除室を抜け、その先にあったオーク材の大きな扉はオートロック式だった。暗証番号をパネルに打ち込むか、インターフォンで居住者に連絡を取り、開けてもらうしかない。

飯島は扉の前に立ち、戸口の上の防犯カメラに親指を立てた。慣れた仕草《しぐさ》で、左手をパネルにあて、軽く暗証番号を打ち込んだ。

扉が開くと広いホールが目の前に広がった。飯島はホールの奥に並んだエレベーターに向かってつかつかと歩いた。

ホールの中のソファセットには訪問客たちに応対するマンションの住人の姿があった。どこからか、かすかに川のせせらぎや鳥の囀《さえず》りが流れていた。

四基並んだエレベーターの一つの扉が開いた。スーツ姿の男が二人、エレベーターの箱から降りた。入れ替わって、飯島と猪狩が箱に乗り込んだ。

飯島はさりげなく七階のボタンを押した。扉が閉まった。エレベーターは音もなく上がって行く。

「上で真崎《まざき》理事官がお待ちになっている」

猪狩はやや不安になった。真崎理事官から呼び出されるのは、何か理由があるからだ。

「あなたのテストの結果が分かる」

「え、テスト?」

「さっきの追尾はテストだったの」

「なんだ。じゃあ、マル対もダミーだったのか」

「いえ、マル対は本物。ロシア通商代表部の要員マルコフ。本物のスパイよ。本番であなたを試したの。あなたは新顔だったから、マルコフは気付くまいということでね」

「結果は?」

「さあ。私は分からない」

「そのテストに合格すれば、どうなるんです?」

「真崎チームに正式に入れてくれる」

「不合格だったら?」

「新潟県警に戻りね。残念だけど」

テストならテストといってくれればいいのに。だが、何をテストしたというのだろうか?　追尾の途中に、何か仕掛けられていたのか?

そういえば、新宿駅のホームで待機していた時、やけにこちらに視線を向けてくる男がいたが、もしや密かに逆視察されていたというのか？

いまさら、不合格になって新潟県警に戻りたくない。戻れば、地方に飛ばされ、交番か駐在所勤務にさせられる。よくても県警本部警備部でのデスクワークだ。

まあ、都会で忙しく毎日を過ごすよりも、自然豊かな田舎《いなか》に戻り、晴耕雨読《せいこううどく》も悪くない。海釣りをしたり、野菜を作ったりしてのんびりと暮らす。それもいいか、と猪狩は腹を括った。

エレベーターは音もなく七階に止まった。静かに扉が開き、廊下に出た。廊下は人気《ひとけ》なく静まり返っていた。左右に、いくつものドアがあった。

飯島は黙って先に歩き出した。猪狩は飯島の後について歩いた。

二つ目のドアの前に立った。飯島はドアをノックした。入り口の上の監視カメラが猪狩たちを睨《にら》んでいた。

ブザーが鳴り、ドアのロックがかちりと外れる音がした。飯島はカメラに向かってにっこりと笑い、ドアを押し開けて部屋に入った。

ベランダの窓ガラスが雨に濡れていた。カーテンの隙間から新宿御苑の樹木の梢《こずえ》が見えた。

広い応接間だった。机を挟んで、三人の男たちが話し込んでいた。

真崎理事官と黒沢《くろさわ》管理官、海原《かいばら》班長だった。

「連れて参りました」

飯島の声に真崎理事官たちは話を止めた。

「おう。ご苦労さん」

猪狩と飯島は揃ってコートを脱いだ。部屋の隅にあるコート掛けに行き、脱いだコートをフックに掛けた。

正面のマホガニー材の大机の向こうで、真崎理事官がゆったりと肘掛け椅子に座っていた。机の上で両手の指を合わせて三角錐《すい》を作り、柔和《にゅうわ》な笑みを浮かべていた。

大机の前に四角いテーブルがあり、左側に管理官の黒沢通雄《みちお》警視、右側に班長の海原光《みつ》義《よし》警部が座っていた。二人とも渋い顔をしている。テーブルの上には、二台のノートＰＣが置いてあった。

「きみたちも座ってくれ」

真崎は猪狩と飯島にいった。左側の黒沢管理官の隣の席と、海原班長の隣の席が空いていた。さらに真崎理事官とテーブルを挟んで正対する被告席のような椅子も空いている。

飯島は迷わず海原班長の隣の椅子に座った。猪狩は一瞬どこに座ったらいいのか戸惑った。

「猪狩、おまえはそこだ」

海原班長が被告席を顎《あご》で指した。

「はい。失礼します」

猪狩は一礼し、真崎理事官の正面の席に腰を下ろした。真崎理事官はあいかわらず、大机の上で両手の人差し指で三角錐を作って、じっと猪狩を見つめていた
「飯島主任から聞いたか？」

「テストのことですか？」

「そうだ。ここで管理官や班長がおまえにいくつか、直接訊《き》きたいことがあるそうだ。これが最終審問だ」

「はい」

猪狩は胸を張り、黒沢管理官、ついで海原班長に目を動かした。

海原班長がじろりと猪狩を見た。

「猪狩、マルコフが乗った電車が来るまで新宿駅十五番線ホームで待機していた時、人込みに紛れたマルコフのウシロに気付いたか？」

「ウシロが付いていたのですか？　気付きませんでした」

猪狩は、しまったと思ったが、正直に答えた。ウシロというのはマル対を護衛したり、尾行切りをする支援要員である。

猪狩は記憶を探った。だが、マル対のウシロらしい不審な人影には思い至らなかった。

「こいつらだ」

海原班長はノートPCをくるりと回し、ディスプレイを見せた。音は消してあるが、ディスプレイには、新宿駅の十五番線ホームの雑踏を俯瞰《ふかん》する映像が映っていた。ほぼ真ん中にキオスクの陰に立つ猪狩の姿が見える。吹き付ける雨を避けている様子が見て取れる。ホームに備え付けられた監視カメラの映像だった。

海原班長は画像を止め、雑踏をズームアップした。雑踏の中に明らかに外国人らしい若い男女が紛れていた。男は黒いマスクを、女は白いマスクをかけている。二人は腕を組み、仲が良さそうなカップルを装っている。

猪狩は、そのカップルを見て、はっと思い出した。そういえば、マル対が乗った電車の一本前の電車からホームに吐き出された人込みに、たしかに二人がいた。男は目立たぬ茶色のジャケットにジーンズ姿。女はブロンドのもじゃもじゃ頭をしている。マスクのため、二人の顔は分からないが、確かにこのカップルだ。

「猪狩、おまえ、二人の前で耳に手をあてたろう」

海原班長が雑踏の画像をまた止め、猪狩を指差した。そこには猪狩が右手を右の耳にあてる姿があった。

「隣のホームに入って来た電車の轟音で、よく指令が聞こえなかったもので」

「言い訳はいい。見ろ」

海原班長は雑踏の画像を動かした。猪狩が右手を耳にあてる映像が見えた。すると、通り過ぎた外国人カップルがくるりと向きを変え、猪狩が隠れるキオスクを回り込み、店の前側に立った。男が店頭から新聞を抜き、お金を出している。その間、ブロンド髪の女は店の陰にいる猪狩を観察していた。

「ウシロの注意を、おまえは引いてしまった」

「…………」

一瞬の油断だった。

「捜査や視察中、絶対に耳のイヤフォンに指をあてるな、と教育されたはずだ。どこで敵が見ているか分からないので用心しろとな」

「はい。申し訳ありません」

黒沢管理官が、ノートPCの動画を戻し、もう一度再生して、猪狩に見せた。

「これは、誰を見付けたのだ？」

猪狩が電車から出てきた若い女たちに、ふと目を取られ、見ていた。

猪狩は頭を掻いた。

「見当たりをしているうちに、見覚えのある指名手配者を見かけたので、つい……」

山本麻里に顔形や体付き、颯爽と歩く姿がそっくりの女に見かけた時の映像だった。女は白いマスクをつけているので、顔そのものは見えなかったが、歩き方といい、隣の女と話している姿といい、雰囲気《ふんいき》が麻里によく似ていた。映像では、猪狩は、しばらく女が雑踏に紛れるまで目で追っていた。

「元カノでも見かけたんじゃないの」

飯島が鼻に手をあて、くすりと笑った。

「猪狩、おまえは公安捜査員であることを忘れるな。たとえ目の前を指名手配者が通りかかっても、手を出すな」

「それが殺人や強盗強姦事案のマル被でもですか？」

「この女が、凶悪犯罪事案のマル被だったというのか？」

「いや。違います」

「だったら自分の任務に集中したまえ。刑事事案のマル被や指名手配者は、刑事部の刑事《デカ》に任せろ。我々公安が手を出す必要はない」

「はい。以後、気をつけます」

猪狩は素直に反省した。

黒沢管理官は渋い顔で続けた。

「今回は、おまえが、鼻の下を長くして女に見とれて目で追っていたため、ロシア人のウシロは、おまえはマルコフを張り込んでいる要員ではないと判断したらしい。ま、怪我の功名《こうみよう》というべきかな。二人は、別の不審者をマークしはじめた」

動画の中のロシア人カップルは、ホームに佇み、あたりを点検している。

海原班長はノートPCを引き寄せ、くるりと自分の方に回した。猪狩から画像は見えなくなった。

「おまえは、この後、地下アーケードでマル対から少し離れて追尾していたな」

「はい」

「マル対との間に何人かを挟んで追尾した」

「はい。仕事帰りのサラリーマンたちでした」

「そいつらの人着をいえ」

「え、いまですか」

「いまに決まっている。思い出せ」

「はい」

猪狩は目を瞑り、その時の情景を思い浮かべた。前を二人が歩き、その後を三人が談笑しながら歩いていた。

「五人だったと思います」

海原班長は、どこかからか見ていたのだ。猪狩はいい加減なことはいえないな、と思った。

「思うでなくて、五人なら五人とはっきりしろ」

「はい。五人組でした。前を行く二人が、時々、振り向き、後ろの三人に冗談をいっていましたから」

「どうして、彼らがサラリーマンだと判断した？」

「服装です。全員が背広上下を着た姿で、いずれも目立たぬ、地味な色のネクタイをしていました。それから手に持っている社名入りの封筒や重そうな肩掛けカバン」

「社名は？」

「たぶん、大手の貿易会社かと」

「多分だと？　社名を確認していないのだな」

「はい。申し訳ありません」

「では、五人のそれぞれの人着は」

「……ぼんやりとしか思い出せません」

海原班長は飯島にいった。

「主任、猪狩に代わって説明してくれないか」

え、飯島主任もどこからか見ていたのか？

飯島はすぐ海原班長に答えた。

「五人の中で一番背丈があった男は、左手の薬指に金の指輪をしていたので妻帯者《さいたいしゃ》。年齢三十代前半。ワイシャツの襟は清潔で、アイロンもかかっている。背広は、三つボタンのストレッチ、形状記憶で、形崩れなし。定番のスタンダードスーツで、やや古いが手入れがよいので、奥さんの気遣いが窺われる。顔は細面、目がやや釣り上がり、顎が細く尖《とが》っている」

猪狩も思い出した。前にいた背が高い男はキツネ顔だった。猪狩は人相を覚えるのに、動物を連想して覚えるようにしていた。

「ふむ。それから」

飯島は続けた。

「その男と並んで歩いていた中肉中背の男は、ほぼ同年齢の同僚。顔はやや丸顔で猪首《いくび》、不精髭《ぶしょうひげ》が生えかけている。おそらく朝、急いで顔を剃《そ》ったのだろうが、剃り残しがある。午後になって髭が伸びはじめた。どんぐり眼《まなこ》に、分厚い唇《くちびる》。ネクタイを緩めており、すでに居酒屋へ行くモード。結婚指輪はなし。ワイシャツのよれ具合やスーツのズボンの座り皺《じわ》から見て、独身と見られる」

猪狩も思い出した。アライグマを連想した男だ。

「それから」

「後ろの三人のうち、一番年下の若い男は、ジャニーズ系の美男子。スーツもおしゃれでスタイリッシュなものを着ている」

「思い出しました。後ろの三人について、いえます」

猪狩は飯島と班長の間に割って入った。

「その若い男は、ミーアキャット。一見可愛いが、小狡《こずる》い感じの男だ」

「猪狩、では、残る二人の人着がいえるか？」

猪狩は目の奥に焼き付いている男たちの姿を必死に思い出そうとした。

「ええと。一人はシベリアンハスキー、もう一人はコーギーです」

「なんだ、それらの符号は？」

海原班長は怪訝《けげん》な顔をした。

「自分の人を覚える手立てです。自分はどうも人を覚えるのが苦手なんで、つい似ている動物になぞらえて覚えるんです」

「シベリアンハスキーというのは？」

「目の色が違っていた。白目が青く、澄んでいた。猪首で体幹もがっしりと太く、ラグビーのフロントローをしていたのではないか、と。筋肉質な腕をしており、力持ちだと」

「ふむ。では、コーギーというのは？」

「小柄で腕や脚が短く、美男ではないが、丸顔で、目が細く、女性から警戒されない、むしろ好感を持たれるタイプの青年だった。まるでコーギーのように」

海原班長は黒沢管理官と顔を見合わせて笑った。

「おまえが覚える方法としてはいいが、それは報告に書けないぞ」

「はい。分かっています。名付けた符号を手がかりに、男たちの人着を思い出して報告にまとめたいと思います」

飯島が笑いながらいった。

「班長、いいじゃないですか。捜査報告書にすぐには記載出来なくても、男たちの特徴が分かっていい。役立ちそうじゃないですか。ハスキー男、コーギー男なんて、マル対といった呼び方よりもリアルで面白い」

「ふむ。まあ、いいだろう」

　真崎理事官も腕組みをしたまま、静かにうなずいた。

「班長、続けたまえ」

　海原班長は苦笑いした。

「猪狩、おまえはマル対に先回りし、百貨店に入った。マル対が尾行を撒こうとして百貨店内に入るだろうと予測した点はいい。だが、宝飾品売場で張り込むのは、危険だと思わなかったのか？　客が少なく、男ひとりが店に立てば目立つ」

「マル対は、ホームや地下商店街、アーケードで自分のことを視認しています。だから、こそこそ追尾すれば、かえってヅかれる。ならば、逆に目立って普通の買物客だと思わせる方がいい、と思いました」

　海原班長はノートＰＣの画像を見ながらいった。

「そこで、おまえは宝飾品コーナーで、女店員と話をしながら、高価な金のネックレスを選び、わざわざカードで買ったのか？」

「はい。もし、マル対がおれを視察していたら、クレジットカードで買うのを見て、普通の買物客だと思うでしょう。カード決済は、店の伝票に名前や金額が記録として残る。プロの追尾要員なら、跡が残らぬよう現金で買う。だから、カード決済にしたのです」

海原班長は、なるほど、と笑った。

「その後、今度は百貨店の出口にある花屋で薔薇の花まで買ったな。わざわざマル対の目の前で。これもマル対を安心させるためか？」

「はい。プレゼントに花は付き物でしょう。追尾中の要員が、わざわざ恋人へのプレゼントにそえるため、薔薇を一本買うなんてことはしない。自分はマル対にそういうメッセージを送ったのです」

「そこまで考えてやったというのか」

海原班長は呆れた顔をした。黒沢管理官は苦々しくいった。

「まったく追尾の常識に外れている。そんな小細工で熟練のスパイの目をごまかせると思っていたら大間違いだぞ。一度はごまかせても、相手はかえっておまえのことを深く記憶に残す。次におまえが追尾するのは非常に難しくなる」

「そうですな」

海原班長は管理官に賛同した。

真崎は笑いながらいった。

「結論を出す前に、パートナーの沼《ぬま》さんの意見も聞こう」

真崎は机の上のインターフォンのボタンを押した。

「沼さん、来てくれ。きみの考えを聞きたい」

『……………』返事があった。

沼さんこと大沼彦次郎《おおぬまひこじろう》巡査部長は、中国共産党の要人林《リン》・海亡《ハイぼう》命《めい》事案の際、コンビを組んで一緒に作業したパートナーだ。猪狩のことなら、ほぼ何でも知っている。

飯島が猪狩に笑いながら訊いた。

「ところで、マサトさん、参考までにお訊きするけど、あの金のネックレスは、いったい誰へのプレゼントなの？　いいたくなければいわなくてもいいけど」

「彼女です。誕生日が間近だったのを思い出し、ついでだから、買っておこうと思って」

猪狩は山本麻里の笑顔を思い浮かべながらいった。麻里の誕生日は十一月二十九日だ。航空便でアメリカに送ってもいい。

「ついでだから？」

飯島は呆《あき》れた顔になった。

「いろいろと仕事中は忙しくて、デパートなんかに行く機会はない。だから、買える時に、大事なものは買っておこうと」

隣とのドアが開き、大沼部長刑事がのっそりと部屋に入って来た。

「失礼します」

「沼さん、そこに座ってくれ」

大沼は黒沢管理官にもちょこんと頭を下げ、黒沢の隣の椅子に腰を下ろした。座り心地が悪そうに尻をもぞもぞ動かしている。

「いま、猪狩をチームに入れるかどうかの審査をしているところだ。相棒だった沼さんの率直な意見も聞きたい」

「猪狩が真崎チームに入って、おれたちと一緒にやっていけるか、ということですね」

真崎はうなずいた。

「そうだ。最終的には責任者の私が決めるが、一応、みんなの意見も聞いておこうと思ってな。沼さんは、どう思う?」

「はっきりいって、猪狩は公安捜査員としてはダメでしょう。まだ尻に刑事《デカ》の青い蒙古斑《もうこはん》がついたままだ」

「そうか。パートナーから見て、猪狩はダメか」

真崎はにやにやと笑い、腕組みをした。大沼は続けた。

「マサは公安捜査員に向いていない。せめて、おれくらいにこすっからくならないと。いまのままではマサに公安刑事はつとまらない」

大沼はじろりと猪狩に目をやり、どうだ、という顔をした。

猪狩は大沼に公安捜査員としてダメだといわれ、そうだろうなとうなだれた。大沼からいわれるのは心外《しんがい》だが、自分でも公安刑事に向いていないような気がするのも事実だった。

「私も沼さんに賛成だな」

黒沢管理官が厳しい顔で口を開いた。

「猪狩は刑事《ジ》を抜け切らないところがある。刑事部の刑事としては申し分ないだろうが、公安向きではない。公安になるには、平気で人を裏切ったり、人を騙《だま》すことが出来なければならない。ワルになれないと、いずれストレスで自己崩壊してしまう。私は猪狩を刑事部に戻すべきだと思いますな。それが猪狩のためでもある」

「猪狩を新潟県警に戻すねえ。ふうむ」

真崎は腕組みをし、海原班長に目を向けた。

「班長、きみの意見は、どうかね」

「自分も管理官や沼さんとほぼ同じ意見ですな。猪狩は公安に向いていないと思いますな。公安に必要な猜疑心《さいぎしん》や、ある意味、狡さに欠けている。少々正義感が強すぎるからですかね。正義は一つではなく無数にあるということが分かっていない。物事にはオモテだけでなくウラもある。それを心得てもらわないと公安捜査員は難しい」

猜疑心と狡さか。

猪狩は海原班長からいわれた言葉を胸の中で考えた。警察官は初動教育で人を見たら泥棒と思え、と叩き込まれるが、猪狩はそういう考えに心のどこかで反発していた。

「猪狩は警察官として、少しばかり正義感が強すぎるか。それは決して悪くはない、と思うがね」真崎は面白そうに笑った。

海原班長がうなずいた。

「もちろん、警察官として正義感が強いことは悪くはないのですが、公安は国を守るという大義があります。そのためには、多少悪いことと分かっていても、やらねばならないことがある。そこのあたりの分別が、まだ猪狩はついていない」

「なるほど」

真崎は、どうだ、と猪狩を見た。

「…………」

猪狩はため息をついた。黒沢管理官、海原班長、沼さんの信頼を得ていないことを指摘され、反省するしかなかった。だが、いうべきことはいおう。

猪狩は顔を上げた。

「それでも、自分は警察官として絶対に守るべき正義がある、と信じております」

「ほほう。それは何だね？」真崎は目を細めた。

「悪は許さない、そして、なんとしても、人の命を悪から守ることです。青いと笑われるかも知れませんが、自分はそのために警察官になりました」

猪狩は胸を張った。それが警察官の使命でないというのなら、おれは警察官を辞めよう、と思った。

「………」

飯島が珍しいものを見るような目付きで猪狩を見、目をしばたたいた。大沼も半《なか》ば笑い顔で猪狩を見ていた。

黒沢管理官も海原班長も顔を見合わせたが、何もいわなかった。

真崎は大きくうなずき、猪狩にいった。

「猪狩、その信念は、私も持っているつもりだ。巨悪は許さない。国民の命を第一にして守る。公安は、それをどう行なうのかが問題だ」

真崎は飯島に向いて訊いた。

「では、主任、きみは、猪狩のこと、どう評価するかね」

飯島は大きな黒い眸を一度猪狩に向け、それから真崎を見つめた。

「私も、正直いって猪狩は公安捜査員に不適格、向いていないと思います。公安捜査員は、何事も仔細《しさい》に人や状況を見る観察眼を持っていなければいけない。今日のテストを見ても、猪狩はかなり自己流でやっている。普通の刑事の捜査なら、それでいいかも知れないが、我々の公安捜査としては甘すぎる」

猪狩は頭を掻《か》いた。まったく飯島主任からいわれる通りだった。反論の余地《よち》もない。

大沼が口を開いた。

「猪狩は根っからの刑事なんだよ。よくも悪くもな。理事官は、こいつを一人前の公安捜査員にしたい、とお考えなのでしょうが、おれは無理だと思うな」

「そうか。無理か」

「無理無理。猪狩は根っこが刑事なんだから、いくら幹や枝を直しても公安にはなれない」

「ふうむ」

真崎は机の上に手を戻し、指で三角錐を作って天を仰いだ。

飯島は頬に笑みを浮かべながら、静かにいった。

「ですが、理事官、私は、だからこそ猪狩を真崎チームに入れるべきだと思います」

猪狩は驚いて顔を上げ、飯島の横顔を見た。飯島は真剣な面持《おもも》ちで、真崎を睨んでいた。

「なんだと？」

黒沢管理官は驚いた顔になった。

海原班長も、戸惑った顔で隣の飯島を振り向いた。黒沢管理官が笑いながらいった。

「主任は、猪狩は公安として不適格だ、向いていないといったばかりではないか？　それなのになぜ、そんなことをいうのだ？」

「確かに、猪狩は公安には不向きですが、逆にいえば、そこが猪狩の取り柄《とりえ》だと思うのです」

「取り柄だと？」

黒沢管理官は真崎や海原班長と顔を見合わせた。

「どういうことだ？」

真崎は笑いながら、飯島を見た。

飯島は猪狩に目をやった。

「私は、猪狩に二度も助けられた。ほかの誰よりも早く猪狩は、私の危険を察知し、即座に救出の手を打ってくれた。私は、その瞬発力と直感的な状況判断に救われました。猪狩のそういう能力は、残念ながら、我々公安捜査員には欠けているのではないか、と思います。我々はすぐには動かず、情勢をじっくり観察分析し、それから行動を起こす。本当に身の危険が迫っている時に、それでは間に合わない。猪狩のような咄嗟《とっさ》の判断や本能的な動きが必要だと思います」

大沼は少し頭を傾け、いかにも何かいいたそうに、にやにやと笑っていた。

飯島は大沼を無視し、真崎に向き直った。

「理事官、猪狩は、ぜひチームにほしい捜査員です。猪狩がいれば、万が一、誰かが敵に捕まってもきっと助けてくれる。そう信じられる刑事です」

大沼が、にやつきながらいった。

「へいへいへい。飯島主任は、えらく猪狩の肩を持ってくれるな」

「大沼巡査部長。あんたより階級が上の私に向かって、なんて口をきくの」

飯島は警部補である。飯島はまなじりを決し、大沼を睨んだ。大沼はにやけた顔になった。

「はいはい、これは失礼しました、警部補殿。主任の眼鏡がちょっと曇っていないか、と思いましてね。主任の救出にあたっては、猪狩だけでなく、恥ずかしながら、おれも一役買ったんで、それをお忘れか、と思いましてね」

「そうでしたね。大沼部長刑事、うっかりしてました。でも、いまは猪狩をチームに入れるか否かの話で、あなたの話ではありませんから」

「まあまあ、二人とも、そう熱くなるな」

海原班長が、飯島と大沼の険悪な応酬に、笑いながら割って入った。

「猪狩をチームに必要か、不要かで争うことで、おまえたちが揉めることはない。すべては理事官がお決めになることだ。ただ、理事官は、その前に、チームの主要メンバーの考えも知りたかっただけのことなんだからな」

「はい。そうですね。分かっています」

飯島は怒りを収め、ふっと肩の力を抜いた。

「ところで、理事官」

大沼が片手を上げて発言を求めた。

「なにかな？」

「おれは、さっき、猪狩は公安に向いていないといいましたが、だからといって、チームに入れるべきではない、というのではないのです」

「ほう。何がいいたい？」

「おれも猪狩をチームに加えたらどうか、と」

「まあ」飯島が冷たい目を大沼に向けた。

「おれらのチームに、ひとりぐらい毛色の変わった刑事野郎がいるのも、いいかな、と思いましてね」

大沼は飯島ににやっと笑い返した。飯島はなによ、とそっぽを向いた。

「おいおい、二人とも、いったい、どうしたというのだ？　猪狩をチームに入れろといい出すなんて」

黒沢管理官が驚いて大沼と飯島を見回した。

猪狩も顔を上げ、飯島と大沼の顔を見た。

大沼は顎をさすりながらにやついた。

「マサは公安失格となれば新潟県警本部に戻されるんでしょう。下手《へた》をすれば、田舎町の交番勤務か村の駐在さんだ。それでは、あまりに可哀相《かわいそう》なんでね」

猪狩は思わずうな垂《だ》れた。

海原班長が笑いながら、取り成すようにいった。

「ははは。猪狩、心配するな。理事官は、わざわざ新潟県警から一本釣りして呼んだおまえを、そんな目にはあわせないさ」

真崎理事官はうなずいた。

「きみたちの意見は分かった。さて、では、私の結論をいおう」

真崎理事官はおもむろに猪狩に向き直った。猪狩は背筋を伸ばし、真崎を見返した。

「きみに私のチームの一員になってもらう。異存《いぞん》はないだろうな」

「自分はテストに合格したのですか？」

猪狩は真顔で訊いた。真崎はうなずいた。

「うむ。パスした」

真崎は黒沢管理官と海原班長に顔を向けた。

「きみたちもいいな。異議があれば、いまのうちにいえ」

「はい。理事官の決定であれば、異存はありません」

黒沢管理官はうなずいた。海原班長も返事をした。

「私も異存ありません」

真崎は猪狩に向いた。

「猪狩巡査部長、本日付けをもって、公機捜《こうきそう》（公安機動捜査隊）から私の直属の海原特捜班に異動だ」

「ありがとうございます」

猪狩は椅子から立ち上がり、真崎理事官に腰を折って敬礼した。続いて、黒沢管理官と海原班長に向かって敬礼した。

「よろしくお願いします」

「よかったな、猪狩。だが、海原班は厳しいぞ。しっかりやれ」

黒沢管理官は冷ややかな笑みを浮かべた。

海原班長は静かな口調でいった。

「これで正式に我が班の一員だ。分からないことは、主任や沼さんに訊け」

「はい。主任、沼さん、よろしくお願いします」

猪狩は飯島と大沼に頭を下げた。

飯島はにこっとした。

大沼はにやっと笑った。

「よかったな。マサ、これで新潟に戻り、交番のお巡りさんにならないで済んだんだからな」

真崎がおもむろに口を開いた。

「ところで、管理官、班長、今後の捜査方針だが、一昨日に三浦で起こった放火殺人事案に、うちから捜査員を派遣する」

黒沢管理官が訝った。

「三浦だとすると、神奈川県警管轄の事案ですな。何か、うちに関係するネタかモノが見つかったんですか?」

「うむ。県警公安からビキョク（警察庁警備局）に、マルヨウ情報が上がった。現場は覚醒剤精製工場だ。覚醒剤密売組織同士の出入りと見られるが、ウラは中国安全部、ないし北の39号絡みではないか、というのだ」中国安全部は中国の諜報機関である。

発生した事案は、神奈川県警本部の刑事部が扱う事案だったが、出先の公安捜査員が少しでも疑念を持ったマルヨウ（要調査）事案については、公安の直通ルートで警察庁警備局に上げて来る。

警備局理事官である真崎は、そのマルヨウ情報を見て内偵《ないてい》を行なおうと決めたのだ。

猪狩は「39絡み」がどういう意味なのか、分からずにいた。おそらく39号はチーム内で使用されている暗号コードなのだろうと聞き流した。後で大沼か、飯島主任から教えてもらえばいい。

黒沢管理官がいった。

「理事官、私が乗り込みましょうか」

真崎は頭を左右に振った。

「いや、だめだ。管理官のきみが捜査本部に乗り込んだら、公安の事案でもないのに、なぜ来たのかと事が大きくなる。まだ事案の内容が分からないのに神奈川県警と無用ないざこざを起こしたくない。あくまで我々は事案の内偵だからな」

「では、どうします？　県警公安からの報告を待ちますか？」

「いや、ちょうどいい機会だ。うちからは、飯島主任と猪狩を出そう」

真崎は猪狩に目をやった。

「え？　主任と猪狩を出すんですか？」

海原班長が驚いた。猪狩も思わぬことに、真崎を見た。

真崎は黒沢管理官と海原班長を諭すようにいった。

「私は新しく捜査方針を立てた。これまで、飯島主任ひとりに公然部門のオモテをしてもらってきたが、今後は猪狩もオモテとし、飯島主任と二人で公然捜査をしてもらう」

黒沢管理官が浮かぬ顔で訊いた。

「理事官、どうして猪狩を特別扱いするのですか？」

「これまで常々《つねづね》思っていたことだが、我々公安は情報捜査に偏《かたよ》り過ぎているきらいがある。やはり、これからは刑事の捜査方法や捜査視点も取り入れる必要がある。猪狩は、これまで公安捜査員にはない刑事捜査の動き方や刑事の見方を知っている。スパイハンティングに刑事の手法を取り入れ、いま起こっている公安事案を洗い直したい。猪狩をチームに入れるのは、その試金石《しきんせき》になる」

「刑事の手法を取り入れるのには賛成ですが、猪狩でなくても、刑事部の協力を要請すれば、もっと成果が上がるのではないか、と思うのですが」

真崎はにやっと笑った。

「管理官、本気で、そんなことをいっているのかね。我々が刑事部に協力を申し入れて、素直に捜査協力してくれるなら、それが一番いいが、現実にはそうはならないではないか？　いつも、我々公安部と刑事部がいがみ合い、足の引っ張り合いをして、肝心《かんじん》の捜査はメチャクチャになるばかりではないか」

「それはそうですね」

黒沢管理官は苦笑いした。

公安捜査官は、我こそが日本国家の守護者であると自認しており、刑事部の刑事たちを下位に見て馬鹿にしている。一方、刑事部の刑事たちは、平素から国民を守っているのは自分たちだと自負しており、公安をお高く留まった鼻持ちならないエリート連中だと侮蔑《ぶべつ》していた。刑事たちは公安の秘密主義を嘲笑《あざわら》い、国民を守れないで、どうして国が守れるのか、と反発していた。真崎はいった。

「ならば、こちらで猪狩のような公安にはいない資質の刑事を一本釣りして、公安に取り込んで育てる。その方が時間はかかるにせよ、現実的だと思わないか？」

「なるほど。そういうことならば分かります」

黒沢管理官は、うなずいた。

飯島が口を開いた。

「理事官、私と猪狩部長刑事が組んでオモテに出るというのですか？」

「そうだ。きみもいっていただろう。猪狩をウシロにするには不安があると。私もそう思う。猪狩には安心してウシロを任せることは出来ない。だから、猪狩はオモテに出て、公然と捜査をしてもらう」

「ということは猪狩は大沼部長刑事とのパートナーを解消し、私のパートナーになるわけですね？」

飯島はちらりと大沼を見た。

大沼は肩を竦《すく》めた。真崎はうなずいた。

「沼さんには、二人のウシロになってもらう」

「理事官、これは命令ですか？」

飯島は不満そうな面持ちでいった。

「そうだ。命令だ」

「分かりました。命令となれば従います。でも、一つだけ訊いてもいいですか？」

「ああ。いいたまえ」

「これまでは、私がオモテとなってやってきました。だが、私ではだめだ、力不足だ。だから、猪狩を組ませる、そういうことなのですか？」

「いや、そうではない。きみは、しっかりと任務を果たしていた」

真崎は笑みを浮かべ、頭を左右に振った。

「しかし、これからは、私の直属のオモテの捜査員として、猪狩とともに前面に出て捜査してもらう。そういう意味だ。海原班長も、異存はないな」

「ありません」

「よろしい」

真崎は満足げにうなずき、猪狩に向いた。

「猪狩は、今週にも、公機捜の待機寮を引き払い、転居するように」

「はあ？　転居ですか？」

猪狩ははたと困った。

転居するにも、どこに転居したらいいのか、分からない。

海原班長が大沼にいった。

「沼さん、部屋探しの手伝いをしてくれ」

「了解です。マサ、心配するな。おれの知り合いの不動産屋に拠点の近くのいい物件を探させる。任せておけ」

「拠点というのは？」

「チームの秘密の拠点は蒲田《かまた》署管内にもある。通いやすいように、蒲田拠点の近くのアパートかマンションを見付けよう」

大沼はにやっと笑った。

猪狩がいった。

「理事官、一つ聞いてもいいですか？」

「何だね？」

「事案の裏に中国安全部ないし、39号が関連しているということですが、どういうことなのですか？」

「うむ。主任と猪狩の二人で、背後関係を洗ってほしいのだ」

大沼が首を傾げた。

「39号関連というのは、襲った方？　それとも襲われた方？」

「まだわからん」

海原班長は頭を振った。

「ともあれ、県警は逃げた作業員たちの一人の身柄を市内で確保した。ベトナム国籍の不法滞在者で、そいつの話によると襲われた邸は中国人社長の別荘だったそうだ」

「中国人の社長？」

「それに少し焼け残った地下室には、中国製の高性能な無線機の残骸があった。さらに乱数表の暗号ファイルも焼け残っていたそうだ」

　飯島が訊いた。

「それで中国がらみということね。で、襲った連中は？」

「襲撃犯の一人は金髪の女の殺し屋だったそうだ」

「金髪の女の殺し屋？　外国人ですか」

「まだ不明だが、ベトナム人の作業員によると流暢《りゅうちょう》な日本語を話していたそうだ」

「襲撃犯は金髪女一人ではないというのですか？」

「うむ。その女は車で先に逃げたが、その直後にワゴンが一台やって来て、数人の人影が洋館に入ったそうだ。彼らが出た後に、邸は爆発し火事になったらしい」

「女にはウシロがいたんだな」

　大沼が唸《うな》った。

　猪狩は恐る恐る訊いた。

「あのすみません、39号関連事案というのは何ですか？」

真崎は目をしばたたいた。

「そうか、猪狩にはまだ話してなかったな。39号については、飯島主任、後で猪狩に話してやってくれ」

「はい、了解です」飯島は猪狩を見て、「後で」と唇を動かしていった。

「もし、本当に39号関連ならば、これで、五件目ですな」

黒沢管理官が呻くようにいった。

五件目？　ほかにも、似たような事案が起こっているというのか？

真崎は飯島にいった。

「飯島主任、きみは今夜にも猪狩を連れて、県警の合同捜査本部に乗り込んでくれ。三浦署に帳場が立っている。私が神奈川県警本部長に話を通しておく」

「了解です」

飯島は猪狩に、いいわね、と目でいった。猪狩はうなずき返した。

真崎は猪狩にいった。

「39号関連と思われる事案が、今回の三浦の事案を含めて五件起こっている。うちのチームはそれぞれ手分けして、これまでに起こった四件について捜査をしている。詳しくは飯島主任から説明を受けろ」

「分かりました」

猪狩は飯島を見た。

「主任、よろしくお願いします」

「いいわよ。三浦の合同捜査本部に行く前に、四件の事案の捜査報告書のコピーを渡す。その上で、私が最新の捜査情報を教える。いいわね」

「了解です」

猪狩は飯島に応えた。

真崎が笑いながらうなずいた。

「班長、チームのメンバー全員に、猪狩を入れたことと、主任と猪狩をオモテにするということを知らせてくれ」

「分かりました。すぐに田所《たどころ》班長代理に、やらせます」

海原班長はじろりと猪狩を見た。

「猪狩、いいか。チームに指示待ち班員はいない。常に自分の頭で考えて行動しろ。といってもすぐには無理だろうから、しばらくは主任に付いて動け」

「了解です」

大沼が口元を歪《ゆが》めた。

「前にいった。うちの班は厳しいぞ。覚悟しておけ」

飯島も雌《めす》猫が獲物を見るように目を細め、にっと笑った。

「ウエルカム・ツー・ヘルチーム（地獄チームへようこそ）」

第二章　コントラの影

1

猪狩は捜査車両ホンダＣＲ－Ｖのアクセルを踏んだ。力強いレスポンスで加速がかかる。

快速で横浜横須賀道路《よこはまよこすか》、通称横横《よこよこ》を飛ばす。

助手席では、マスクをかけた飯島舞衣がポリスモードを覗《のぞ》き込み、神奈川県警警備部外事課と交信を続けていた。

「了解。では、捜査本部に駆け付けます」

飯島はポリスモードの通話を終えた。ポリスモード、通称Ｐモードは刑事専用の情報伝達、情報解析用のスマホだ。

「このまま、三崎《みさき》署まで直行して」

「了解」

追越し車線を高速走行しながら、ふと白と黒の車体のパトカーを抜いたのに気付いた。バックミラーにパトカーが赤灯《せきとう》を回し、追い越し車線に出て来るのが見えた。追跡しようとしている。

「しょうがないわねえ」

飯島は赤灯のボタンを押した。ルーフに出た赤灯が点灯し、回転をはじめる。バックミラーのパトカーは、即座に赤灯を落とし、追跡を止めた。

「マサトは、三浦の方の土地鑑はあるの？」

飯島は、いつの間にか、猪狩をマサトと呼ぶようになっていた。

「学生のころ、三浦の海水浴場に遊びに来たくらいですかね。主任は？」

「私も、だいぶ昔、城ヶ島に遊びに行ったことがあるくらいね」

誰とはいわなかった。だが、女一人で遊びに行くとは思えない。

飯島は備え付けのナビの画面に指を這《は》わせ、三浦半島の地図を出して、目的地の三崎署の位置を確認した。

「まあ、だいぶ田舎《いなか》の小さな署ねえ。だから、県警本部の刑事部長が直々《じきじき》に乗り出し、捜査指揮しようとなったのね」

通例の場合、殺人事件が起こった地域の所轄《しょかつ》署の署長が捜査本部長になって捜査を指揮する。だが、社会的に非常に重大な凶悪事案の場合、県警の捜査一課長や刑事部長が乗り出して直接指揮を執《と》ることがある。

神奈川県警三崎署は、三浦半島の先端にある三浦市を所轄する小規模警察署である。三浦市は人口四万人ほどで、発生する犯罪件数もほとんどゼロに近い。神奈川県警内でも、最も事件のない、治安のいい街だ。署員も二百数十人しかいない小規模署だ。

横横道路は港南台《こうなんだい》ICを過ぎるあたりから、急に緑が多くなった。同時に海の気配がした。

猪狩は道路の左右に次々に移り変わる緑の景色に、故郷の新潟を思い出していた。本能的に海が近いという感じを受ける。

この数日、目まぐるしく忙しかった。大沼が斡旋《あっせん》してくれた部屋は、西蒲田の古びたマンションの一室だった。マンション名は地名通りの西蒲田マンション。JR蒲田駅から、徒歩七分。蒲田署も十二、三分の距離にある。

マンションの大家は元公安警察のOBとかで、大沼の紹介というだけで、保証人もなしに、即入居が決まった。さっそくに公機捜《こうきそう》の待機寮を退寮し、トランク一つほどの荷物を持って、マンションに転居した。

部屋は五階建ての四階401号室。廊下を挟んで向かい側に402号室がある。部屋の間取りは、六畳二間に、五畳ほどのダイニングキッチン。いわゆる2DKの部屋だ。

独身者向けの待機寮に慣れた身には、広すぎる感じだったが、大沼いわく、女が出来たら、すぐに狭く感じるようになる、と笑われた。

入居前には、保安係が事前に室内を隈《くま》無く調べた。盗聴器や盗撮カメラなどがないという保証付きだった。

突然の異動に伴《ともな》う自主退寮ということで、同僚隊員たちは驚いた。一時、相棒だった坂《さか》井《い》は心配し、何か失策を犯《おか》したか、と訊いて来たが、猪狩は彼だけには保《ほ》秘《ひ》だがと断って、真崎チームに一本釣りされたことを告げた。きっといずれ、どこかで会う機会もある、といって坂井を安心させた。ほかの隊員には、表向き、猪狩が新潟県警に戻ることになった、と伝えた。

公機捜小隊長の熊谷《くまがい》班長は猪狩が何もいわずとも心得ていて、ただ「しっかりやれ」とだけいった。

「応援が必要だったら、おれに直《ちょく》で連絡して来い。すぐに対応する」

熊谷警部補は、そういって猪狩の肩をぽんと叩いた。

「マサト、衣笠《きぬがさ》インターチェンジよ」

飯島がナビを見ながら猪狩に注意をした。

「了解」

猪狩ははっとして、ウィンカーを左に出し、出口へハンドルを切った。衣笠ＩＣで降りれば、後は国道１３４号線をじりじりと辿《たど》って三崎までまっしぐらだった。

「私が渡した捜査資料は読んだ？」

「いや、まだです。引っ越しでそんな暇はなかったんで」

猪狩は正直にいった。

「ま、仕方ないわね。これだけは覚えておいて。一連の事案は背後で何か起こっているのを示している。それが何なのかが私たちの探しているものなの」

「はい」

返事はしたものの、理解はしていなかった。

「39号事案というのは、それらの背後に潜んでいる闇なの」

「その39号事案というのは何なのですか？」

「北朝鮮の金正恩《キムジョンウン》一族の資金を扱っているのが39号室。だけど、39号室はオモテには出ない組織。捉えようがない幽霊組織。だから、アメリカも欧州諸国も、39号室に経済制裁をかけようにも、かけることが出来ない幻の機関。39号室は、海外で稼《かせ》いだドルなどの外貨を本国に送り込む、あるいは、海外で金正恩一族のために蓄財《ちくざい》している」

飯島はちらりと猪狩に目を流した。

「それを阻止するのですか?」

「いえ。監視するだけ」

「どういうことなんです?」

「金正恩の個人資産を管理しているのが、39号室。その実体を捉えるのが、私たちの目的なの」

「それって、スパイ・ハンティングではないですよね?」

「じゃあ、訊《き》くけど、39号室の組織が蓄財したとして、それは犯罪なの?」

「非合法な取引、覚醒剤密売なんかをしていたら、取り締まるべきでしょうね」

「それは刑事の発想。私たち公安は日本国家のため、見逃すこともある」

「そんな馬鹿な」

「マサト、公安は、小さな犯罪は扱わないの。国を危うくするような事案の場合に、国を守るために、どうするかを考える。それが公安捜査官なの。分かった?」

「…………」

猪狩は黙った。自分にはまだ刑事警察官としての矜持《きょうじ》がある。犯罪は許さない、その矜持を捨てることはできない。

飯島は私用のスマホを取り出し、誰かとメールのやりとりをはじめた。

2

三崎署の駐車場は神奈川県警の警察車両でほぼ満杯になっていた。猪狩は、なんとか、一台分の空きスペースを見付け、そこにホンダCR－Vを止めた。猪狩と飯島は車を降りた。マスクをつけ、腕に「警察庁警備局」と書かれたエンジ色の腕章を巻く。

猪狩と飯島は互いの服装をチェックした。飯島は黒いスーツに黒のタイトスカート、白ワイシャツ姿だった。

猪狩もダークスーツに、青ネクタイをきりりと締めている。

二人ともばっちり決まっている。猪狩は飯島と顔を見合わせ、親指を立てた。飯島はにっと笑った。

「さあ、レッツ・ダンス」

「はい」

二人は大股で三階建ての三崎署に向かった。

玄関先には「宮川薬物製造工場放火殺人事件特別捜査本部」と大書した「戒名《かいみょう》」（看板）が掲《かか》げられていた。立哨《りっしょう》していた警察官が二人に敬礼した。

二人は軽く会釈《えしゃく》し、署内に足を踏み入れた。

特別捜査本部が置かれた訓示場（講堂）は三階にある。二人は階段を駆け上がった。

特別捜査本部は、刑事たちが出払い、がらんとしていた。ホワイトボードには、犯行現場の見取り図が描かれた模造紙が貼られ、事犯概要、被害者特定などが書かれていた。

作業台代わりの卓球台の周りに、マスクをかけた捜査員たちが集まり、証拠品を前にして話し合っている。

長机には何台ものパソコンが置かれ、「捜査」の腕章を腕に巻いた係員たちが張り付いていた。

捜査の指揮を執る捜査一課長の長嶋《ながしま》警視は、大机の前に座り、マスクを顎《あご》の下にずらし、受話器を耳にあてて声高《こわだか》に話をしていた。その傍《かたわ》らで、捜査一課管理官たちが部下たちと何事かを打ち合わせている。いずれも、所属や職名を書いた腕章を付けているので判別し易《やす》い。

特別捜査本部長や副本部長の署長の姿はなかった。おそらく二人とも捜査会議が終わり、署長室に引き揚げたのだろう。

捜査一課長は電話を終え、管理官と話を始めた。

飯島と猪狩は捜査一課長の前に立った。マスクを外して、着任の申告をするとともに、捜査会議に間に合わなかったことを詫《わ》びた。

捜査一課長の長嶋警視は、マスクをつけ、細い目で、じろりと飯島と猪狩を眺めていった。

「きみたちのことは本部長から聞いている。警察庁警備局からも応援の要員二人を派遣するとね。私はいらない、と返事したのだが、やはりやって来たか」

「ぜひ、捜査に加えさせていただきます」

飯島がやんわりといった。この場で下手《へた》に反感を抱かれてはまずい。

特別捜査本部を立てると、警察庁、つまり国から県警本部に捜査費用が出ることになる。だから、県警としては警察庁から派遣される要員を無下《むげ》には拒否しにくいのだ。

「せっかく来てもらっても、きみたちにやることはない。これは純然たる刑事事案だ。きみたちが嚙《か》むような公安事案ではない。邪魔しないでほしいな」

長嶋捜査一課長は厳しい顔付きでいった。

「邪魔はいたしません。ただ、私たちが捜査している事案と、本事案がどこかで繫がっている可能性があるので、念のため、捜査に参加させていただきたいのです」

飯島は笑顔で粘《ねば》った。マスクをかけた管理官の一人がいった。

「一課長、本部長からの要請ですから、ハムが我々の捜査に口を出さないという条件で、捜査に参加させたらいかがですか？」

「まあ、いいだろう。だが、美人さんと若いのにあらかじめいっておく。いくら警察庁から派遣されたからといって、偉《えら》そうな口をきくなよ。ここは神奈川県警の現場だ。県警には県警のやり方がある。ハムは一切、口出し無用。捜査の邪魔をするようだったら、直《す》ぐに帰ってもらう。いいな」

「はい。分かりました。気を付けます。よろしくお願いします」

飯島はにこやかに笑顔でうなずいた。猪狩も黙って頭を下げた。一課長は不機嫌な顔で猪狩を睨《にら》んだ。

「おい、若いの。おまえは口がきけないのか？　返事がないぞ」

「失礼しました。本職も、こちらの捜査に口出しはいたしません」

「うむ。それでいい」

長嶋一課長は、手元の鑑識資料に目を戻そうとした。

「自分たちは何をやればいいのでしょうか？」

「そうだな。その辺で、うろちょろされていては目障《めざわ》りだしな。どうする？」

長嶋一課長は管理官と顔を見合わせた。管理官が目に笑みを浮かべながらいった。

「一課長、鑑取りを手伝ってもらいましょう。県警警備課員にも鑑取りをやってもらっているんで。ハムならお手のもんでしょうからな」

鑑取りとは、捜査対象者の人間関係や生活についての情報を取ること。この事件の場合、捜査対象者はまだ特定されていないので、捜査対象者の割り出しや人定も行なうことになる。

飯島が笑いながらうなずいた。

「はい。私たちも鑑取りを手伝わせていただきます。少々調べたいことがありますので」

長嶋一課長は釘《くぎ》を刺した。

「ハムさんたちよ。だが、調べたことは、きみらの上に報告する前に、すべて私のところに報告してくれよ。これも、あんたたちが特別捜査本部に参加する上での条件だ。いいな」

「了解です。ね、マサト」

「了解」

飯島と猪狩は、長嶋一課長にそろって返事をした。

「なお、鑑取りの統括は管理官の緒方《おがた》警視だ」

長嶋一課長は傍《そば》に立っている管理官の一人を手で指した。

「緒方管理官の指示に従ってくれ」

緒方管理官は顎が張った頑固《がんこ》そうな男だった。鋭《するど》い目が二人を睨んでいる。明らかに、公安に反感を抱いている目だ。

飯島が素早く、緒方管理官に向き直り、腰を折って敬礼した。慌てて猪狩も敬礼した。

「よろしく、お願いします」

「どうぞ、よろしくお願いします」

「うむ。しっかり、やってくれ」

緒方管理官は苦々しくうなずいた。

「事犯概要や鑑識の報告などは、そこにあるから、庶務係にいって取っておいてくれ」

緒方管理官は作業台の一つを目で指した。

そこではマスクをかけた庶務の女性警官が資料を束ねたり、整理をしていた。

猪狩は庶務の女性警官から、二人分の捜査資料を受け取りながら、小声で訊いた。

「県警外事課の捜査員は、どこにいる?」

「一色《いしき》刑事ですか? いまパソコンに向かっています」

女性警官は講堂の隅の長机に並んだパソコンのコーナーを手で指した。

若い私服刑事が椅子に座り、ノートPCを開いていた。キイを押し、何事かを検索している。飯島は猪狩に目配《めくば》せし、一色刑事の背後に歩み寄った。

一色刑事は腕に「捜査」とだけ書かれた腕章を巻いていた。飯島が声をかけた。

「一色刑事ですね」

「は、はい」

一色はびっくりした表情で振り向いた。

一色卓《すぐる》巡査。二十九歳。神奈川県警警備部外事課員。

猪狩と飯島は、いったんマスクを外して、名乗った。一色は二人の腕の「警察庁警備局」と書かれた腕章を見て、ほっとした顔になった。

「お二人が御出でになることは、上司の大西《おおにし》課長から聞いていました。わざわざご苦労さまです」

一色は、近くの空いたパイプ椅子を引いて来て、二人に勧めた。周囲には捜査員たちの姿はない。

「大西外事課長は？」

「いまは署長室におられると思います。きっと小宮山《こみやま》刑事部長のお相手をしているのではないですか」

一色はやや皮肉るようにいった。

神奈川県警の刑事部長と警備部外事課長は、ともに警察庁のキャリア組の定席である。キャリア組の先輩後輩の間柄とあって、親しく話し合っているのだ。

飯島はまたマスクをかけて訊いた。

「さっそくだけど、マルヨウ（要調査）情報を上げたのは、あなたなの？」

「ええ。自分です」

一色は周囲を気にするように見ながらうなずいた。

「詳しいことを話して」

「実は三浦の事件が起こる前に、自分のマルトク（特別協力者）から、近々ヤクの密売市場を揺るがす事件が起こるという情報を得ていたんです」

「どういう内容？」

「あるニューカマーの組織がマル暴のフロント会社が密かに運営している覚醒剤の精製工場を叩き潰す。そのため覚醒剤の供給源が途絶《とだ》えるので、出回るヤクが品薄になり、密売価格が急騰する。それでヤクの密売市場が大混乱になるだろう、と」

「それが、どう39号と関連するというの？」

一色は声をひそめた。

「覚醒剤の供給ルートは、北朝鮮からが最も多く、ついで中国大陸からのルート。三浦の精製工場は、その中国大陸から入ってくるヤクです。密売価格が急騰すれば、得をするのは北。密売市場を独占できる。そのお金は」

「金正恩に送られるってことね」

「そうです」

「じゃあ、そのニューカマーの組織というのは北の組織ということね」

「それが、S（協力者）によると、北の組織ではない、というんです」

飯島は怪訝《けげん》な顔をした。

「北ではない？　では、いったい、どこの？」

「それは、まだ分かりません。組織の名は分かっています」

「何という組織なの？」

「コントラです」

「コントラ？　どこかで聞いたことがあるわね？」

飯島は猪狩の顔を見た。

猪狩は記憶を辿りながらいった。

「コントラといえば、中米で暗躍した反共ゲリラ組織だったと思います。四十年以上も前、アメリカの共和党政権のロナルド・レーガン大統領が、中米の赤化を防ごうとニカラグア革命政権を潰すため、反共ゲリラ組織コントラに経済援助や軍事支援した。そのコントラと同じ名前ですね」

飯島は思案《しあん》げにうなずいた。

「そのコントラが、日本に来ているというのかしら?」

「まさか。ちょっと待ってください」

猪狩はポリスモードでコントラを検索した。

公安のデータベースには、過去の中南米の反共ゲリラ組織コントラは出てくるが、日本やアジアにコントラの名はなかった。

コントラはスペイン語で、アンチとか反を意味する接頭辞であり、英語のカウンターにあたる。中南米では、ニカラグアに革命を起こしたサンディニスタ民族解放戦線(FSLN)政権に対し、反革命闘争を行なったことでコントラの名は知られている。

当時の共和党ロナルド・レーガン大統領は、コントラを「自由の戦士」と賛美した。だが、それも半世紀近く前の一九八〇年代の話だ。同じ共和党のトランプ大統領が、性懲《しょうこ》りもなくコントラを復活させ、反革命運動をさせていたとでもいうのだろうか?

そんなことは信じられない。

猪狩は頭を振った。

もし、コントラとして、いったい、何に対するアンチであり、何へのカウンターを企図《きと》しているというのか？

「もし、コントラが本当の話なら、調べてみる必要がありそうですね」

猪狩は一色刑事に向いた。

「コントラの正体について、きみのSは何だといっている？」

「先刻話したぐらいだけで、まだ詳しくは聞いていません」

「引き続き、聞き出してくれないか」

「了解です」

飯島が猪狩に替わって尋ねた。

「襲われた方のマル暴のフロント会社というのは、何なの？」

「関西の広域暴力団山菱《やまびし》組系の五次団体ぐらいになる偽装会社『幸運《こううん》』、通称ラッキーの三浦工場。ここでは売り買いはせず、もっぱら覚醒剤の精製を行なっていたらしいのです」

「覚醒剤を精製するって、どういうこと？　仕入れた段階で、売りに出せるのではないの」

「中国から入って来る覚醒剤は粗製濫造《そせいらんぞう》の粗悪品なんです。そのまま市場に流してもいいが、北が作る雪ネタのような上質なものに太刀《たち》打ちできない。そのままでは、あまり売れない。価格も安く叩かれるので、密売元の儲《もう》けも少ない。だから、中国から仕入れた粗悪品を、日本国内でもう一度精製し、北の覚醒剤に優《まさ》るとも劣《おと》らない上質なものにして売りに出そうというのです」

飯島はため息をついた。

「いまや、覚醒剤も品質を問われる時代なのね」

「そりゃあ、常習者も毒性の高い粗悪品よりも、極上品のネタがほしいでしょう」

「どっちにしても、シャブ中毒になれば、軀《からだ》をぶっ壊すだけでなく、頭までおかしくなってしまうというのにね。ほんとに懲りない連中だわね」

今度は猪狩が訊いた。

「『幸運』の本店は、どこ？」

「本店は福岡市にあるようです。神奈川では、三浦のほかに、横浜と川崎にも出店があるようです」

「東京は？」

「新宿と蒲田に出店があるらしい」

　飯島が訊いた。

「出店というのは？」

「卸《おろ》しです。そこで密売組織に卸す」

「卸す相手は？」

「『幸運』の背後は山菱系ですが、ヤクの密売では、山菱系、角吉《すみよし》連合系、稲山《いなやま》組系など関係なく共存共栄を図っているようなのです」

「『幸運』は北とのつながりはないの？」

「まだ出ていません。捜査会議では、被害者の身元が分からずにいるので、やきもきしているんです」

　飯島が辺《あた》りに目を配り、声をひそめて訊いた。

「コントラの情報は、捜査会議に出したの？」

「いえ。まだです。課長がまだ出すなというので、出していません。しかし、どう思います？　捜査会議には報告すべきだと思うのですが」

「難しいところね。でも、あなたは、どうして捜査会議に出すべきだというの？」

「捜査が間違った方向に行かないようにしないといかんと思いまして」

「マサト、あなたは、どう思う?」

猪狩も考え込んだ。

「むずかしいな。もし、コントラのことを出したら、それが確かな情報であることを証明するためには、きみのマルトクのことを報告しなければならなくなる」

「そうなんです。そんなことをしたら、せっかく獲得したマルトクを失うことになる。そうなったら、これまでの苦労は水の泡です」

「そうだろう? マルトクの正体を明かさねば、特別捜査本部はコントラの情報をあまり信用しない」

「じゃあ、どうすべきなんでしょうか。このまま黙って見ているしかないですかね。いまのままだと、マル暴同士の抗争という筋《すじ》読みで捜査がなされる。まったくコントラの存在なんぞに気付かない。ミスリードされたまま、捜査は滑ってしまう。それを思うと……」

一色刑事はため息をついた。猪狩が笑いながらいった。

「方法が一つある」

「どのような?」

「迂回路《うかいろ》を使う手だ」

猪狩は飯島と顔を見合わせた。飯島は察したらしく、笑みを浮かべた。

「迂回路？　どういう手です？」

「コントラ情報を、きみが出すのではなく、我々が得た情報として出す。一課長がいくら我々を問い詰めても、我々警備局はネタ元をばらさない。それで、どうだい？」

「自分としては、問題ありません。お二人にお任せします」

一色刑事は顔をぱっと明るくしてうなずいた。

「コントラをSから聞き出したのは、きみの手柄だ。きみの手柄だということは、上司の大西課長も知っているし、警察庁警備局の上の方にも、我々が伝えておく。安心しろ」

「ありがとうございます」

「ただし、出すのは、あくまで捜査会議で捜査の方向が、まったく間違った方角に向かいだしたら、だ」

「そうね。でないと、私たち公安が知っていて、捜査をリードしたといわれかねないものね」

飯島が声を殺して笑った。

「問題は、本当にコントラが実在する組織かどうかだ。きみのマルトクは信用出来るのだろうな」

「もちろんです。信用の出来る人物です」

「上司の大西課長には、Sが何者か、申請してあるのだろう？」

「はい」

一色刑事はうなずいた。

上司にSとして申請し、正式に認められなければ、マルトクにはならない。

「きみが信用できないわけではないが、我々にもSが何者か、話してくれないか。我々も保秘は絶対に守るから」

「分かりました。Sはコントラのメンバーかも知れない人です」

「人？」

飯島は猪狩と顔を見合わせた。

「もしかして、Sは女？」

「はい」

一色刑事はうなずいた。

「あなた、大丈夫？　もしかして、ハニートラップにかかったんじゃないの？」

「正直いって、そうではないか、と自分も疑い、用心しているのですが、これまでのところ、そうでもなさそうです」

一色刑事は照れたように鼻を指でいじった。

「若くて魅力的な女性ね」

「ええ、まあ。それなりに美人でしょうね」

「身元は洗ったのだろうな」

「ええ。身元は洗ったのですが、分からないところもまだあります。ですが、身元は確かだと思います」

「日本人ではない」

猪狩はずばりと訊いた。一色刑事は観念したようにおとなしく答えた。

「はい。台湾人です。親と一緒に日本に移住していて、アメリカに留学したこともあるので、日本語も米語もぺらぺら、もちろん、北京語も堪能《たんのう》です」

「名前は？」

「名前もいわねばなりませんか？」

「そこまでいったら名前も聞いておかないと。もちろん、保秘にする」

一色刑事は辺りに人がいないのを確かめてから、小声でいった。

「鄭秀麗《ていしゆうれい》」

「仕事は何をしている？」

「アメリカの貿易会社ソロモン商会の日本駐在員で、リサーチャー、市場調査員をしています」

飯島が尋ねた。

「立ち入ったことを訊くけど、どうやって知り合ったの？」

「自分がある事案の内偵捜査で、台湾商工会と横浜商工会共催のチャリティ・パーティに参加した時、彼女と知り合ったのです」

「向こうから声をかけられたの？　それとも、あなたから声をかけたの？」

「こっちからです」

一色は決まり悪そうに笑った。猪狩は一色の左手の薬指に指輪がないのを見て取った。妻帯者《さいたいしゃ》ではない。

「ナンパしたんだな」

「結局、そういうことになりますね」

「どうして、そんな彼女をマルトクにしたのだ？」

「それは、つまり、マルトクにすれば……」

一色は口籠《ごも》った。猪狩が笑いながら訊いた。

「始終《しじゅう》会えるってことか」

「はじめは、そんなつもりはなかったんですが」

「どういうつもりだったのだ？」

「彼女が付き合っている男がマル対（捜査対象者）だったんです。それで、マル対を調べるために彼女に接近したんです」

「で、そのマル対は、どうした？」

「大したタマではなかったので、リリースしました」

「ははは。代わりにビッグな当たり籤《くじ》を引いたわけだな」

「ま、そういうことになります」

「彼女は、きみがソトゴトの刑事だということを知っているのだな」

「はい。一応、こちらの身元は明かしました。まだ肝心《かんじん》なことは隠してありますが。彼女から情報を聞き出すため、こちらからも多少情報を提供しています。もちろん、上司の了解が得られた情報だけですが」

「彼女の方から、コントラについて話してくれたの？」

「ええ。まず、彼女からコントラって知っているかと聞かれたのです。知らないといったら、公安刑事なら知っておいた方がいい、と教えられたんです」

「それで、今回の事件についての情報を教えてくれたのだな？」

「はい」

「もっとコントラについて聞き出せそう?」

「ええ。前に会った時は、まさか、と思って聞き流してしまったけど、今度は真剣に彼女の話を聞こうと思います」

一色ははっと顔を緊張させた。

「大西課長が来ました」

猪狩と飯島は、後ろを振り向いた。

講堂の入り口に、四、五人の捜査幹部たちが談笑しながら現われた。

「さっきの話、一応、上に通しておいてください。お願いします」

一色は小声で飯島と猪狩にいった。

3

飯島と猪狩は署内の応接室で、大西外事課長と向かい合った。飯島は捜査会議への報告のタイミングについて、マルトクを守るため、自分たちに任せてほしいと提案した。

飯島の話が終えると、大西外事課長は冷ややかな笑みを浮かべながらいった。

「そのくらいのことは、きみたちにいわれなくても、分かっている。だから、私は捜査会議にまだコントラのことを出さずに止めている。いいか。きみらに一言いっておく。警察庁ビキョクの人間だとはいえ、きみら下っ端《したっぱ》は余計な口出しするな。私には私の考えがあるんだ」

「失礼しました。では、どうなさるおつもりなんですか？」

飯島舞衣は怒りを抑え、静かな口調《くちょう》で訊いた。

「断っておくが、これは、きみたちにいわれたからではない。私は、はじめから、部下の一色と、そのマルトクを守るため、コントラの情報は、上から、つまりビキョクのゼロから降りてきたものだ、とするつもりだった。ゼロからの情報だといえば、県警本部の刑事部ごときが、情報の出所に疑問を出したり、上に口を挟むことはできんだろうが」

ゼロの情報にする？

猪狩は飯島と顔を見合わせた。

ゼロは、警察庁警備局にあるといわれる秘匿《ひとく》された裏機関とされている。公安捜査官である猪狩たちでさえ、ゼロが本当に存在するのか知らない。かつては確かにチヨダとかサクラとか呼ばれた秘匿機関はあったらしいが、マスコミに取り上げられて以来、公式には存在しないことになった。つまり、存在しないからゼロである。そのため、幻の秘匿機関があるとされ、ゼロと称されるようになった。そのゼロが、いまはひとり歩きしている。

「しかし、ゼロからの情報というのは、フェイクではないですか」

思わず、猪狩は口に出した。

「ははは。いいではないか。みんな、ゼロがあると思っているのだから。そのゼロからの極秘情報だとすれば、部下の一色や、そのマルトクが守れるんだ。それにマルトクの情報は、まだ捜査会議に出してない。コントラが本当にあるのか否か、ちゃんと裏を取るまでは出せないだろう」

「…………」

猪狩は飯島の顔を見た。飯島はかすかに頰《ほお》を緩《ゆる》めて微笑《ほほえ》んでいた。いわせるだけいわせましょう。飯島の顔はそういっていた。

「さっき、刑事部長に会って、少し根回しをしておいたよ。ビキョクから、二人要員が送り込まれた、とね。きみたちのことだが」

「どういうことです？」

「いずれ、一色の情報を捜査会議に出す時、ゼロの情報として出すにしても、現場にきみたちがいれば、いかにもゼロの情報らしく、みんなに思わせることが出来るだろう。そのための布石《ふせき》として、まずは小宮山刑事部長に少しばかり、きみたちのことを耳打ちしておいたのだよ。ゼロが来ているってね。そのくらい、いいだろう？　きみたちのことを利用させてもらっても。どうせ、頭の悪い刑事《ジ》たちには、我ら公安のことは分からない」

「いっておきますが、我々はゼロではないですよ」

猪狩は大西課長を睨んだ。

「ははは。ゼロの要員が、自分はゼロだと認めるはずはない。だから、きみたちがゼロではない、と言い張っても、誰も信じないね」

大西課長は煙草《たばこ》を咥《くわ》えて、上下させた。ライターで火を点《つ》けるように促していた。

猪狩はポケットにライターを持っていたが、無視して応じなかった。

「課長、ここは禁煙です」

飯島は強い口調で大西課長をたしなめた。

「構わんじゃないか。テーブルに灰皿がある。ということは喫煙可だろう。それに、さっきまでいた署長室では、禁煙の札があったが、署長も刑事部長も、すぱすぱやっていた」

「上に立つ者が決まりを破っては困ります」

飯島は引かなかった。

「はいはい。分かりました。我慢する」

大西課長は上目遣いで飯島を眺めながら、火の点いていない煙草を手で揉《も》みくしゃにして、灰皿に捨てた。

「ところで、きみたちは真崎理事官から派遣された要員なのだろう？　何を命じられているのだ？」

「申し訳ありません。保秘なので、直接の上司でない限り、申し上げられません」

飯島は言い放った。猪狩は素知らぬ顔をしていた。

大西課長は能面のような無表情な顔でいった。

「噂では真崎理事官が、ゼロの指揮官だそうではないか。ということは、きみたちは、ゼロの要員ではないのかね。正直にいいたまえ。ここでの話は、保秘にするから」

おれたちをあくまで、ゼロの要員だというのか？

猪狩は、むっとして飯島を見た。

飯島は猪狩に、黙ってと目配せした。

「生憎《あいにく》ですが、私たちには答えようがありません。どうしても、お知りになりたいのなら、真崎理事官に、直接お聞きになってください」

「否定も肯定もしないか。さすが、ゼロだな。答えをはぐらかすのが上手《うま》い」

大西課長は頭を振って笑った。

「よかろう。そんなことはどうでもいい。一色が摑《つか》んだコントラが本当に存在するのか、どうかが問題だ。一色にも命じたのだが、コントラ情報の真偽《しんぎ》を検証してほしい」

「分かりました。検証するため、少し時間を頂きます」

飯島は大西課長をしっかり見つめて答えた。

大西課長はソファにふんぞり返った。

「承知かとは思うが、神奈川県警は特別捜査本部を立ち上げると、神奈川県警方式といって、捜査一課だけでなく、捜査員を総動員し、短期集中して捜査を行ない、本ボシを上げる。警視庁や他の県警本部に真似が出来ないやり方で捜査する。だから、コントラの情報が本物なのなら、早急に結論を出してほしいのだ。でないと捜査が迷走する。責任重大だぞ」

「分かりました。私たちも神奈川県警方式で早急に真偽の報告をいたします」

飯島が決然としていった。

「よろしい。じゃあ、頼むな」

「では、失礼します」

飯島と猪狩は立ち上がり、大西課長に腰を折って敬礼した。大西課長は鷹揚《おうよう》にうなずき、卓上の受話器を取り上げ、耳にあてた。交換台に相手の名を告げた。

飯島と猪狩は、応接室の扉を開け、廊下に出た。

4

講堂に戻った。パソコンの前で待っていた一色が立ち上がった。

「どうでしたか？　課長との話はうまくいきましたか」

「大丈夫よ。話はついた」

飯島舞衣が笑いながら、パイプ椅子に座った。

「私たちがコントラを捜査することになったわ。あんたも一緒よ」

「そうでしたか。よかった。ところで、コントラの情報源については、どうなりましたか？」

一色は不安そうな顔になった。猪狩がパイプ椅子の背凭《せもた》れを前にして跨《また》がるように座った。

「そっちも大丈夫だ。ベールを掛けて隠した」

「ベールを掛けた？」

飯島が補足するようにいった。

「ゼロの情報ということになったのよ」

「え？　ゼロの情報ですか。じゃあ、主任たちは……」

「私たちはゼロなんかじゃない。でも、大西課長は、県警幹部たちにそう思い込ませようとしている。別に支障があるわけではないので、あえて否定はしないけどね」

「そうですか」

一色は半信半疑の表情だった。

猪狩はぼやいた。

「しかし、あのクソキャリアめ、まだ若いのになんだってあんなに偉そうなんだ？　俺たちはやつの部下でもないのに威張《いば》りくさって」

飯島はにやにや笑った。

「マサト、怒らないの。私たち女は、あんたたち男には分からないだろうけど、しょっちゅう、ああしたパワハラ男を相手に闘っているのよ。いちいち腹を立てていたら、身が保《も》たない。だから、ああいう偉いさんに会ったら、さりげなくスルーして、無視するの。よくいるのよ。ああいうやつ。若くして警視正になると、のぼせあがって自分は偉いんだと思い込む。本当はまだ未熟なのに、必死に取り繕《つくろ》って隠しているの。だけど、いまに見なさい。いつか、あいつ、どこかで蹴躓《けつまず》いて、階段から転げ落ちるから。その時を心の中で想像しながら、相手するの」

「恐ろしいなあ。女の人は」

「そうよ。女は鋭い爪を隠した猫なんだから。あんたたち、女を舐《な》めたらいかんぜよ」

飯島は豹《ひょう》のような大きな目で猪狩と一色をじろりと見回した。

猪狩は麻里を思い浮かべた。

飯島舞衣も麻里と同じような黒目がちの大きな眸《ひとみ》をしている。麻里も、爪を隠した猫なのだろうか。いや、豹か雌ライオンかも知れない。

猪狩は頭を振った。

「おれはとても主任みたいには出来ないな。あんなやつの下で働きたくないね。きっとすぐに辞表を叩きつけてしまう」

「そうね。マサトは短気だから、すぐに反抗するわね。だけど、あんなやつのために警官を辞めてしまうのは馬鹿がすることよ」

「といわれてもなあ」

猪狩はため息をつきながら、一色刑事に顔を向けた。

「きみはよく我慢しているな。とてもおれにはできん」

「一応、上司ですからね。でも、一年か二年我慢すれば、どこかに飛んでいく人だから、自分は平気です」

一色はにやっと笑った。

「さ、ふたりとも、コーヒーでも飲んで、気分を直し、捜査に取りかかりましょう」

飯島は気を取り直したようにいった。

一色が椅子から跳ね上がるように席を立った。

「あ、自分がコーヒーを淹れて来ます。主任は、お砂糖、ミルクは？」

「どちらもいらない。ブラックにして」

「おれもブラック」

「はい。少々お待ちを」

一色は駆け足で講堂から出て行った。

「あの腰の軽さが、上の連中からすれば、パシリに使い易いんでしょうね」

飯島は笑いながら一色の背を見送った。猪狩はため息をついた。

「あまり気が利《き》きすぎるのも考えものだな」

飯島はあたりに聞き耳を立てる者がいないのを確かめ、声をひそめていった。

「マサト、コントラのこと、どう思う？」

「どう思うって、コントラの存在を信じられるかってことですか？」

「そう。私はまず理事官に情報を上げようと思うんだけど。もしかすると、理事官はコントラについて何か情報を持っているかも知れないから」

「そうですね」

「そして、海原班長にも上げて、情報共有し、徹底的にコントラの情報を収集する。これまで見逃していた些末《さまつ》な情報も再検証する」

「ふむ。そうですね」

飯島は腕組みをし、宙を睨んだ。

「まずマルトクの身元を洗うのが最初ね。マルトクがどこでコントラを知ったのか、コントラとの繋がりを洗う。きっと、マルトクはコントラに太いパイプを持っているわ。もしかすると、彼女がコントラの一員かも知れないし」

「なるほど。だが、一色が我々にマルトクの身元を洗うのに賛成するかどうか」

「一色が協力しないというの？」

飯島が大きな目を猪狩に向けた。

「ひょっとすると、一色はマルトクに惚《ほ》れてしまったかも知れない」

「彼は仮にも公安捜査官よ。公安としてマルトクにする上で、それ相応の覚悟は出来ているはず」

飯島はポリスモードで公安人事データベースを検索し、一色卓の履歴や評定結果のデータを出した。

公安捜査講習の成績は、特優の５Ａだった。猪狩の成績よりも、はるかに一色の方が優秀だった。

講堂の出入口から、一色の姿が現われた。三個の紙コップを載せた盆を持ってゆっくりと歩いて来る。

飯島は素早く、ポリスモードの画面をオフにした。

「だけど、一色も人間ですから。講習の成績がいくらよくても、いざとなったら、分かりませんよ」

「それはそうね。一応、頭に入れておくわ」

飯島はにこっと笑った。

一色は飯島に近寄り、紙コップのコーヒーを手渡した。

「お待ちどおさま。ブラックでしたね」

飯島は両手で押し頂くように、紙コップを受け取った。

「ありがと」

一色は猪狩の前の机の上にも紙コップを載せた。ついで、自分の机の上にも、自分用の紙コップを置いた。

コーヒーの香りが鼻をくすぐった。

「美味《おい》しいわ。本格的なドリップコーヒーね」

「でしょう？　帳場が立ったので、急遽《きゅうきょ》、ドリップコーヒー器を調達したんです」

一色も美味そうにコーヒーを啜った。

「ね、あなたのマルトク、どんな人なの？」

飯島は紙コップのコーヒーを啜りながら訊いた。

「どんなって、普通の女ですよ」

一色は顔を綻《ほころ》ばせ、紙コップのコーヒーを飲んだ。

「彼女の顔写真、見せてくれない」

「それが、ないんです。彼女、写真を撮られるのが大嫌いなんです」

「なんで？」

「過去に、なにか、嫌なことがあったらしいんです」

「スナップも何もないの？」

「ええ。ありません。羞《は》ずかしがりで、写真に撮られたくないっていうんです。一度、こっそりとスマホで顔を撮ったら、ひどく怒ってデータを消されてしまった。それで、そんなことをするなら、二度と逢《あ》わないといわれた」

「ははは。よほど顔に自信がないのね」

「そんなことない。ほんとに綺麗《きれい》なんだけどなあ。下手なタレントよりも、何十倍も美形だと思います」

「たとえば、女優でいえばだれに似ているの？」

「石原《いしはら》さとみさん。じゃなかったらＴＶの『科捜研《かそうけん》の女』の沢口靖子《さわぐちやすこ》さんかな」

「ほう。それはほんとに美形じゃないか。凛《りん》とした女性だ」

猪狩は思わず口を出した。

「ですよねえ」

一色は顔を赤らめた。

猪狩は飯島と顔を見合わせた。

飯島は一色にいった。

「あなた、マルトクに惚れてはダメよ。ハンドラーとして、冷静に距離を置かねば」

「はい。分かってます。付かず離れず、適当な距離を取っています」

「ならいいけど」

飯島は紙コップのコーヒーを飲み干した。

猪狩は飲み干した紙コップを手で握り潰した。近くのくず籠《かご》に放りこんだ。

「捜査会議は何時だ？」

「二十時です」

「まだ、だいぶ時間があるな。一色、現場を見に行くぞ」

「え？　これから現場に出るのですか」

一色が目をしばたたいた。

「当たり前だろう。事件は現場で起こったんだ。発生現場を見ないで、事件解決はできん。現場百遍《ひやっぺん》。捜査の鉄則だ。これから行くぞ」

猪狩は立ち上がった。飯島が戸惑った顔で猪狩を見た。

「でも、マサト、現場を見なくても公安捜査は……」

「公安捜査では犯行現場を踏まないというのですか」

「そういうわけではないけど」

飯島は目をしばたたいた。考える時に見せる表情だった。

「それでは事件の真の姿が見えませんよ。事件は情報ではない。現場を踏まずに、どうやって犯罪を見、犯人を捕まえるというのです」

「分かった。行きましょう」

飯島も空になった紙コップを手で揉みくしゃにし、くず籠に放りこんだ。黙って見ていた一色も慌てて紙コップを丸めてくず籠に放った。だが、丸めた紙コップはくず籠から外れて床に転がった。

5

猪狩はホンダCR－Vを焼け残った廃墟の庭先に入れて止めた。

空はようやく雲が流れて青空が拡がっていた。北西に雲を頭に被った富士の高嶺《たかね》がそびえていた。太陽はだいぶ西に傾いたものの、まだ伊豆半島の山並みに隠れるまでには時間がありそうだった。

海からの風が吹き寄せ、岸壁に居並ぶ樹林の枝葉を揺るがしていた。十月の初め、三浦半島の樹木はようやく黄色い葉をちらほらと枝につけはじめたばかりだった。

樹林越しに、岸壁の下で波が岩場に打ち付ける音が轟《とどろ》いている。

猪狩は車から降りた。助手席の一色も後部座席の飯島も車を降りた。

猪狩はマスクを外した。大きく伸びをし、深呼吸をする。潮の香りが鼻孔《びこう》いっぱいに満ちた。

一色が飯島を相手に、現場周辺の説明をはじめた。

猪狩は一色の説明を聞きながら、辺りを観察した。

三浦半島の先端にある宮川地区は、三方を海に囲まれていた。西に相模湾と城ヶ島が、東には東京湾が、そして南に伊豆大島の島影と太平洋が望める。

いましも東京湾に向かって、一隻の大型コンテナ船の白い船体が紺青《こんじょう》の海原《うなばら》を過《よぎ》っていくのが見えた。

海からの風は強く、終日吹き寄せるため、丘の上の宮川公園には大型風力発電機の風車が三基、そびえ立っている。

現場の焼けた洋館の残骸《ざんがい》の前に立った。周囲の丘陵には、スイカ畑やウリ畑、大根畑などが見えた。道路は北東の方角にある丘の上の宮川公園からなだらかに下り、洋館の前を通り、スイカとウリなどの販売所の建物の陰に消えている。その先は三崎港に通じている。

現場の洋館の隣家は、東側、スイカ畑を挟んで二百メートルほど離れたところにある、休業中のリゾートホテルと、道路を下った西側のスイカ畑越しに見える三百メートルほど離れたスイカやウリの販売所を運営している農家だけだった。

北側の道路を越えた丘陵は、スイカやウリなどの畑、南側は二、三十メートルほど切り立った断崖《だんがい》絶壁となって太平洋の海に落ち込んでいる。

一色が飯島に説明している。

「洋館が建てられたのは、一九九〇年代のバブル景気が弾《はじ》ける直前ごろです。粋狂《すいきょう》な成金がカネにまかせて、こんな辺鄙《へんぴ》な場所に別荘を建てた。でも、すぐにバブルが弾けて、成金は売りに出したが、買い手がつかず、近年まで空き家になっていた。ITバブルの時代になり、どこかのIT成金が投資として買い込んだらしい。そして、いつしか九州在住の中国人資産家が別荘として買った。調べによると、中国人資産家は知り合いの横浜の華《か》僑《きょう》に邸《やしき》を貸したところ、その華僑がさらに知り合いに又貸しした。その知り合いというのが、悪い筋の人間で、実体のないペーパーカンパニー『幸運』の経営者だった。その経営者が邸を覚醒剤の精製工場にしてしまった、というのが、これまでの捜査で分かったことです」

「その経営者というのは、誰なの？」

「捜査中です。今夜の捜査会議では明らかにされるでしょう」

猪狩は一色の説明を聞きながら、現場周辺を見回した。

コンクリート製の建物は、完全に焼け落ち、いまや見る影もない瓦礫《がれき》の廃墟になっていた。建物は爆発があったらしく、半《なか》ば以上が吹き飛ばされて、崩壊していた。

辺りには依然として焼け焦げた臭いが立ち籠めていた。焼け残った廃墟の周囲には、現場保存のため、黄色と黒のテープが張り巡らされており、風にはためいていた。規制線を監視する警官の姿はなかった。

青空を鳶《とんび》が舞っていた。三羽、四羽。大きく輪を描いて飛んでいる。

崩れ落ちた洋館の屋根の傍らに、一本のポールが折れて倒れていた。何枚か焼けた小旗が括り付けられていた。

猪狩はポリスモードを取り出し、カメラを起動して、その小旗を色々な角度から撮った。

海を通る船に信号を出していた？　どういう意味の信号なのだ？

猪狩はテープを押し上げ、玄関前の低い階段を上がった。一色と飯島がついて来る。

玄関のドアは真っ黒に焼け焦げ、辛うじて蝶番《ちようつがい》で玄関口の柱に繋がっていた。建物の内部は、二階の床が焼け落ち、柱と壁の残骸がようやく残っているだけだった。

玄関だったところから、真っ直ぐに廊下が延《の》び、突き当たりのあたりから広い部屋になっている。廊下の両側にはトイレや風呂場、洗面所、厨房だったらしい部屋、二階への階段の跡が見受けられた。瓦礫と焼けた壁の残骸でおよその間取りを推測するしかない。

玄関を入ってすぐの床と、トイレの出入口、さらに奥の部屋の出入口の三ヶ所が片付けられてあり、白い石灰《せつかい》で人型が描かれていた。しかし、今朝までの雨のせいで、石灰は流れ、漠然《ばくぜん》と焼死体があった位置を示すだけになっている。

あたりには、人の肉や脂《あぶら》が焼け焦げる強い異臭が立ち籠めていた。飯島はハンカチを出し、鼻にあてて顔をしかめた。一色は口を押さえ、慌てて玄関から外に飛び出した。すぐに外で激しく嘔吐《おうと》する音が聞こえた。

猪狩は何もいわず、遺体のあった場所を入念に見て回った。すでに鑑識が調べた後で、銃弾や手がかりになる物は何も残されていない。

三体目の遺体があった箇所を調べ、広い部屋に踏み込んだ。ガソリンや火薬の燃えた臭いがまだ残っていた。床の絨毯《じゅうたん》や壁面は燃えて黒ずんでいた。作業台らしい木製の机もほぼ燃え尽きている。床には夥《おびただ》しい量のガラスの破片が散乱していた。

ガソリンや火薬の臭いとは別に、薬品の刺激臭が漂っている。窓のガラスはすべて吹き飛び、窓枠だけになっていた。開いた窓から、湿った海風が吹き込んでくる。

「すみません」

一色がハンカチで口を拭《ぬぐ》いながら戻って来ると、飯島と猪狩に謝った。一色はまだ青い顔をしている。

「こんなのはすぐに慣れる。おれも最初の現場では吐いた」

猪狩は一色を慰めながら、部屋だった瓦礫の中を見回した。周囲のコンクリートの壁だけが残り、頭上には青空が広がっていた。

太陽はやや西に傾き、壊れた壁や折れた柱の影が長く伸びている。

「どこに地下室があるのかな」

「さっき、ホワイトボートの見取り図を撮っておいた」

飯島がポリスモードを出し、見取り図の映像を画面に出した。飯島は画面を調べた。

「二階への階段のフロアに戻って。そこに地下室への下り口もあるようよ」

猪狩は瓦礫の部屋を出て廊下に戻った。二階への階段は崩れた天井や側壁の下敷きになっている。立ち入り禁止のテープが張られていた。二階部分はほぼ床が焼け落ちている。

猪狩は半壊した階段の後ろに回った。床に壊れた鉄の扉が見え、半開きになっていた。鑑識課員たちが扉を開け、そのままにしていた様子だった。

「下りる」

「もし、誰か中に潜んでいたら」

「いないと思うが」

「犯人たちが戻って来ているかも知れない。用心して」

「了解」

猪狩は腰の特殊警棒を抜いた。特殊警棒は一振りすれば、五十センチメートルほどに伸びる。特殊警棒は相手を制圧するのに有効な武器だ。一色も飯島も特殊警棒を一振りして伸ばした。

地下の入り口は真っ暗で、下への階段がわずかに見えるだけだった。猪狩はスマホを取り出し、ライトのボタンを押した。眩《まばゆ》い光が地下室への階段を照らした。

猪狩は左手にスマホのライトを掲《かか》げ、右手に特殊警棒を握り、半開きになった扉の隙間から暗闇に潜《もぐ》り込んだ。階段を一歩一歩慎重に下りはじめる。

後ろから飯島と一色もスマホの明かりを点けて続いた。

地下室の中は、ガソリンの燃えた臭いが強かった。襲った犯人たちが、地下室内を焼き払おうとして、ガソリンを流し込み、火を点けた可能性が高い。

明かりの中に、扉が開いた大きな金庫が見えた。中身はなかった。きっと鑑識が残っていたものを運びだしたに違いない。金庫の内装は焼け爛《ただ》れていた。

床には燃えた木製のテーブルが斜めになっていた。一面に焼けた書類の端切れが散らばっていた。ほとんどが燃え滓《かす》になっていた。

「見て」

飯島が黒焦げになった壁にスマホを向けた。黒ずんだ壁に文字がいくつか浮かんでいる。数字の行列がいくつも書かれている。

「一色、明かりを向けていて」

一色はすぐさまスマホのライトで壁の文字を照らした。飯島が、丹念にスマホのシャッターを切って壁に残された文字を撮影した。

猪狩は黒ずんだ壁の表面を手で擦《こす》った。煉瓦《れんが》造りの壁だった。壁に電線が走り、天井の隅に潜《もぐ》り込んでいる。

「ここには、報告によれば、無線機があったということだった」

猪狩は飯島の言葉にうなずき、明かりを天井に向けた。天井には焼け焦げた蛍光灯が貼り付いていた。さらに部屋の隅にコンセントがあった。無線機の電源はそのコンセントから取ったに違いない。

壁を這う電線は、コンセントとも繋がっておらず、天井の蛍光灯にも届いていない。

電線の末端は、燃えて縮こまっていた。

きっと、これが無線のアンテナに繋がる電線だろう。

「何か、あった？」

「いや、ない。きっと鑑識か捜査員が遺留品を全部押収したんだと思う」

「そうね。鑑識が大事な物証を見逃すはずないわね」

「出よう。息が詰まる」

猪狩は特殊警棒を短縮して腰に戻した。出口への階段に明かりを向けた。飯島と一色が先に地下室から出て行った。猪狩は、室内をもう一度見回し、二人の後に続いて階段を上がった。

それから飯島は厨房の跡を、一色は洗面所やトイレの跡を調べて回った。猪狩は、もう一度奥の広間だった部屋に戻り、床を丹念に調べた。床は踏み場もないほど瓦礫や焼け爛れた調度品の残骸が散乱していた。

ふと壊れた窓から外を見た。そこからは、休業しているリゾートホテルらしき煉瓦造り二階建ての建物が見えた。二階の南側には海に向いたテラスがあった。建物に西日が当たり、窓ガラスが黄金色の光を反射している。

猪狩は壊れた窓枠を乗り越えて外に出た。

「マサト、どこに行くの」

後ろから飯島の声が飛んだ。

猪狩は休業中のリゾートホテルを指差した。

「ホテルに行く。気になる」

「待って。私も行く」

猪狩は飯島の声を背にしながら、規制線のテープを潜《くぐ》り抜けた。後ろから飯島が慌ただしく駆けて来る。

猪狩は庭の低い生け垣のところで、飯島が追い付くのを待った。飯島は猪狩に駆け寄った。

「いったい、何が気になるの？」

「もし、自分が犯人で、この邸を襲うとしたら、事前に綿密に下見をする。この邸に、しばらく張り付いて人の出入りを視察する」

「あのホテルから視察しただろう、というのね」

猪狩はうなずいた。視察は公安用語で、監視を意味している。

玄関先から飛び出した一色が大声で叫んだ。

「先輩、自分はどうしましょう？」

「一色、車をあのホテルに回してくれ」

「了解」

一色はホンダCR－Vに駆け寄った。

猪狩は飯島と足早にホテルに向かった。

道の両脇に拡がるスイカ畑は、季節が終わり、いまは葉や茎が刈り取られ、畑に寝かされている。

二百メートルほど歩くのは造作《ぞうさ》も無い。

ホテルは遠目に見ても人気《ひとけ》なく静まり返っている。ホテルのアプローチの門柱には太い鉄の鎖《くさり》が張られ、一応車が入れないようにしてある。電飾が付いた看板には「休業中」という貼り紙が半分外れて風にはためいていた。

猪狩は鎖を跨ぎ、人気のないホテルの敷地に入った。車のアプローチには雑草が生え、ほとんど手入れがされていない。その草地に車の轍《わだち》の跡があった。最近、車が出入りした形跡だ。

猪狩と飯島は玄関先に立った。玄関のガラスの扉には鍵が掛かっていた。ガラスにはA4サイズの紙が貼られていた。紙には休業中という文字と、連絡先の電話番号が書かれていた。

猪狩はその紙を剝《は》がした。下からガラスを丸く切り取った跡が出て来た。

猪狩は飯島と顔を見合わせた。

「やられている」

猪狩は扉の把手《とって》を摑んで開いた。鍵はかかっておらず、簡単に扉は開いた。

道路の方で車が急ブレーキを掛ける音が響いた。

猪狩は道路の方を振り向いた。一台のセダンがつんのめるように停車し、左右のドアが開いて男たちが飛び出した。

「待て。警察だ。そこの二人、動くな」

怒鳴《どな》り声が聞こえた。

続いて、白と黒のパトカーが走り込み、セダンの直後に急停車した。制服警官たちも車から、転がるように降りた。

猪狩は飯島と顔を見合わせ、マスクをかけた。

マスクをかけた私服刑事たちは猪狩と飯島に駆け寄り、二人の腕を摑んだ。

「おとなしくしろ。家宅侵入罪容疑で現行犯逮捕する」

二人の刑事は手錠を猪狩と飯島に掛けようとした。

「待って。私たちも警察よ」

飯島がバッグから警察バッジを取り出して掲げた。猪狩は捩《ね》じ上げられた腕の痛みを我慢しながらいった。

「おれも警察だ」

「なんだと」

私服刑事たちは顔を見合わせ、思わず手を緩めた。駆け付けた制服警官たちも驚いて足を止めた。

「落ち着け。警察バッジを出す」

猪狩も捩じ上げられた腕を振りほどき、スーツの胸の下から警察バッジを取り出し、彼らの前に掲げた。

「警視庁公安部外事二課員猪狩誠人巡査部長」

「私は同じく警視庁公安部外事主任二課飯島舞衣警部補」

猪狩も飯島も、本当は警察庁警備局所属の身分だが、表向きは「警視庁公安部所属」の身分になっている。

「なんだ？　おまえら、ハムじゃないか」

「どうして、警視庁のハムがここにいるんだ？」

私服刑事たちは、飯島と猪狩の警察バッジを一目見ると怒鳴り声を上げた。

「我々も現場の捜査をしているところだ」

「なんでハムが現場を捜査するんだ？」

「刑事部の刑事しか、現場は捜査できないのか」

いかにもデカの顔をした鋭い目付きの男が猪狩を睨んだ。

「ここで何をしているんだ？」

「私たちは特別捜査本部の一員として、ここに鑑取りの捜査に来ている」

「不審に思うなら、鑑取りの統括をしている緒方管理官に聞きなさい」

「鑑取りだぁ？」

「…………」

二人の私服刑事は顔を見合わせた。

「あんたたちは誰よ。本当に刑事なの？」

飯島は特殊警棒を取り出した。駆け付けた制服警官たちは戸惑った顔で、飯島と私服たちのやりとりを見ていた。

「俺は県警捜査一課強行犯捜査一係班長代理宇崎警部補。こいつは同僚の茂原部長刑事だ」

「なんだ、同じ警部補じゃない」

飯島は特殊警棒をバッグに戻した。

「いったいここで何をしている？」

「おそらく犯人は、このホテルのどこからか、事前にあの邸を監視していた。その監視場所を特定するために中に入ろうとしたんだ」

「おまえがガラスを破ったのか？」

「違う。すでにガラスは切られ、鍵が開けられていた」

「ここから先は、おれたちの仕事だ。ハムが口を出すことはない」

「ここを見付けたのは、私たちよ。あんたたちは後から来て、何をいうのよ」

飯島は宇崎班長代理に食って掛かった。

「おい、ハム女、刑事の捜査には手順というものがあるんだ。ハムが勝手にうろついて現場を荒らしてもらっては困るんだよ」

「この事案はあんたたち刑事だけのものじゃないのよ」

「おい、ハム、いっておく。おれたち刑事の事案にハムは口を出すな。いいな」

「何をいうの、刑事部の刑事がなんだというのよ」

猪狩はさっと飯島の前に立ち、両手で飯島の肩を押えた。

「まあまあ、主任、押さえて押さえて。ここは、県警捜査一課のシマです。彼らに任せましょう」

「マサト、あんたはどっちの味方？」

飯島は大きな目で猪狩を睨んだ。猪狩は笑い、飯島を宥《なだ》めた。

「まあ、落ち着いて」

「分かったわ。猪狩部長刑事。ここは彼らに任せて引き揚げましょう」

飯島はいきなり猪狩の鳩尾《みぞおち》に拳《こぶし》を叩き込み、くるりと踵《きびす》を返した。猪狩は鳩尾に打ち込まれた拳の痛さに耐えながら、宇崎と茂原に手を振り、飯島の後に続いた。

飯島は憤然《ふんぜん》として道路を歩いて、現場の焼け跡に向かっている。

現場の焼け跡の前に立った一色刑事が猪狩と飯島に盛んに頭を下げていた。

いつの間にか、太陽は伊豆半島の山端に掛かりはじめていた。あたりが茜色に染まりはじめている。

6

三崎署の訓示場（講堂）での捜査会議が始まった。雛壇の長机には、小宮山刑事部長と長嶋捜査一課長をはじめ、三崎署長、鑑識課長、組織犯罪対策部部長、県警薬物対策課課長、機捜隊長など県警の首脳陣が居並んでいた。大西外事課長の姿もある。

雛壇の前に何十基もの長机が並び、捜査員たち二百人ほどがびっしりと詰め掛けていた。窓は開け放たれ、エアコンが空気を入れ替えてはいるものの、密の状態は避けられない。しかし、捜査員たちはマスクをかけてはいるものの、誰も新型コロナウイルスを恐れている気配はなかった。

猪狩は最後部の長机の端に座り、腕組みをして捜査会議の様子を見ていた。隣ではマスク姿の飯島がノートPCを開き、捜査会議での報告をメモしている。

隣で一色刑事もノートPCを開いて、キイに指を走らせている。

長嶋捜査一課長が書類から目を上げ、大声でいった。

「本件の筋読みは、暴力団同士の覚醒剤密売を巡る抗争と見る。襲われた被害者側は、覚醒剤精製を行なっていた『幸運』、通称ラッキー有限会社。登記上の社長は、台湾人康豊《こうとよ》次郎《じろう》だが、本人は数年前に老衰で死亡。専務、常務など役員も、いずれもが死亡、生きていても介護施設に入っており、会社としては実体のないペーパーカンパニーだ」

一課長は、ちらりと書類に目を落とし、また声を張り上げた。

「この営業実体のない『幸運』の代表と称している男がいる。康虎吉《とらきち》。康豊次郎の息子と称しているが、豊次郎に実子はいない。なお、康虎吉は、山菱組系の五次団体荒神会《こうじんかい》の若《わか》頭《がしら》でもある」

それで『幸運』は、康虎吉の線で山菱系と見られているのだな、と猪狩は納得した。

一課長は続けた。

「襲撃したのは、反目《ハンメ》の暴力団系のヒットマンと見られる。全力を挙げて、山菱の反目の暴力団を特定し、ヒットマンを挙げろ」

猪狩は内心、唸《うな》った。

暴力団の下部組織同士の覚醒剤密売市場を巡る抗争と見るのか。初めの筋読みが違えば、捜査方針は大きく揺らぐ。かといって、何の根拠も示さずに、コントラの情報を出すことは出来ない。コントラ自体、まだ裏を取った情報ではない。

猪狩は、雛壇の刑事部長と大西外事課長を見た。刑事部長は腕組みをしたまま、何もいわない。

刑事部長には、大西課長がコントラ情報を耳に入れているはずなのに、コントラのことは長嶋一課長の筋読みには一欠《ひとか》けらも入っていない。

大西課長も捜査資料に目を落とし、長嶋一課長に何も話をしようとしていない。

いったい、どうなっているのだ？

長嶋一課長は声を張り上げた。

「身柄を確保した作業員の一人、ベトナム国籍のグエン・バン・ホンによると、襲撃犯は金髪の女一人だったそうだ。金髪は鬘《かつら》か、ヘアーダイによる偽《にせ》金髪と思われる。女は工場の用心棒二人を射殺した後、工場責任者一人を射殺。その後、作業場に入って来て、作業員たちに流暢《りゅうちょう》な日本語で『逃げろ』『早く出ていけ』と怒鳴った。これから考えて、日本人の可能性が高い」

捜査員たちは騒《ざわ》ついた。

捜査一課長はじろりと捜査員たちを見回した。

「使われた拳銃は、サイレンサー付きの9ミリの軍用拳銃シグと思われる。鑑識課によると、拳銃弾は殺傷性の高いダムダム弾だった」

捜査員たちは水を打ったように静まり返った。

「殺された三人は、いずれも、額《ひたい》に一発、心臓付近に一発の計二発を受けている。至近距離とはいえ、拳銃の扱い方はプロだ。三人の身元については、緒方管理官、どうなっている？」

雛壇の端にいた緒方管理官が発言した。

「まだ三人とも、身元は不明です」

「襲撃犯は、とりあえず、女一人となっているが、現場には複数のゲソ痕《こん》（足跡）が発見されている。女が一人で地下室の金庫からカネを盗み、さらに現場にガソリンを撒いて放火したとは考えられない。ウシロがいる。付近には防犯カメラや監視カメラが設置されていないが、なんとしても、女とウシロの足取りを見付けだせ」

捜査員の一人が手を挙げた。

「一課長、事件発生前に、コンビニの駐車場に設置してあった防犯カメラに不審車両二台が映っていました。一台は赤のＢＭＷ。もう一台は、黒のワゴン。ＢＭＷに乗り降りしていたのは、金髪の女一人。ワゴンの方には、五、六人の男たちが乗り降りしていました。捜査支援分析センター《SSBC》に映像を送り、引き続き前足後足《まえあしあとあし》の追跡捜査を行なっています」

「うむ。いいだろう。では、精製工場で働いていた作業員たちについて、これまで分かったことを報告する」

捜査一課長は手元に回ってきた資料に目を落とした。

「邸内で精製作業をしていたのはグエンを入れて計八人。いずれも日本人ではない。ベトナム人はグエンだけだったが、二人がフィリピン人、残り五人は中国系の不法滞在者と見られる。グエンによれば、中国人は三人、残る二人はイスラム教徒で、ウイグル族と見られる。グエンは研修生として入国したが、勤め先を無断で抜け出し、一年以上不法滞在している。ほかの七人も不法滞在者と思われる」

一課長はいったん言葉を切り、一息ついて話を続けた。

「グエンは逃亡の際、ほかの七人とはぐれ、三崎港近くで保護された。ほかの七人は、それぞれ仕事を斡旋《あっせん》した仲間のところへ逃げ帰ったものと見られる。グエンは国籍も違うので、仲間はずれになったようだ。ほかの七人は横浜の福富町《ふくとみちょう》から寿町《ことぶきちょう》界隈《かいわい》に潜んでいるものと思われる。明朝、同地区に県警機動隊を派遣し、ローラー作戦による一斉捜査を行なう。捜査員全員、当地に出動し、捜査にあたれ」

捜査員たちは騒めいた。長嶋一課長は続けた。

「彼ら作業員の身柄を確保し、仕事の斡旋人、雇用主、雇われた経緯などを解明しろ。作業員や彼らを匿《かくま》う者たちは武器を所持し、抵抗するものと思われる。捜査員は常時拳銃携行、防弾ベストを着装せよ」

捜査員たちは再び一斉に騒めいた。

捜査一課長は捜査員たちが静まるのを待った。

「捜査はこの一週間がヤマ場だ。全員、総力を集中して捜査にあたってほしい」

捜査幹部が長嶋一課長に歩み寄り、捜査報告書を渡しながら何事かを囁《ささや》いた。捜査一課長はうなずいた。

「本日の地取り捜査の結果、襲撃前、犯人たちが現場近くに視察拠点を作り、現場の邸を視察していたことが分かった。犯人たちが視察拠点としたのは、現場から二百メートルほど離れた休業中のリゾートホテルだ。犯人たちは、ホテルのいくつかの部屋を不法占拠し、少なくとも十日間にわたって、邸を視察していたと見られる」

飯島が肘《ひじ》で隣の猪狩を突っついた。猪狩はうなずいた。

長嶋一課長は声を張り上げた。

「視察現場には多数のゲソ痕やカップラーメンなどのゴミが残されていた。邸を望む窓の付近に、多数の指紋掌紋も見つかった。これは事前に綿密な計画を練っての犯行だ。周辺の聞き込みに際しては、十日以上前から、不審者、不審車両の動きがなかったか、再度捜査する。なんとしても、敵の前足、後足を摑め。県警の面子《メンツ》をかけて襲撃犯たちを捕る。いいな」

「はいッ」

捜査員たちは一斉に返事をした。

第三章　一色《いしき》が死んだ

1

捜査会議は終わった。雛壇《ひなだん》のお偉方《えらがた》は署長室へ引き揚げた。捜査員たちは各班ごとに分かれ、講堂から潮《しお》が引くように引き揚げていく。

「はい。了解です」

傍《かたわ》らの一色刑事がスマホを耳にあてながら立ち上がった。

「課長から呼び出しがかかりました。自分も県警本部に引き揚げます」

雛壇を降りた大西外事課長は部下たちと何事かを打ち合わせていた。部下の一人が一色を手招きしていた。

「引き続き、マルトクからコントラ情報を聞き出してほしい」

「了解です」

「おれのメールアドレスを教える。おまえのも教えろ」

「はい。空《から》メール送ります」

一色はスマホを出した。猪狩はメールアドレスを告げた。

「私にも」

飯島が一色にアドレスを告げた。

「何か分かったら、すぐにメールします」

「一色さん、私たちを信頼する？」

飯島が一色を大きな眸《ひとみ》で見つめた。

「はい。もちろんです」

「マルトクに取り込まれないで。たとえ、彼女が好きになっても自制して、逆に彼女を取り込むのよ」

「了解です。任せてください」

一色は深くうなずいた。猪狩はにやっと笑った。

「マルトクはだいぶ魅力的で手強《てごわ》いぞ。大丈夫かな」

「先輩、心配せんでください。そのあたりは自分も心得ています」

一色は屈託《くったく》なく笑い、腰を斜めに折って、猪狩と飯島に敬礼した。

「では、これで失礼します」

一色は手を振り、大西課長たちがいるところに小走りに去った。

「マサト、あの子、いつの間にか、あなたを先輩と呼んでいたわね」

「歳はほとんど変わりないと思うんだけどな」

飯島はポリスモードで、一色の履歴を見た。

「公安捜査講習では、あなたの方が一期上よ。だから、先輩って呼んでいるんじゃないの」

一色と入れ替わるように、宇崎班長代理と茂原部長刑事が猪狩たちのところに現われた。

宇崎は陰険《いんけん》な顔付きで、一色を見送った。近くのパイプ椅子を引き寄せ、背もたれを前にして跨《また》がるように座った。

「おまえら、うちの刑事を呼んで、何をこそこそ密談していたんだ?」

茂原部長刑事は、椅子には座らず、威圧《いあつ》するように猪狩の前に立ちはだかった。

「密談ではない。今後の打ち合わせをしていただけだ。それに一色刑事はあんたの部下じゃないんだろう」

「部下じゃないが、県警の人間だ。おたくら警視庁の人間ではない」

「一色刑事もおれたちも同じ外事課、ソトニの同僚だ」

「そのハム同士の仲間意識が気に食わねえんだよ。おれたち刑事をジだとかぬかして馬鹿にするのがな」

宇崎は火を点《つ》けていない煙草《たばこ》を咥《くわ》え、盛んに煙草の先を上下させた。

飯島がかすかに頬《ほお》を緩《ゆる》めて笑った。

「私たちのところに何しに来たのよ。わざわざ、そんな文句をつけに来たの？」

「少々訊《き》きたいことがあるからだよ」

宇崎は頬を歪《ゆが》めた。

「あんたら、ハムが、どうして、この宮川の事案に関心を持っているのか、ご高説《こうせつ》を伺《うかが》いたいんでね」

「すでに、それは刑事部長に伝えてあるわ」

「おれたちは聞いていない」

「じゃあ、直接、刑事部長に訊けばいいじゃないの」

飯島は腕組みをし、宇崎を大きな目で睨《にら》み据えた。宇崎は蟀谷《こめかみ》の血管を膨《ふく》らませた。いまにも怒りが爆発しそうな顔付きだった。

猪狩が二人の間に立った。

「主任、まあまあ、いいじゃないですか。そんな隠すことでもない。むしろ話をして協力してもらうほうがいいのでは」

「でも、大西課長がいってはだめだといっていたじゃない」

「おれたちは大西課長の部下ではない。大西課長も、まだいえない段階だから、抑えろといっているだけです」

「それはそうだけど」

飯島はやや冷静さを取り戻した。

宇崎は猪狩に向き直った。

「おい、二人でごちゃごちゃ話をしてないで、おまえらハムが何を捜査しているのか教えろ」

「コントラです」

猪狩はきっぱりといった。

「なに？　コントラ？」

宇崎は茂原部長刑事の顔を見た。

「知らんです」

「事件を起こしたのは、コントラだという情報が我々に入った。それが本当かどうか、捜査しているんです」

「コントラとは、いったい何だ？」

宇崎が顔をしかめながら訊いた。

「我々もまだコントラについて、ほとんど情報を持っていない。それでこちらに来て調べていた」

「そのコントラは、どこの組に繋がっているんだ？」

「それも不明だ。背後に何があるのか、これから調べるところだ」

「ウソじゃないだろうな。ハムはいつも我々に隠して、こそこそ調べ回っているからな。信用ならねえ」

宇崎は、猪狩と飯島を猜疑心《さいぎしん》丸出しにした目付きで見回した。

「ウソじゃない。もし、我々がコントラのことを嗅《か》ぎ付けたら、必ず班長代理に教える。だから、おたくらも捜査しているうちに、何かコントラの名が出たら、こちらにも知らせてほしい」

猪狩は内ポケットから名刺を出し、宇崎班長代理と茂原部長刑事に手渡した。宇崎は汚《けが》らわしいものを触るように、猪狩の名刺を指で摘《つま》み上げた。

「それには、自分のスマホ番号とメールアドレスが記してある」

宇崎は名刺をジャケットのポケットにねじ込んだ。

「おまえたちは、ほんとにコントラの捜査をしていたのだな」

「そうだ。ウソはつかない」

「分かった。そちらの美人さんはお高く留まっていて鼻持ちならねえが、猪狩部長刑事、おまえさんは信用しよう。もしコントラのことが分かったら、必ず俺に連絡しろ。きっとだぞ」

「了解。その代わり……」

「分かっているよ。それ以上いうな。今後のことだが、おまえらはどうするつもりなんだ？」

飯島が冷《ひ》ややかに笑った。

「私たちは東京に引き揚げるわよ。こちらの現場にいると、あんたたちには目障《めざわ》りらしいから」

「ははは。お嬢さん、分かっていれば、それでいい。この事案は県警のおれたちが仕切る。警視庁公安部の出る幕はない。じゃあ、帰りは事故に遭《あ》わないよう気をつけてな」

宇崎班長代理はパイプ椅子から立ち上がった。宇崎は茂原部長刑事に顎《あご》をしゃくり、行こうと出口に促した。

「なによ、あのハラス野郎は」

飯島は大きな目をきっと剝《む》いて、宇崎の後ろ姿を見送りながら、吐き捨てた。

猪狩は飯島の怒った横顔も綺麗《きれい》だな、と内心で思った。

2

夜の横横道路は空いていた。猪狩は覆面ＰＣホンダＣＲ－Ｖを快適に飛ばした。隣の助手席では、飯島が眠りこけていた。

ラジオのＦＭ横浜から、チック・コリア・トリオのジャズが流れていた。古いスタンダードなナンバーの曲だった。車の心地いい振動もあって、飯島の子守歌になっている。

猪狩は現場で感じた疑問をアットランダムに思い出した。

焼け落ちた屋根の残骸《ざんがい》にポールがあった。ポールには焼け焦《こ》げた旗が括《くく》り付けられていた。あれは、きっと海を通る船に掲《かか》げた信号なのだろう。念のため、スマホのカメラで焼け残った旗を撮影したが、後で信号旗を調べる必要がある。

それにしても、どうして、あんな不便な場所を精製工場にしたのだろうか？

精製した覚醒剤をよそに運ぶにも、そんなに便利なところではない。覚醒剤は陸送したのか？　それとも、近くの三崎港から船で、どこかに送ったのか？

陸送だとしたら、どのルートで、どこに運んだのかは、交通カメラやNシステムなどの膨大《ぼうだい》なデータを調べれば、判明するかも知れない。

もし、船を使っていたら、海保第三管区に調べてもらえば、不審な船の動きは分かるだろう。

ふと、アメリカに研修留学中の山本麻里のことが頭を過《よぎ》った。

いまごろ、麻里はどうしているだろうか？　この三ヵ月、メールのやりとりをしたけれども、たわいない日々のことを知らせあっただけだ。

麻里はＦＢＩの研修で、かなりいい成績を挙げたらしい。誇《ほこ》らしげに、誠人に伝えて来たが、そのメールには心が籠もっていなかった。なんとなくだが事務的に知らせて来ただけで、そこには言葉には出せない愛情のニュアンスがなかった。

止めよう。私情を挟《はさ》むのは。

猪狩は無理やり、麻里のことを頭から追い払った。

車は横横から湾岸道路に入った。根岸《ねぎし》のコンビナート群がライトアップされている。横浜港の明かりも見えはじめた。

捜査会議の報告を思い出した。

県警が身柄を確保した覚醒剤精製工場の作業員の一人は、ベトナム人だった。名前はグエン・バン・ホン。農業研修生として日本に来ていたもの、新型コロナの影響で、仕事がなくなった。ベトナムに帰国しようにも、飛行機が飛ばす、お金もなくなったので、闇サイトの募集に応じて、覚醒剤精製工場の作業員になったという。

グエン・バン・ホンの供述が得られれば、殺された三人の身元を割り出す手がかりが得られる。それに、どういう経緯で、グエン・バン・ホンが『幸運』に雇われることになったのかを聞き出せば覚醒剤密売組織を炙《あぶ》り出すことが出来るだろう。

「マサト、いま、どの付近？」

助手席の飯島舞衣が目を覚まし、大きく伸びをした。

「まもなく、ベイブリッジです」

「うとうとしたと思ったら、もうヨコハマなの」

飯島はみなとみらいの観覧車のイルミネーションを眺めながらいった。

「ねえ、マサト、あなた、恋人いるんでしょ？」

「ええ。まあ」

「たしか、彼女、アメリカにＦＢＩ研修で派遣されているのよね」

猪狩は内心、驚いた。飯島舞衣は、おそらく山本麻里の名前も知っているのだろう。真崎理事官直属の海原班に入る前に、徹底的に身元調査や交友関係などの洗い直しが行なわれたはずだ。人定《じんてい》がはっきりしなかったら、公安捜査官には採用されない。

「いっておくけど、公安刑事の恋人は、きついわよ」

「きつい？　どうしてですか？」

「ほら、私たちって、恋人にも内緒にしなければならないことがたくさんあるでしょ。いつも偽《いつわ》りの自分を相手に見せなければならない」

「……うむ」

「恋人が私たちの仕事にいくら理解があっても、いつもウソをつかれていたら、やはり不信を抱くようになる。いつかウソにまみれた間柄《あいだがら》が嫌になる。ウソをつかれる方もきついけど、ウソをつかねばならない方も結構きつい。それで、たいていの場合、突然に信頼関係が崩れ、心も離れてしまう」

飯島舞衣は、きっと自分の実体験を話しているに違いない。

「そんなことない？」

「いまのところ、ないです」

「相手がアメリカにいて、離れているから、見えないのね。その方がいいかもねえ。近くにいて相手が見え過ぎると、逆に不安に思うのかも」

「相手との関係が壊れたら、それはそれで仕方ないでしょう」

「相手が去っても、諦《あきら》めきれる？」

「去るものは追わず、です」

「じゃあ、来るものは拒《こば》まず？」

飯島舞衣は大きな眸を猪狩に向けた。眸がものいいたげに、きらきら光っていた。猪狩はどぎまぎしながらいった。

「いえ。そういうわけではない。寄って来られても、自分の好みもあるし。それに相手がいる間は、その相手を裏切ることはしたくない」

舞衣はふふふと鼻の先で笑った。

「そうかそうか。マサトは、名前の通り、誠を通す人なんだ」

「舞衣さんは、恋人いるんでしょ」

「恋人というか、付き合っている男はいる」

「何人も？」

「やあねえ。それじゃあ、私、遊び人みたいじゃないの。いまのところ、決まった男はいない。いても恋人以前、恋人未満といったお友達ばかり。いまのところ仕事が面白いので、男に入れ揚げる気がないってことかな」

飯島舞衣はラジオのチャンネルボタンを次々に押し、いい曲がないと見ると、またＦＭ横浜に戻った。

猪狩は車を湾岸道路から首都高速神奈川1号横羽線に入れた。都心に向かう道路は、がらがらに空《す》いていた。車を快適に飛ばす。

「トーマス栗林《くりばやし》は？」

「ＣＩＡのトーマスね。パス」

「じゃあ、ロンドン・ガゼットの特派員のショーン・ドイル？」

「ＭＩ６のショーンね。彼とは仲良しだけど、ただのお友達。なによ、マサト、私が仕事上デートした男が恋人ではないか、と疑っているわけ？」

猪狩はショーンの舞衣について話す時の、にやけた顔を思い浮かべた。

「ショーンは明らかに舞衣さんに気があったと思ったけど」

「いっておくけど、ショーンはＬＧＢＴよ」

「え、ほんとですか？　驚いたな」

ショーン・ドイルは、そんなことをおくびにも出さなかった。

「ショーンは、イギリス紳士で、パーティやレセプションの時に、エスコートとして同伴させるのにいい男だけど。そうだ、今度のコントラについて、ショーンに意見を訊く必要ありね」

「自分も、そう思っていた」

「じゃあ、明日連絡して、一緒にショーンに会おう」

「了解」

猪狩は返事をしながら、大師JCTで横羽線を下りた。産業道路に入り、多摩川《たまがわ》を渡れば大田区《おおたく》だ。大鳥居《おおとりい》の交差点で左折、蒲田署に向かった。

海原班の蒲田の拠点は、蒲田署間近のマンションにある。

蒲田駅前の繁華街の賑《にぎ》やかなネオンサインが見えてきた。

「マサト、拠点に戻って。私が班長に報告しておく。あなたは車を置いて帰っていいわ」

「了解です」

猪狩は蒲田署の前を通り過ぎ、右折して、向かい側の高層マンションの地下駐車場にホンダCR-Vを滑り込ませた。

3

引っ越したばかりの部屋は、空気がまだ寒々と乾いていた。部屋の隅に、衣類を入れた段ボール箱が積んである。ベランダの窓際に机と椅子と電気スタンド。机上には、個人用のノートＰＣが置いてある。

猪狩は風呂で汗を流した後、パジャマに着替え、ベッドに寝転がった。ベッドは新しく買い込んだばかりの新品だ。真新しいシーツがきちんと敷き詰められていて、気持ちがいい。

疲れてはいたが、休んではいられない。明日までにすることはたくさんある。

猪狩は起き上がり、肩掛けバッグから、飯島主任に渡された捜査資料が入った紙袋を取り出した。全部で四通ある。

ベッドの上に資料を分けて並べた。紙袋の表には、事案の名称が書いてある。
①古三沢忠夫《こみさわただお》殺人事案（新潟）
②麻薬取締事案（横浜）
③金融詐欺事案（品川）

④産業スパイ事案（大阪）

これに、今回内偵《ないてい》捜査した宮川薬物製造工場放火殺人事件が加わることになるのか？
新潟の古三沢忠夫殺人事案は、五年前に起こった事件だ。猪狩が第一発見者でもあり、おおよその事件の概要は知っている。だが、古三沢忠夫が海原光義警部のマルトクだった背景は保秘《ほひ》となっていたので、新潟県警捜査一課は捜査が行き詰《と》まり、いまも「継続捜査」となっていた。公安が保秘を解かない以上、捜査は進展しなかった。

なぜ、公安は保秘を解かないのか？

猪狩は保秘となっている捜査報告書に目を通し、その理由がようやく分かった。

朝鮮人名ファン・ヨンナム（黄永南）、北朝鮮から逃れて来た脱北者だった。もともとは帰国運動で北朝鮮へ帰国した帰国同胞、朝鮮人の夫と日本人妻の間に生まれた子だった。

帰国同胞は北朝鮮では敵対成分として最も身分が低く、軍にも入れないし、役人にもなれず、もちろん出世も望めない。だが、ヨンナムの父は日本にいた時、日本の大学の電子工学専攻の研究者だったので、父親は例外的に工業大学の大学教授に迎えられた。

ファン・ヨンナムは、そんな父母と弟妹を残し、単身中国に脱出、さらに密航して韓国に亡命《ぼうめい》した。韓国では国家安全企画部（安企部）、現在の国家情報院に匿《かくま》われ、私立大学工学部に通っていたが中退した。いつしかファンは日本に密入国し、古三沢忠夫と名乗って、中国人が経営する貿易会社に就職して働いていた。

海原班が身元を洗ったところ、本物の古三沢忠夫は十年前に亡くなっていたことが判明。公安はファンが背乗《はいの》りをした北の工作員で、かつ韓国の国家情報院のダブルスパイと判断した。ファンは海原班長が密かに接触、金品などで買収し、特別協力者に仕立てることに成功した。

古三沢忠夫ことファン・ヨンナムは、北と韓国の二重スパイであるだけでなく、日本公安にも通じる三重《トリプル》スパイとなったわけである。

ファンの任務は日本国内に張り巡らしてある北の秘密工作組織網を洗い出すことだった。

北のスパイ工作組織の一つ、暗号名「洛東江《ナットンガン》」は、日本人拉致《らち》にもかかわっている。ファンは、その洛東江の誰かと接触していた。

洛東江は、朝鮮半島の東部を南北に走る太白《テベク》山脈を源とし、大邱《テグ》盆地を流れ、釜山《プサン》市の西部で朝鮮海峡に注ぐ河川の名称だ。かつて朝鮮戦争の際、米韓軍は北朝鮮軍に追われ追われて、洛東江東岸まで後退した。米韓軍は洛東江を最終防衛線として踏み止まり、あと一歩で朝鮮半島から海に叩き落とされかけた。

米韓軍を中心とする国連軍は、急遽《きゅうきょ》、ソウル近郊の仁川《インチヨン》港に上陸作戦を敢行し、北朝鮮軍の背後を衝《つ》き、戦局を挽回《ばんかい》した。

北朝鮮にとって、洛東江は越えるに越えられなかった恨《ハン》の川だった。その名を取って、秘密工作組織のコード名としたのだろう。

海原班は、ファンを泳がせ、洛東江の全貌《ぜんぼう》を探り出し、一挙に摘発して壊滅しようとしていた。その矢先に古三沢忠夫は「自殺」を装《よそお》って殺されたのだった。

誰に殺されたのかは明らかだった。だが、公安が事件を殺しとして発表すれば、洛東江に情報を洩《も》らすことになる。そのため、公《おおやけ》には古三沢忠夫の死は「自殺」とし、「他殺」に繋がる証拠はすべて保秘とされた。

そのため、新潟県警刑事部の捜査は進まず、迷宮入りした。公安は引き続き、古三沢忠夫を手がかりにして、捜査を続行中であり、刑事部としても、公安同様「継続捜査」にするしかない。

ナットンガンか。

猪狩は初めて捜査資料で目にする北朝鮮のスパイ組織に戦慄《せんりつ》した。この洛東江の工作員が、誠人の幼なじみの亜美《あみ》を拉致したというのか。

誠人はいまも目の奥に焼き付いている男と女たちの容貌《ようぼう》や人影を思い出した。

いつか、必ずやつらを捕まえて、亜美を救い出す。稚《おさな》いころに誓った思いを改めて思い出し、胃がきりきりと痛んだ。

猪狩は台所に立った。コーヒーメーカーに水を入れ、粉コーヒーをセットして、スイッチを入れた。

コーヒーが出来る間、二件目の「麻薬捜査事案」の捜査資料を取り出し、ベッドの上に拡げた。

事案は古三沢忠夫が殺された事件と同じ五年前の十一月に発生していた。捜査を担当したのは田所班長代理と大沼部長刑事のコンビだった。

事案そのものは、警視庁組織犯罪対策五課薬物捜査第一係が担当していたもので、公安の事案ではないが、真崎理事官が注目したのは、摘発された密売組織「智異山《チリサン》」の背後にいると見られる「洛東江」の存在だった。智異山は韓国の慶尚南道《キヨンサンナムド》にある山の名前である。

密売組織「智異山」は、北で作られた覚醒剤を東シナ海のどこかで、北の船籍の貨物船から瀬取りして、パナマ船籍の船に積み替え、横浜大黒埠頭《だいこくふとう》に陸揚げした。それを日本側の密売組織が受け取り、密かに市場に流していた。

警視庁組織犯罪対策五課は、新宿や池袋《いけぶくろ》、蒲田などの盛り場で、覚醒剤を密売していた売人たちを一斉摘発し、密売組織を壊滅しようとしたが、背後の「洛東江」については手が付けられなかった。情報が不足し、「洛東江」の実態が分からなかったためである。公安もまた「洛東江」の解明が進まず、その全貌を把握していなかった。

田所班長代理と大沼部長刑事は警視庁の管轄区域の蒲田、新宿、池袋だけでなく、神奈川県警管轄の川崎、横浜にまで足を延ばして、「洛東江」のメンバーを捜していたが、芳《かんば》しい情報はなく、捜査は行き詰まっていた。

コーヒーメーカーの沸く音がした。猪狩は台所に立ち、お気に入りのマグカップに熱いコーヒーを注いだ。

コーヒーを啜《すす》りながら、三件目の捜査報告資料を取り出し、机の上に拡げた。

金融詐欺事案は、日本、香港《ホンコン》、広州《こうしゅう》、東南アジア諸国を巻き込んだ国際的な取り込《ドンヤー》み詐欺事件で、警視庁捜査二課が捜査を担当していた。香港に本社を置いた貿易会社『東亜栄光《ロングウアン》』が、日本の重機メーカーや電気機器メーカーを信用させ、ブルドーザーなど重機や空調設備をベトナム、カンボジアなど東南アジア諸国に輸出させた後、不渡《ふわたり》手形を出して、計画的に会社を倒産させ、役員たち全員が姿をくらました事案だ。『東亜栄光』の背後にも、「洛東江」の影がちらついていた。さらに「洛東江」の背後には、北朝鮮の39号室に関係しているという構造だ。氷川《ひかわ》きよみ部長刑事と外間《ほか》正吉《ましようきち》刑事が調べていた。

猪狩はため息をつき、コーヒーを飲み干した。

四件目の大阪での産業スパイ事案は去年に発覚した事件だ。これには大島潤一《おおしまじゆんいち》部長刑事と井出剛毅刑事が対応している。大阪の精密機械メーカー『立花精機《たちばなせいき》』が開発した超高性能のジャイロの技術を狙い、何者かがパソコンをハッキングし、大量にデータを盗み出した。

事案は大阪府警本部の生活安全部サイバー犯罪対策課が捜査しているが、警備部外事課から、ハッカーは北朝鮮の可能性が高いという報告が警察庁警備局に上げられていた。そのため、大島部長刑事らが大阪に飛び、メーカー関係者の事情を聞き込んでいた。

関係者によれば超高性能ジャイロは、JAXA（宇宙航空研究開発機構）やNASA（アメリカ航空宇宙局）からの注文で、ロケットの発射時の機体の安定を保つための装置で、北朝鮮のみならず中国やロシアなども、ミサイル開発に利用できるとして喉《のど》から手が出るほど欲しがっている技術だという。

大阪府警警備部外事課の調べでは、この『立花精機』の背後にも「洛東江」の影がちらついていると分かった。

「洛東江」、その背後の「39号室」か。

猪狩は立ち上がり、本棚からグレンフィディックのボトルを取り出した。冷蔵庫から氷の塊《かたまり》を出し、グラスに入れた。スコッチをグラスの氷に注ぎ込んだ。

CDプレイヤーのスイッチをオンにした。

薄暗い部屋の中に『亡き王女のためのパヴァーヌ』のピアノの旋律《せんりつ》が流れ出した。

突然、机の上のスマホが震動した。画面には、一色刑事の名が表示されていた。スマホを耳にあてた。

「はい、猪狩」

『猪狩さん、コントラの次のターゲットが分かりました』

「なんだって？」

『船です』

「船？　何が起こるというのだ？」

『爆破されます』

「なんだと。船名は？」

『不明です』

「いつ、場所は？」

『今日か明日といった近日中に。相模湾でらしい』

「もっと詳しく分からないか？」

『いま分かったのは、それだけです』

「どこにいる？」

『ハマ《横浜》です』

「彼女と一緒か？」

『はい』

「傍にいるのか？」

『いま、彼女はコンビニに入って買い物しています。自分は車で待っているところです』

「もっと聞き出せ」

『了解。自分はこれから……あとで』

不意《ふい》に電話は切れた。彼女がコンビニから出て来たのだろう。

猪狩はスマホを持ったまま、一瞬、どうするかを考えた。アドレスを開き、短縮メモリーで真崎理事官の電話に掛けた。深夜零時を過ぎている。それでも、呼び出し音が三度鳴った後に、真崎理事官の落ち着いた声が返った。

『真崎だ』

「いま一色刑事から連絡がありました」

猪狩は一色刑事の情報を話した。

『よし。引き続き、何か分かったら知らせろ』

「了解」

猪狩は通話を切り、スマホを机の上に置いた。琥珀《こはく》の液体が入ったグラスを取り上げ、酒精《アルコール》を口に含んだ。CDプレイヤーの音楽は終わっていた。CDラックから一枚を抜き、プレイヤーのCDと入れ替えた。再生ボタンをオンにする。

ドヴォルザークの『新世界』が流れはじめた。

猪狩はベッドの上の捜査資料を床に移して並べた。スコッチを飲み干して、ベッドにごろんと横になった。軽く酒精が躯《からだ》に回って来るのを感じた。

四つの事案に共通するのは「洛東江」か。この四件以外にも、探せばほかにも「洛東江」関連の事案があるのかも知れない。「洛東江」とは、いったい、どういう組織なのだ？

捜査資料には「洛東江」が北朝鮮の秘密工作組織で、秘匿機関39号室の指令を受けているということしか記述していない。

猪狩は目を瞑《つむ》り、思いを巡らせた。

五件目の宮川薬物製造工場放火殺人事件では、コントラという正体不明の非合法組織が出てきた。コントラも「洛東江」と何か関係があるのだろうか？

悶々《もんもん》としているうちに、昼間の疲れもあって、猪狩は微睡《まどろ》んだ。

夢の中で青と黄の二色旗が風にはためいていた。いったい、何の小旗なのだろうか。猪狩はぼんやりと考えながら、深い眠りに墜《お》ちていった。

4

猪狩はスマホの着信音で眠りから覚めた。机の上に手を伸ばし、スマホを摑《つか》み、耳に押しあてた。

『マサト、起きている？』

麻里か？

女の声に、猪狩は一瞬、麻里からの電話かと思った。違う。女の声だが、麻里の甘い声とは違う。

「あ、主任ですか？」

『そうよ。なにを寝呆《ねぼ》けているの。何時だと思っているの』

猪狩は壁時計に目をやった。

短針と長針は、九時半を指していた。

いけねえ。今日は飯島から拠点へ九時に上がれと言われていた。海原班長にコントラのことを報告しなければならなかった。

「すみません。寝坊してしまった」

『仕方ないわねえ。十時には上がってよ』

「了解」

猪狩は通話を切ってベッドから下りた。大きく背伸びをし、ついで軽く体操をした。洗面所に急ぎ、慌ただしく歯ブラシし、不精髭《ぶしょうひげ》を剃《そ》る。洗顔して、アフターシェービングトニックを叩き込んだ。ついで、ワイシャツと下着を取り替えて、身形《みなり》を整え、部屋を飛び出した。

海原班の拠点が置かれたマンションは、蒲田署の斜め前にある民間のマンションオフィスにある。

急ぎ足で十分の距離だ。緊急の場合は走って五分で着く。

マンションの玄関先で、キイボードに暗証番号を押した。ドアのロックが解け、ドアが開いた。ロビーの中に歩を進め、エレベーターに乗り込んで、三階のボタンを押す。

廊下を進み、305号室のドアの前に立った。部屋の戸口には「蒲田興信所」のプレートが貼り付けてある。人の出入りが多くても不自然に思われないようなカモフラージュである。

ドアのブザーを鳴らした。天井にある監視カメラに親指を立てた。誰かが見ている。ややあって、ドアのロックが解除された。ドアを開け、玄関に入った。

「おう、マサ、来たか」

大沼が猪狩を迎え、部屋に招き入れた。

「すいません。遅くなりました」

猪狩は部屋に入りながら大声で謝った。

部屋では海原班長の机を囲み、班長代理の田所警部補と飯島主任が海原班長と何事かを話し合っていた。さっきまでは大沼も加わっていた様子だった。

部屋の間取りは４ＬＤＫだ。六畳間一室が仮眠所となっていて、二段ベッドが二床設《しつら》えてある。奥の六畳間一室が司令室になっている。

十二畳間ほどのリビングと、ダイニングキッチンの仕切りが外され、ずらりと九基のデスクが並んでいる。各机にはパソコンが備えられていた。

猪狩のデスクは、台所側の出入りが多い場所にある。八基でも狭い空間に、猪狩のデスクを一基加えたため、さらに狭くなった。

猪狩は自分のデスクの椅子を引き、腰掛けた。キッチンでコーヒー沸かし器が湯気を立てている。猪狩は立ち上がり、コーヒー沸かし器を止めた。自分のマグカップに熱いコーヒーを注いだ。

正面にはホワイトボードが立てられ、捜査中の事案の被害者や被疑者の顔写真、事件現場の写真などが貼り出されていた。周囲の壁にも、捜査対象者や関係会社、組織などの相関図が描かれた模造紙《もぞうし》が貼り付けられている。

飯島が猪狩に気付いた。

「マサト、私が班長にコントラのことを報告しておいたわ」

「すみません」

猪狩は頭を掻《か》いた。自分がやるべきことを飯島がすべてやってくれたのだ。

海原班長がため息をついた。

「ともあれ、コントラとやらが、どんな組織で、北とどういう関係があるのかを調べろ。もし、北とまったく関係がなかったら、保留にする。うちは新たに事案を抱える余力がない。いまの四つの案件を追及し、『洛東江』をあぶり出し、39号を追い詰めるのが最優先だ」

「そうですね。主任、コントラを調べるツテがある、といっていたな。それはなんだ？」

田所班長代理が飯島に尋ねた。

「ツテといっても、大してあてになるものではないんです。個人的にMI6の要員を知っているので、それにあたってみようかと」

MI6はイギリスの諜報機関だ。MI6とアメリカのCIAは、国レベルでの日英、日米関係が良好なので、情報協力し合っている。

とはいえ、機関の上のレベルでは、国同士の関係なので協力をし合う約束をしても、現場レベルまで下がって来ると、必ずしもお互い協力的ではない。

イギリスは、アメリカ、カナダ、オーストラリア、ニュージーランドとともに、英語圏五ヶ国で、情報機関が連携し、『ファイブアイズ』を構成しているが、どの国の情報機関も自国の国益を最優先しており、メンバー同士であっても平等ではない。まして、日本のように『ファイブアイズ』のメンバーではない国は基本的にお客様、除《の》け者にされている。彼らが得た情報がスムーズに、日本の公安に入って来ないのだ。

それに公安こと「公安外事警察」は、スパイハンティングをする防諜《ぼうちょう》機関ではあるものの、諜報機関ではなく、あくまで警察である。警察は基本的に犯罪捜査や治安などを受け持つ組織であって、国内外の情報を集める機関ではない。

いまの日本の情報機関としては、公安調査庁と内閣情報調査室があるが、どちらも、その任を全《まっと》うするには人的にも組織的にもあまりに脆弱である。

公安調査庁のトップは検事から送り込まれる検事である。もともとはアメリカ占領軍GHQが、アメリカのFBIのような機関を作ろうとして、公安調査庁を設け、検察庁の支配下に置いた。だが、FBIと違って、逮捕権はないし、武装もしていない。ただの情報収集機関なのだ。

内閣情報調査室は、トップは警察庁が押さえており、警察主導の組織だが、あくまで内閣への政策決定に必要な情報の提供が主な任務であり、情報収集などは警察や外務省の情報局任せである。内閣情報調査室には独自に捜査活動する手足の兵隊がいない。調査官がいても、情報分析が主任務で、CIAのように非合法活動をする要員はいない。

外国の情報機関や諜報機関からすれば、日本には、カウンターパートナーとなる情報機関や諜報機関がないということになる。

そのため、あとは現場の機関員同士の人間関係を頼るしかない、というのが現実なのだ。

「分かった。いくら友邦であっても、日本の機関ではない。相手を利用するにあたっては、ミイラ取りがミイラになってしまわぬように、慎重にあたってくれ」

海原班長が釘《くぎ》を刺すようにいった。

「了解です。傍に猪狩刑事もいますから」

飯島は猪狩に顔を向け、にこっと笑った。

「は、はい。ですが、ショーンとは……」

「もちろん、ショーンと連絡が取れたわよ。今日の午後四時、特派員協会のラウンジで会う約束よ」

「了解」

猪狩は大きくうなずいた。

ショーン・ドイルはアイルランド人で、ロンドン・ガゼット紙の東京特派員として活動している。もともとは、ロンドン・ガゼット紙の香港支局長だったが、北京《ペキン》政府により、香港に国家安全維持法が施行され、一国二制度が放棄されて、言論弾圧が強まるにつれ、香港を離れて、東京に移って来た。表向き新聞記者として活動しているが、その正体はMI6の諜報部員である。

先の中国共産党政治局員の林海《リン・ハイ》の亡命騒ぎの際、猪狩は極秘裡《り》にショーン・ドイルと個人的な『日英同盟』を結んだ。それは謀殺同盟に対抗するためだったが、その盟約はまだ生きているはずだった。

「ところで、猪狩、その後、一色から連絡はないのか？」

海原班長が訊いた。

情報が早い。きっと真崎理事官から一色の情報が回っているのだろう。

「まだありません」

猪狩は念のためスマホの着信履歴を調べた。昨夜以来、一色からの電話はもちろん、メールも入っていなかった。

「次のコントラのテロ工作が、相模湾での船の爆破だというのだろう？　しかし、それだけでは、我々も海保も動きが取れない。せめて相模湾のどこなのか、あるいは、爆破される船の名前が分からないとな。猪狩、一色刑事と連絡は取れないか」

「やってみます」

猪狩はスマホの着信番号に折り返しの電話をかけた。呼び出し音が七回鳴ったが、一色が出る気配がなかった。猪狩は電話を切ろうとした。

『はい。一色です』

眠たげな声が返った。

「なんだ、寝ていたのか？」

『いろいろあって、昨夜あまり眠っていないんです』

いろいろあった？　ふざけやがって。

猪狩は声をひそめた。

「まだ彼女は一緒なのか？」

『いえ。昨夜のうちに帰りました』

「ほんとか？」

『本当です。今日、クライアントとの打ち合せがあるので、と。しかし、彼女がおもしろいデータ情報をくれました。それを調べているうちに、ついつい徹夜になってしまい、寝過ごしたんです』

「どんな情報だ？」

『中国のワクチンを使っての日本人懐柔《かいじゅう》リストです』

「なんだ？　それは」

『ともかく、後で見せます。中国安全部が何をしようとしているのかが、一目瞭然《いちもくりょうぜん》の情報です』

「分かった。それもあるとして、いま欲しいのは、コントラがやろうとしている船の爆破だ。いつ、どこで、どの船を狙うというのだ？」

『それは聞き逃しました。でも、コントラといっても、同じ組織ではないらしいんですけど』

「ともかく、なんとか、彼女から手がかりになりそうなことを聞き出してほしいんだ」

『分かりました。今夕、また彼女と逢《あ》う約束なので。その時に聞き出します』

「そうか。今日も逢うのか？」

猪狩はふと不安を覚えた。

「一色、あんまり、入れ込むなよ。距離をおけ。冷静になれ」

『分かってます。受け取ったデータのことで彼女に聞きたいことがあるんで。今夜にも、先輩に電話かメールを入れます。あ、すいません。いま課長から電話が入っているんで、これで切ります』

「うむ。頼んだぞ」

猪狩はスマホの通話ボタンを押した。

海原班長が、どうだ、と訊いた。

「今夜にマルトクから聞き出すそうです」

「それまで、待つしかないか」

海原班長は田所班長代理と顔を見合わせた。

スマホで誰かと話をしていた飯島が通話を終えた。

「いま、第三管区海上保安本部の知り合いと話をしたわ。至急に会いたいといっている」

「船の爆破情報は海保に入っているんですか？」

「真崎理事官が知らせたみたい」

「じゃあ、海保は、その情報をキャッチしていないんですね」

「いない。だから、彼らも非常に関心を持っている。午後三時に横浜の第三管区本部に来てほしいといっている」

「まずいですね。午後四時にショーンと会う約束になっている。もっと後になりませんかね」

「難しい。海保の彼は、その四時から幹部会議に入る。その前に来てほしい、といっている」

「弱ったな」

猪狩は大沼と顔を見合わせた。飯島が決心したように、海原班長にいった。

「じゃあ。班長、私たちは出掛けます」

「うむ」

海原班長はうなずいた。

「マサト、出掛けるわよ」

飯島はスーツの上着の袖《そで》に腕を通しながらいった。

「まだ昼前ですよ。ショーンとの約束は午後四時じゃないのですか?」

「いいの。先手必勝。前に一度ショーンには約束した時間の直前で、急に変更になり、裏切られているの。ショーンが私たちと会う前に誰と会っているのか、調べておけば、もしかして、何かの役に立つかも知れない」

猪狩は椅子の背凭《せもた》れに掛けたスーツの上着を取った。大沼がにやりと笑う。

「マサ、姉御のいうことを素直に聞いておけ。もしかして、昼飯くらいは奢《おご》ってくれるぜ」

「了解です」

「そう、甘くはないわよ。行こう」

飯島は鼻で笑った。スーツ姿の飯島は颯爽と部屋から出て行った。猪狩が急いで後に付いた。

ドアが閉まると、ドアの背後で大沼たちがどっと笑う声が聞こえた。

5

猪狩はホンダCR-Vを日本外国特派員協会の入ったビルの駐車場に入れて止まった。

飯島はマスクをかけ、車から下りた。さっさとエレベーターの前に歩いて行く。飯島はちらりと腕時計に目をやった。

「マサト、ラウンジに行く」

飯島はマスクを大きく広げ、鼻から顎まで覆《おお》った。マスクのせいで、飯島の大きな眸が逆に魅惑的に引き立っている。

猪狩も急いでマスクをし、ボールペンの先で五階のボタンを押した。

エレベーターからマスク姿の数人が降りた。入れ替わるように猪狩たちが乗り込んだ。

猪狩も腕時計にちらりと目を走らせた。ちょうど昼時だ。

「きっとショーンはラウンジで誰かに会っている」

飯島はマスクでくぐもった声でいった。

エレベーターは五階に止まった。

飯島は扉が開くと、いち早くエレベーターから出た。エレベーターの前に立っていたマスク姿の外国人四、五人がさっと身を避け、飯島に道を開けた。

飯島はマスク越しに小さな声で「サンクス」といい、胸を張って男たちの間を抜けて行った。猪狩も飯島の後に付いて外国人たちの間を通り抜けた。

飯島はラウンジにつかつかとハイヒールの踵《かかと》を鳴らして入っていった。

ラウンジには静かなＢＧＭが流れていた。テーブル席に数組の人影が屯《たむろ》していた。マスクを外し、食事をしたり、コーヒーを飲みながら、静かに談笑していた。

飯島と猪狩は出入口に置かれたアルコール噴射器に両手をかざし、アルコール洗浄した。

「ビンゴ！　居た」

飯島は小声でいい、黒目がちな眸をラウンジの奥に向けた。

窓側のテーブル席に茶色のシックなジャケットを着たショーン・ドイルの姿があった。長い脚を組み、ブロンドの髪の白人女性と穏やかに談笑している。

飯島は笑みを浮かべ、真直ぐにショーンのテーブルに歩いて行った。

「ハーイ、ショーン」

「ハーイ、舞衣さん」

ショーンは立ち上がり、飯島を迎えた。一緒にいる猪狩を見て、両腕を開き、驚いたジェスチャーをした。

「ハーイ、マサト。しばらく。きみたちとの約束は四時だったと思うが」

「急いでいるの。お邪魔だったかしら」

「いえ。ちょうど話を終えて帰るところですから。じゃあ、ショーン、また」

ブロンドの女性は苦笑いを嚙《か》み殺しながら立ち上がった。ショーンは戸惑った顔で、ブロンド女性に謝り、また連絡をするといった。

ブロンド女性はマスクをかけハンドバッグを手にし、飯島と猪狩にちらっと怒りの目を向けながら、足早にラウンジから出て行った。

「やっぱり、お邪魔だったみたいね」

飯島はさっさとブロンド女性が座っていた椅子を引いて座った。

「ショーン、悪かったな」

猪狩は謝った。ショーンはマスクをつけながら、飯島に目を向け、仕方ないさと肩を竦《すく》めた。飯島は何かショーンの弱みを握っているかのようだった。

「あの方、オーストラリア人ね。訛《なま》りがそうだった」

「オーストラリア・シドニータイムスの特派員。東京に赴任《ふにん》したばかり」

「新人じゃないわね」

「うむ。ベテラン記者だ。二度目の駐在。シンガポールから移ってきたところ」

ショーンは猪狩に隣の椅子を勧め、自分も椅子に座った。

ウエイトレスが盆を手に片付けに来た。彼女もマスクをつけている。空《あ》いたコーヒーカップを盆に載せ、アルコール布巾でテーブルの上をさっと拭《ふ》いた。

飯島と猪狩は、ブレンドコーヒーを注文した。ショーンも同じものを追加注文した。

「はい。少々お待ちください」

ウエイトレスが、気持ちよく返事をして引き上げると、早速飯島がショーンに尋ねた。

「コントラのこと、知っている？」

「コントラか。ニカラグアのコントラではないよね」

ショーンの目が一瞬きらりと光ったように思った。マスクをかけているので、目でしか、表情が読めない。飯島がうなずいた。

「ええ。日本にいるコントラのこと」

「日本にいる？」

ショーンは目を細めた。あたりに気を配り、小声でいった。

「どうして、突然、コントラを調べることになったのだ？」

飯島が猪狩に説明して、と目配せした。猪狩はうなずいていった。

「三浦半島の先で起こった宮川薬物製造工場放火殺人事件、知っているかい？」

「テレビのニュースで見た。あれが、なんだというのだ？」

「コントラの仕業《しわざ》だという情報を摑んだ」

「テレビのニュースでは、覚醒剤密売をめぐっての暴力団同士の抗争だとなっていたが」

「一応、本部は、そう発表したが、我々公安は、そうではなくコントラの仕業だという情報を入手したんだ」

「誰から？」

「それはいえない。協力者からの情報だ」

「ふうむ」

ショーンは小首を傾げた。

「宮川事案の捜査情報をくれないか」

「いいよ。その代わり、ショーンが握っているコントラ情報がほしい」

「分かった。バーターで行こう」

「宮川事案の捜査情報については、マル秘なので電子データでは送れない。まとめたものを後で直接手渡しする」

ショーンはにやっと笑った。

「用心しているな。いまの時代、アナログな方法の方が安全だからな」

飯島が割り込んだ。

「ショーン、それでコントラについて、いま知っていることを聞かせて」

「うむ。コントラの何が知りたい？」

猪狩は正直にいった。

「コントラとは何か、その正体が知りたい」

「コントラは、対中国の反体制レジスタンスの政治組織だ」

対中レジスタンス？　では、宮川事案は対中レジスタンスだったのか？

猪狩はショーンに訊いた。

「誰が創ったんだ？」

「アメリカのCIAだ。ほかに、そんなことを考える国はいない」

ショーンは当然だろう、という語調でいった。

「コントラの本拠は？」

飯島が尋ねた。ショーンは声を殺していった。

「主に香港だ。香港国家安全維持法が施行されたため、香港の民主派は合法的な活動が出来なくなって、活動家の一部が地下に潜《もぐ》った。CIAは密かに彼らを支援し、コントラを創らせた。そのため習近平《シー・チンピン》国家主席は中国国家安全部の工作員を香港に大量投入し、コントラ摘発をはじめた。わざと反体制運動を煽《あお》ったり、民主派活動家狩りをして、コントラ潰しを開始している。民主派活動家にスパイを紛《まぎ》れ込ませたり、家族や恋人を人質に取り、寝返りさせたり、あらゆる工作をしている。だから、うかつには民主派活動家に近付けない。囮《おとり》の罠《わな》にかかりかねないんでね」

「イギリスは、コントラを支援しているのか?」

　ショーンは困った顔をした。

「政府の公式な答はノウだ」

　猪狩は笑った。

「じゃあ、非公式にはイエスということか」

「答えづらいな。少なくとも、精神的には香港民主派を支援している。だが、それ以上の支援は、しているともしていないともコメントできない」

　猪狩は飯島と顔を見合わせて笑った。

「ショーン、そんなの分かっているよ。俺たちはイギリス政府の公式見解を聞いているんじゃない。俺たちの間だけのオフレコの話だ」

「そうよ、オフレコの話よ」

　飯島もうなずいたが、突然、手で話を止めた。ウエイトレスが盆にコーヒーカップを載せてやって来た。

「お待ちどおさま。どうぞ、ごゆっくり」

　ウエイトレスはにこやかに笑みを浮かべ、三人の前にソーサー付きのコーヒーカップを置いて離れて行った。

コーヒーのいい香りがする。猪狩はマスクを外し、コーヒーカップを口に運んだ。芳《かぐわ》しいコーヒーの香りを鼻で嗅いだ。朝から初めて飲むまともなコーヒーだ。

「ショーン、続けて」

飯島もマスクを取って、コーヒーを飲みながら、ショーンにいった。ショーンもマスクを顎の下に下げ、コーヒーを飲んだ。

「これはオフレコだが、我々もなんとか香港民主派を支援する方法を考えている」

「香港は、今後、どうなると見ている?」

猪狩が訊いた。ショーンは哀《かな》しげに頭を振った。

「香港はこれまで一国二制度を維持して辛《かろ》うじて自由と民主を守って来た。それが崩れたとなると、これから非合法の地下抵抗活動が開始される。香港にテロや爆弾テロが横行し、中東のベイルートのような危険な街になると思うな」

「コントラがやるというのかい?」

「すぐとはいわないが、おそらくコントラは武装闘争をする。コントラは合法的な反体制抵抗運動より、一歩踏み込んだ軍事組織だ。海外で軍事訓練した戦闘員が香港に戻って来たり、元人民解放軍の兵士や元警察官たちも参加している」

「司令部は、どこにある?」

「それは、まだ分からない。まだコントラは創られたばかりだ。誰が指導者なのかもはっきりしていない。いずれ、香港民主派の中から、指導者が出てくるだろう、と思う」

飯島が声をひそめていった。

「支援者のアメリカが、共和党のトランプ政権から、民主党のバイデン政権に替わった。バイデンはコントラを支援するかな」

ショーンは大きくうなずいた。

「コントラは後ろ盾《だて》のトランプ政権がいなくなるので、いったんは活動が停滞するだろう。だが、バイデン政権は民主主義と自由を守り、人権を尊重する立場では、トランプよりもさらに強硬だ。だから、アメリカは習近平体制の人権侵害や覇権主義に反対する立場から、香港の民主派を支援することは間違いない」

ショーンはマスクを下げ、ニコチンガムを口に入れた。猪狩にガムを勧《すす》めた。猪狩はノウサンクスと断った。

「コントラを創ったのは、CIAだからね。たとえ政権が共和党から民主党に替わっても、アメリカの対中戦略の基本的な狙いは変わらない」

「その基本的な狙いっていうのは？」

「中国の習近平体制の崩壊だ。アメリカは、かつて、ソ連の社会主義体制を崩壊させたように、中国各地にコントラを創らせ、習近平体制を地方から揺さぶろうとしているんだ」

「なるほど」

猪狩は顎を撫《な》でた。アメリカは習近平体制の弱い環《かん》である辺境《へんきょう》の少数民族を支援して、決起を促しているのか。

「中国の辺境の新疆ウイグル自治区やチベット、内モンゴル自治区で、習近平体制に抵抗する根強い反体制反政府運動が起こっている。香港のコントラは、それら中国各地の反政府勢力と連携しようとしている。だから、習近平政府は、各地の反体制勢力を弾圧するのに躍起《やっき》なんだ」

飯島が猪狩に替わって尋ねた。

「コントラには、どんな人たちが参加しているというの?」

「コントラへの参加者は、右から左までさまざま。民族主義者もいれば、マルクス主義者、アナーキストもいる。仏教徒やキリスト教徒もいれば、ユダヤ教徒、得体《えたい》の知れぬ新興宗教の信者もいる。いわば寄せ集めの民衆だ」

「それじゃあ、ただの烏合《うごう》の衆じゃない? それでは、コントラは長続きできないわね。強力なカリスマ的な指導者はいないの?」

「いまのところいない。それで、アメリカは躍起になって、反体制運動をリードする指導者を探している」

「ＩＳ（イスラム国）のように、イスラム教徒を熱狂させる預言者《よげんしゃ》のような精神的指導者が出ないと、ただの民衆の自然発生的な反体制運動はすぐ潰される。現実は甘くないわよ」

「舞衣は、だいぶ悲観的だな」

ショーンは笑った。

猪狩も飯島と同じ思いを抱いていた。

革命や解放闘争の歴史を振り返っても、ロシア革命や中国、キューバの革命、ベトナム解放戦争、イランのイスラム革命も、しっかりした共産主義や民族主義や宗教の理念があり、それを実現しようという強い意志を持ったカリスマ的な指導者がいた。レーニンや毛《マオ・》沢東《ツォートン》、孫文、カストロやゲバラ、ホー・チ・ミン、ホメイニ師のようなリーダーたちだ。

現実は甘くない。

「イギリスはどうするのだ？　イギリスは香港の元宗主国ではないか。アメリカよりも関係が深い」

「だから、かえって我が国は動きづらいんだ。中国は我が国の動きを警戒している。しかし、我が国は香港を中国に返還せざるを得なかったとはいえ、かつて我が国の市民でもあった香港市民を見殺しには出来ない。だから、香港市民が我が国に逃げて来れば、優先的に我が国の市民権を取れるようにしている」

「イギリスもコントラを支援するのか？」

ショーンはにやりと笑った。

「支援したいところだが、アメリカのようには出来ない。我が国だけでなく、おたくたち日本も香港には関心があるだろう？」

猪狩はため息交じりにいった。

「日本政府は、いつも中国には弱腰だ。対中政策は経済優先で、政治問題はネグレクトする。おそらくコントラを支援することはない」

飯島はコーヒーを啜り、マスクをかけた。

「そう。マサトがいうとおり。日本は香港問題に手は出さないわよ。知らん顔して見ないふりをしている。中国が恐いから。アメリカやイギリスをはじめ、世界が香港の民主化を応援するようになって、ようやく、最後の最後に尻馬に乗って支援する。そんな国よ。恥ずかしいけど」

ショーンもマスクを顎から鼻に上げた。

「我が国も日本と似たようなものさ。ほかの国と歩調を一にしている。自分たちだけ突《とっ》出《しゅつ》するつもりはない。その点、アメリカは違う。巨大な軍事力を背景にして、習近平体制の中国を封じ込めようとしている」

飯島はショーンの話を遮《さえぎ》った。これ以上、ショーンから国際情勢についての意見を聞こうとは思わない。

「ちょっと、ショーン。ひとつ訊きたいの。対中国のコントラは分かった。対北朝鮮のコントラはないの？」

猪狩は思わず膝《ひざ》を叩いた。自分も、そのことを聞きたかったのだ。

「うむ。舞衣やマサトの話を聞いて、私も対北朝鮮のコントラがあるのではないか、と思ったところだ。トランプ大統領は北の独裁者金正恩と仲良くなっていても、あくまで取引《ディール》としてだから、下では相手の弱みを握ろうと画策していたはずだ」

「調べてみてくれる？　私たちも調べるから」

「了解だ。調べてみよう」

ショーンはうなずいた。

猪狩はショーンに、もうひとつ訊きたいことがある、といった。

「北の秘密組織『洛東江』を知っているか？」

「ナットンガンか」

ショーンは朝鮮語で発音し、マスクの下で表情を崩した。

「知っているんだな」

「うむ。一応、資料で読んだ。日本人の拉致にかかわった組織だろう?」

「我々は、いまも『洛東江』を追っている」

「ナットンガンは、もう解散しているのではないのか?」

飯島も口を開いた。

「私たちは『洛東江』が解散しているとは見ていない。あとで捜査資料を見せるけど、宮川薬物製造工場放火殺人事件も、もしかして、『洛東江』がどこかでからんでいるのかも知れないと思っているの。対北コントラを調べる時、出てきたら、一緒に調べておいて」

「そういうことか。分かった。ナットンガンのことは頭に入れておくよ」

ラウンジに、どやどやっと外国人記者たちが談笑をしながら、入って来た。猪狩は飯島と顔を見合わせた。昼食時である。猪狩は空腹を覚えた。厨房から、温かい揚げ物の匂いが漂ってきた。

ショーンは壁にかかった時計に目をやった。

「堅い話はこのくらいにして、一緒に昼食を摂らないか。このラウンジは、結構料理も旨い」

「よし。早速、メシにしよう」

猪狩はショーンに賛成した。飯島は腕組みをしながら笑った。

「仕方がない餓《う》えた男たちね。いいわ。今日は私が奢《おご》る」

猪狩はショーンと顔を見合わせて笑った。

やはり、沼さんがいった通りになった。上司と来ると、時にはいいことがあるものだ。

6

猪狩と飯島が日本特派員協会を出た時は、午後の二時近かった。猪狩はホンダCR−Vを飛ばし、横浜に直行した。

第三管区海上保安本部は横浜港近くにある。飯島は第三管区海上保安本部に何度か出入りしており、救難警備課の海上保安官たちと顔見知りになっていた。

「今回、お会いするのは、救難警備課専門官の松島昭彦《まつしまあきひこ》一等海上保安正。国籍不明の不審船取り締まりのプロよ。マサトも知り合っておけば、今後の捜査に役立つはず」

「了解です」

猪狩はうなずいた。

海保管区本部救難警備課の専門官といえば、管理官に相当する職掌《しょくしょう》だ。救難警備課の部隊を率《ひき》いる指揮官でもある。

猪狩は第三管区海上保安本部ビルの敷地にある駐車場に車を止めた。飯島は助手席から降り、ビルの玄関に入って行った。猪狩も慌てて飯島に続いた。

一階のフロアは、整然と事務机が並ぶオフィスになっていた。白い制服やシャツを着た海上保安官たちがPCの画面を覗《のぞ》いていた。

飯島は受付のカウンターに座った女性職員に、名前と身分を名乗り、警備救難課の松島専門官との面会を申し込んだ。案内係は、すぐさま電話機の受話器を取り上げて、内線番号をプッシュした。

案内係は受話器で相手と二言《ふたこと》三言《みこと》話をすると、受話器をフックに戻した。

「松島専門官が上がって来てほしい、とのことです。警備救難課は三階です。これをどうぞ」

女性の案内係は飯島と猪狩に訪問者用のIDカードを手渡した。

飯島と猪狩は案内係の女性に礼をいい、エレベーターに向かった。

三階でエレベーターを降り、廊下に出ると白い制服のシャツ姿のすらりと背が高い男が、笑いながら飯島と猪狩を出迎えた。

「やあ。舞衣さん、いらっしゃい」

「松島さん、お久しぶり」

松島と飯島は、抱きあわんばかりに、親しそうに挨拶《あいさつ》を交わした。飯島はすぐに傍らの猪狩を松島に、松島を猪狩に紹介した。

「ともあれ、こちらへ」

松島は飯島と猪狩の先に立って廊下を進み、応接室とプレートが付いたドアの部屋に二人を案内した。

応接室には、真っ白なカバーに覆われたソファが、低いテーブルを挟んで並んでいた。

松島は飯島と猪狩にソファを手で差して座るように促し、自分も向かい合うソファに腰を下ろした。

ドアにノックがあり、女性職員がお茶を入れた湯呑み茶碗を盆に載せて入って来た。

女性職員が部屋から出て行くと、松島はお茶を勧めながらいった。

「早速ですが、船舶が爆破されるという予告情報は、その後、中身は分かりましたか？」

松島は身を乗り出すようにして、飯島に訊《き》いた。飯島は頭を左右に振った。

「いま、まだ分からないんです。今夜には分かるのではないか、と思うのですが」

「今夜ですか」

松島は少しがっかりした表情で、ちらりと壁に掛かった時計に目をやった。時計の針は、ちょうど午後三時を差していた。

猪狩はお茶を啜《すす》りながら訊いた。

「海保の方には、船舶が爆破されるという危険情報は入っていないんですか？」

「こちらには入っていません。その情報は、どのくらいの確度があるのですか」

「確度は、かなり高いと思います」

「だれがやるというのですか？」

「コントラだとのことです」

「コントラ？　それは何ですか？」

松島は顔をしかめた。

飯島はコントラについて、これまで分かったことを掻《か》い摘《つま》んで話した。

「先日、三浦半島の三崎港近くで、マル暴の覚醒剤精製工場だった邸《やしき》が襲われ、三人が殺され、建物は爆破炎上した。それもコントラの仕業ということでした」

「そうですか。アメリカのＣＩＡがらみだというのですか。そうなると厄介《やっかい》だな」

松島は困った顔になった。

「どうして、厄介だと？」

「一応、我々海保は、アメリカ沿岸警備隊コーストガードやアメリカ海軍とも、いい関係にありますからね。情報交換などで協力しあっている。おそらく、その情報の交換には、CIAも関係しているでしょう。コントラを取り締まるとすれば、CIAの工作を邪魔することになりかねない。かといって、日本領海内での不法行為は、たとえ同盟国アメリカであっても許されることではない。我々海上保安官としても、船舶爆破などの凶悪犯罪を見逃すわけにはいかないですからね」

猪狩もうなずいた。

「我々警察も同じ立場です。犯罪は犯罪。犯人が誰であれ、法律に基づいて、摘発逮捕して送検する。あとは裁判所や政府が判断することでしょうが」

猪狩は飯島に顔を向け、そうでしょ、と目でいった。飯島も小さくうなずき同意した。

松島はいった。

「そのコントラが、今度は船を爆破するというのですね。それも今日か、明日に」

「そうです」

飯島はうなずいた。松島は顎をしゃくった。

「我々も警察庁警備局から寄せられた危険情報ですので、念のため第三管区管内だけでなく、全管区本部に不審船警戒情報、緊急事態発生警戒情報を出しました。どこで何が起こっても、すぐに対処できるように」

「それは賢明です」

「しかし、もう少し情報がほしいですね。日時と場所、できれば、船舶の名前があれば、防ぎようがあるが。何時ごろに情報を得られるのです？」

「今夜中には、きっと情報が入ると思っています」

飯島は猪狩に、そうよね、と目でいった。

「………」

猪狩もうなずいた。きっと一色が彼女からなんらかの情報を聞き出してくれる。そう信じた。

飯島がいった。

「コントラが狙うのは、おそらく中国船籍の船だと思います。あるいは、香港、上海など中国沿岸部の港から日本に来る船が危ない。今日明日中に、日本に入ってくる中国船籍、あるいは、中国の積み荷を運ぶ貨物船を調べることはできないかしら」

「できないことはないのですが、膨大《ぼうだい》な数になります。コンテナ船からタンカー、LPG船、大小の貨物船、漁船や密輸船まで入れたら、とても我々の手には負えない」

「相模湾を通過する船だけでもいいのですが」

「相模湾だけでも一日あたり、七、八百隻はいるでしょう。それに、もし、対象とする船の範囲を広げたら、漁船、プレジャーボートまで含めて、数千隻以上の船になる。我々がいくら手を尽くして警戒しても、とても警戒しきれない」

「全部の船の位置情報は分かるのでしょう?」

「登録されている船ならば、いまどこを航行しているのかは分かります。だが、位置情報が分かっても、事件が起こってからでないと、我々は動きようがないですな」

「洋上で密かに荷物をやりとりする瀬取りをする船は分かるのですか?」

「正直いって分かりません。事前にそうした情報が警察から入ってくれば、それなりに調べることは出来るのですが。あるいは、海自の哨戒機が洋上で瀬取りをする船を発見すれば、我々の出番になりますが。そうでないかぎりは、非常に難しい」

松島は頭を振った。

重苦しい沈黙が応接室を覆った。

猪狩は事件現場の邸の焼け跡から見えた相模湾の海原を思い出した。

猪狩は、ポリスモードを取り出した。

「話は変わりますが、これ、教えてください」

焼け落ちた邸の画像を出した。旗竿のポールに結ばれていた小旗の映像を松島に見せた。

「焼け落ちた邸のポールには、この小旗が揚がっていたのですが、どういう意味があるのです?」

松島は映像に目をやった。

「青と黄色の二色旗は、K、キロで、当船はあなたと通信したいという意味です。それに白地に青十字の旗は、Xエクスレイ、実施を待て、当船の信号に注意せよ、ですな」

「通信したい、実施は待て、ですか」

松島はいった。

「邸のポールに、このK旗とX旗が架かっていたというのですか? きっと近くを通る仲間の船に知らせていたのでしょうね」

猪狩は飯島と顔を見合わせた。

邸にいた連中は、誰とこんな通信を交わしていたというのか?

しかも、何の実施は待てというのか?

疑問は、またさらに深まった。

猪狩と飯島は、ホンダCR-Vに戻った。

「こうなったら、直当《じか》たりする手ね」

「直当たりですか」

「そう」

飯島はスマホを取り出した。アドレスを開き、電話をかけた。

「もしかして、トーマス栗林？」

「そう。CIAにあたって、直にコントラのことを訊く」

飯島はスマホに耳をあてた。呼び出し音が鳴ると同時に、「おかけになった電話は、現在使われておりません」という音声が流れた。

「シット」

飯島はアドレス帳に戻り、別の電話番号にかけた。もう一方の電話番号もかからなかった。

「解約したみたいね」

飯島はため息をついた。すぐさま思い直して、また電話を掛け直した。

今度は、すぐに相手が出た。

「ショーン、舞衣だけど」

飯島は猪狩ににっと笑った。

「トーマスと連絡が取りたいの。電話番号を教えて」

飯島の顔がすぐに曇った。

「あら、トーマスは解任されて、アメリカに帰ったの？　どうしてかしら？」

飯島は宙を睨《にら》んだ。

「じゃあ、後釜《あとがま》のＣＩＡの責任者は？」

飯島の蟀谷《こめかみ》の血管が膨《ふく》らんだ。

「分からないですって？　そんな馬鹿な。すぐに調べて。会いたいのよ。会わないですって？　じゃあ、あなたが私を紹介して。そう」

飯島は笑みを浮かべた。

「コントラのことを訊きたいのよ。ＣＩＡがウシロなんでしょ。だったら……」

飯島は頭を振った。

「まあ、ショーンったら、電話を切った」

「ショーンは、いまどこに？」

「誰かと会っているらしい。そのお相手が来たといって電話を切った。後で電話するって。でも、きっとかかって来ないわ」

飯島は助手席に凭《もた》れ掛かり、思案《しあん》げな顔になった。

「蒲田に帰りますよ」

猪狩はホンダCR－Vを発進させた。駐車場から通りに走り出た。

あたりの街角は、いつの間にか、薄暮が浸《し》みだしていた。ビルの合間に見えるランドマークタワーが夕陽を浴びて茜《あかね》色に染まっていた。

7

蒲田の拠点には、海原班長以下、真崎チームの捜査員たちが集まり、捜査会議を開いていた。

真崎理事官は、飯島の報告を聞いて、うなずいた。

「そうか。ご苦労だった。いまのCIAの日本支局長は私も知っている。バーバラ・ロビンソン。一目見て、聡明さが分かる理知的な女性だ。ハーバード大学の博士号を取っている。だが、彼女はコントラについては知らないのではないか？」

「CIAの日本支局長なのに、ですか？」

「知ってはいても彼女はタッチしないだろう。コントラ支援のようなダーティな仕事は、別の責任者がいるはずだ」

「トーマス栗林のような？」

猪狩がいった。真崎はうなずいた。

「ふむ。トーマス栗林は帰国したというのかね。では、誰が彼の後の席に就《つ》いたのか」

「理事官は御存知ない？」

飯島が訊いた。真崎は腕組みをして唸った。

「うむ。残念ながら教えてもらっていない。たぶん、CIAの闇の部分は決して、我々にも知らされないだろう」

猪狩は尋ねた。

「理事官、CIAは、我々の味方なのですか？　それとも、味方の顔をした敵と見るべきですか？」

真崎はじろりと猪狩を見た。

「CIAは、パートナーだ。だが、いつ裏切られるか分からない、信用できない相方だと思ってほしい」

「信用できない相方とすれば、いつ敵に寝返るということではないですか」

「うむ。信頼したいが、心底までは信頼できないという微妙な関係だ」

真崎はかすかに頰を緩めて笑った。

「ＣＩＡと我々は必ずしも友好的に連携しているわけではない。ＣＩＡは我々を下に見て操作しようとしている。もちろん、我々は独立国日本の立場で、ＣＩＡのいいなりになるつもりはない。そのことは彼らも知っている。だが、往々《おうおう》にして彼らはまだ日本を友邦としてではなく、属国視《ぞっこくし》している。だから、我々はあくまで、我が国の国益を最優先にして考えて行動しなければならない。場合によっては、ＣＩＡと我々の利害は反することもある。だが、敵よりは、まだ信頼できる味方だ。我々は日本のために米軍を受け入れ、傭兵《ようへい》として利用していると思うように、ＣＩＡもまた我が日本を守るために利用している、と考えた方がいい」

真崎は複雑な思いを顔に浮かべていた。

黒沢管理官が議論を引き取った。

「猪狩、飯島主任、諜報の世界は利用し、利用される世界だ。それを肝《きも》に据えておけ」

猪狩は飯島と顔を見合わせた。

「了解です。我々はＣＩＡを利用してもいい、ということでいいのですね」

「そうだ。我が国はアメリカの属国ではない。ちゃんとした独立国だ。何も恥じることはない。日本には日本のやり方がある。それをあくまで追求すればいい」

真崎は微笑《ほほえ》んだ。猪狩はあえていった。

「では、コントラについて、どう考えたらいいのですか？　敵なのか、それとも味方か。あるいは、そのどちらでもない、ニュートラルと見るのか」

黒沢管理官が笑いながらいった。

「猪狩、日本の国益に反するなら、敵だと思え。そうでなければ、敵でも味方でもない」

猪狩はむっとして向き直った。

「管理官、正義は、どうなのです？　自分は正義に反するものは、たとえ国益にとって是《ぜ》としても認めるつもりはありません」

真崎は笑いながら取り成すようにいった。

「猪狩、正義があるかないかで、ものごとを判断するな。正義は相対的なものだ。ある時の正義は、別の時には、不正義になる」

「では、コントラは、どう考えたらいいのですか？」

「マサ、もう、やめておけ」

大沼が猪狩に手で制した。

「沼さん」

「おまえ、まだ青い。青すぎるぜ。理事官も管理官も、正義かどうかについては、十分に知ってのことだ。世の中、正義とかなんとかで動いているわけではない。マサ、おまえだって、そのくらいはわきまえているだろうが」

「だけど、ここは……」

「だから、自分を抑えろ。いろいろな価値観があり、考え方がある。おまえの考えだけが正しいのではない。それを弁《わきま》えろ」

「………」

猪狩は大沼を睨んだ。飯島が微笑んだ。

「マサト、いいのよ。コントラが、もし、あなたの正義に合わなかったら、敵と思えばいい。あなたの正義に適《かな》ったら、応援してもいい。それだけのこと」

「自分は、そんなことをいっているのではないんですが」

猪狩は反論しようとした。

真崎理事官が猪狩を制した。

「猪狩、まだコントラとは何なのかが分からないのだから、この論議、結論は保留としよう。いいな」

「……分かりました」

猪狩は自制した。真崎理事官のいう通りだった。まだコントラが何なのか、分かっていない。たとえＣＩＡがウシロにいるとして、それだけで、コントラを正義に反すると判断してはいけないだろう。

猪狩はマンションの自室に戻り、熱いシャワーを頭から浴びた。なぜか、躯《からだ》がくたくたに疲れていた。それほど、躯を動かしたわけではないのに。

パジャマに着替え、レコード・プレイヤーに、帰りに買ったレナード・コーエンのＬＰ盤を載せて、静かに針を落とした。

コーエンが歌う「ハレルヤ」が流れはじめた。コーエンの、物静かな歌声に身を浸《ひた》しながら、ソファに座った。マッカランを氷のグラスに注ぎ、口に運んだ。

窓の外には、蒲田の繁華街の電飾がきらめいていた。どこからか、緊急車両の鳴らすサイレンが聞こえてくる。

ハレルヤ。

神を讃《たた》える歌詞が、猪狩の心を震わせた。

俺は無神論者なのに、なぜ、神を讃える歌に、かくも心が震えるのだ？

アメリカの麻里からの電話はなかった。

一色からの連絡もなかった。

8

結局、昨夜は一色からの電話もメールもなかった。捜査資料を読みながら、いつの間にか、眠りこけたのに頭が痛い。マッカランを飲みすぎたのかも知れない。

蒲田の拠点に上がると、飯島が待っていた。

「マサト、正午、ショーンと会う。いいわね」

「何か分かったんですか？」

「そうでなければ、ショーンは私たちを呼び出さないでしょ」

猪狩はがらんとした部屋を見回した。海原班長をはじめ、捜査員の姿はない。

「みんなは？」

「それぞれの仕事に取り掛かっている。コントラについては、マサトを私、沼さんの三人に任されている。責任重大よ」

「分かりました。シャキッとします」

猪狩は両手で頬をパシッと叩き、気合いを入れた。

「そう、その意気よ」

飯島は頬を崩して笑った。

「これは、新しい宮川薬物製造工場放火殺人事件の捜査報告書。出かける前に読んでおいて」

飯島は猪狩の机にぼんと分厚い捜査報告書の書類を置いた。

猪狩はため息をついた。

日本特派員協会ビルのレストランは、昼時とあって、ほぼ満席だった。それでも、新型コロナウイルス感染防止対策として、テーブルが減らされていて、ソーシャルディスタンスが確保されていた。

ショーン・ドイルは、飯島舞衣と猪狩に意味ありげな流し目をした。

「ショーン、何か分かったのね」

「トーマス栗林の後釜について、知りたくないかい？」

「知りたい。教えて」

飯島が声をひそめた。隣のテーブルとは、二メートルほどは離れている。そのテーブルには、ドイツ人らしき記者たちが談笑しており、こちらにテーブルには関心を示してなかった。

「アリソン・パーカー。秘密工作の責任者に就任した」

ショーンは小声でいい、飯島と猪狩に片目を瞑《つむ》った。飯島が小声で訊いた。

「いったい、何者なの？」

「経歴は秘匿《ひとく》されている。だが、我々に入っている情報では、香港、マカオ、上海に貿易会社の駐在員として、長年滞在し、秘密工作をした凄腕《すごうで》のエージェントだ」

「中国安全部は、当然にマークしているのでしょ？」

「それが、いまのところノーマークだ。外交官として中国に入っていたら、即刻マークされたろうが、目立たぬ商社マンだったので、これまでマークされていなかったらしい」

「アリソン・パーカーが、コントラのハンドラーだというの？」

「そう。彼は上海の大学に短期留学をしている。だから、北京語も上海語も、それから広東語も堪能《たんのう》だ。もちろん、日本語も話せるし、どうやら朝鮮語も話せるらしい」

「天才ね」

「彼の専攻は中国語と朝鮮語だったらしい」

「写真はある？」

ショーンは黙ってスマホを出した。ディスプレイに、短髪の精悍《せいかん》な顔の男が映った。

「いい男ね。私のスマホに転送して」

飯島はスマホを出し、ロックを解除した。

ショーンはうなずき、転送の操作をした。

「年齢、表向きの職業は？」

「四十七才。独身。職業は企業コンサルタント」

「住まいは？」

「セレブが集まっている六本木の高級マンションに住んでいる」

「一人で？」

「独身貴族だ。何人も傅《かしず》く女たちがいるらしいが」

ウエイターが料理の皿をワゴンに載せて運んで来た。

注文した品々がテーブルの上に並べられた。

ウエイターはシャンペンのボトルの栓を抜いた。ぽんという音がレストランの中に響いた。泡が吹き出た。ウエイターは騒がず、三人のシャンペングラスに均等に注いだ。

「まあ、昼間から豪勢な食事ね。なにごと？」

「今日は、特別な日なので、お祝いだ」

「まあ、何のお祝いなの？」

ショーンは悪戯《いたずら》っ子のような顔で、シャンペングラスを掲げた。飯島の顔を見た。

「ハッピーバースデイ。舞衣さん」

「え、私の誕生日を覚えていてくれたの」

飯島は嬉しそうに頬を崩した。

「え？　今日が飯島主任の誕生日なんですか？」

猪狩は驚いた。確か、飯島の誕生日は、十二月の二十日だったはずだが。

飯島はシャンペングラスを掲《かか》げ、にこっと笑った。

「いいの。ショーンには、今日が私の誕生日だといってあるの」

「舞衣さん、違うのかい？」

ショーンが顔をしかめた。

「気にしない、気にしない。今日が私の誕生日。ありがとう、ショーン」

飯島は身を乗り出し、ショーンの頬にキスをした。

ウエイターが、ケーキを運んで来た。ケーキに三本のロウソクが立っていた。ウエイターはマッチでロウソクに火を点《つ》けた。

猪狩は首を傾げた。

「三本というのは？」

飯島舞衣は年齢不詳だった。だが、四十にはなっていない。

「マサト、そんなことは詮索しないの」

飯島はテーブルに身を乗り出し、ケーキのロウソクの炎を吹き消した。

「舞衣さん、誕生日おめでとう。乾杯」

ショーンがグラスを掲げた。猪狩もグラスを掲げた。

「乾杯。おめでとう」

「ありがとう」

飯島は満面に笑みを浮かべて杯を上げた。

周囲のテーブルの客たちも、時ならぬ誕生日祝いに、「ハッピーバースデイ」と声を上げて祝った。

「サンキュウ。サンキュウ」

飯島は周囲のテーブルの客たちに礼をいった。

「さ、戴きましょう。お腹空いた」

飯島は真っ先にメインディッシュのステーキにナイフを入れた。ショーンも上品なナイフ捌《さば》きで鳥肉を切りはじめた。

猪狩も、特注のハンバーグにナイフとフォークを入れた。

飯島のポリスモードと、猪狩のポリスモードがほとんど同時に震動した。

飯島はポリスモードのディスプレイを見て、耳にあてた。猪狩はハンバーグをフォークで口に入れながら、ポリスモードのディスプレイを見た。

「分かりました。至急に戻ります」

飯島が返事をした。

猪狩は一瞬遅れて、ポリスモードを耳にあてた。

「はい、猪狩」

『おい、マサ、一色がやられたぞ』

大沼の硬い声が耳に響いた。

「なんですって、一色刑事がどうしたのです？」

猪狩は思わず大きな声を出し、周りを見回した。周りの客たちは、猪狩にちらりと目をやったが、すぐに関心を失い、食事に戻っている。

『一色の死体が揚がった』

「どこに？」

『多摩川の河口だ』

目の前で、飯島がバッグを取りながら「出るわよ」という仕草《しぐさ》をしていた。

ショーンが戸惑った顔で、飯島と猪狩を交互《こうご》に眺めていた。

『すぐに蒲田に戻れ』

「了解です」

猪狩はポリスモードを切った。

飯島はマスクをかけ、ショーンの耳に事情を話していた。ショーンは真顔でうなずいた。

猪狩は大急ぎでハンバーグをナイフで切り、口に入れた。飯島は呆《あき》れた様子で見ていた。

「こんな時に、よく食べられるわね」

「主任、腹が減っては戦《いくさ》は出来ません。ちょっと待ってください」

猪狩は白いご飯を掻き込み、たちまちハンバーグを平《たい》らげた。早飯は、寮のメシ時に訓練している。最後にカップのスープを呑み干した。

「……ちそう様、行きましょう」

猪狩は両手を合わせて、食事の神様に礼をいった。マスクをつけ、ポリスモードをポケットにねじ込んで立ち上がった。

ショーンが笑いながらいった。

「二人とも、ここの勘定は私が払っておくので、心配しないで行ってくれ」

「ありがと。次の機会には、私が払うわ」

飯島は立ち上がり、ショーンの頬にマスク越しにキスをした。

「じゃあね、ショーン」

飯島は猪狩に行こうと合図し、ラウンジからハイヒールの音も高く出て行った。猪狩はあわててショーンに手を上げ、飯島を追い掛けた。


猪狩は赤灯《せきとう》を回して、ホンダCR－Vを飛ばした。

助手席では、飯島がポリスモードを手に、真崎理事官と連絡を取っていた。

一色卓刑事の顔を思い浮べた。やや童顔の素直な感じの刑事だった。公安刑事には向いていないような優しい男だ。ほんの少しの間しか、一色とは付き合っていないが、こいつとは一緒に何かできそうだな、と猪狩は好感を抱いていた。少しばかり、猪狩が先任だということで、一色は猪狩を先輩扱いしていた。

「了解です。では、直行します」

飯島はポリスモードでの会話を終えた。

「本拠には戻らず、行き先変更よ」

飯島はそういいながら、ナビを操作しはじめた。どこか、行き先を打ち込んでいるらしい。

「どこへです？」

「横浜にある一色刑事のマンション」

「住所、知っていたんですか？」

「理事官が大西課長から聞き出してくれた。先に一色の部屋を押さえて、コントラ関連のものが何かないか捜せという指示が出たの」

「了解」

ナビの案内が始まった。ナビは高速横羽線へ上がるように指示していた。

「一色、なんで殺されるようなドジをしたんですかね」

「相手がやり手だったのよ」

「昨夜、あいつからコントラが次は船を狙うといってきた。その情報を一色が電話でおれに洩らすのを連れが聞いたんですかね」

「ともあれ、昨夜、一色が一緒にいたマルトクの女が第一容疑者よ。名前、何ていっていたっけ」

「秀麗《しゅうれい》。鄭《てい》秀麗」

「そうだったわね。知らせなくっちゃ」

飯島はポリスモードで、真崎理事官に鄭秀麗の名前を知らせた。

車は横羽線に上がった。赤灯を点滅させ、一気に横浜へと飛ばす。

「了解。とりあえず、こちらはヤサに駆け付けます」

飯島はポリスモードを膝の上に置いていった。

「鄭秀麗については、一色の上司の大西課長たちが、彼女の勤め先のソロモン商会に駆け付けたそうよ」

「鄭秀麗はいたんですか？」

「無断欠勤しているらしい。それで大西課長たちは、彼女の住まいに捜査員を派遣した。だが、そちらにも、彼女の姿はなく、もぬけのからだった」

「逃げられたか」

「それから、警視庁と神奈川県警で話がつき、帳場が立つ見込みだわ」

「どこに？」

「神奈川県警の川崎《かわさき》署」

多摩川は神奈川県と東京都の境になる。死体が、どちらの岸に流れ着いたかで、神奈川県警か警視庁のどちらの管轄か決まるが、河口付近だと、どちらの管轄になるかは、話し合いで決めることになる。一色が神奈川県警の現職刑事だったことから、県警の主張が通ったのだろう。

県警も身内の刑事が殺されたことになるので、犯人捜しに気合いが入っているのに違いない。

公安としては、警視庁の管轄とか、神奈川県警の管轄という区別はない。ともかく、公安捜査員が殺されたのだ。刑事部の捜査とは別に、なぜ、身内の公安捜査員が殺されたのか、一刻も早く追及しなければならない。そうしないと、もし、敵の攻撃だった場合、防御態勢が遅れることになり、さらに被害の傷口が開くことになる。

飯島はしきりにポリスモードやケータイを駆使《くし》して、情報を集め、どこかと連絡を取っていた。

その間に、猪狩はナビの指示通り、みなとみらい下り出口に下りた。横浜ロイヤルパークホテル前のさくら通り西を左折して、ガードを潜って紅葉橋《もみじ》に抜ける。すぐに斜め左の道路に入ると、目指すマンションの前に出た。

グリーンテラス紅葉坂《もみじざか》。駐車場は裏手にあるらしい。

「急いで。そこに停めて」

飯島は玄関前の空きスペースを指差した。

猪狩は指示通りにホンダCR－Vを空きスペースに入れて止めた。

飯島はシートベルトを外し、助手席から飛び出した。猪狩も慌ててエンジンを切り、キイを抜いて、飯島の後を追った。

飯島はビル管理事務室のドアを叩いた。顔を出した管理人に警察バッジを掲げ、緊急の旨《むね》を告げ、協力を要請した。老管理人は、少し迷っていたが、飯島の必死の懇請《こんせい》に、ようやく重い腰を上げた。鍵束を持ち、管理事務室から出て来た。

「いくら警察といっても、個人のプライバシーを守らねばなんねえんでね」

老管理人はマンション玄関のオートロックを解除した。

「ご協力、ありがとう」

「必ず返してくださいよ」

「はい。必ず」

「信用しないわけじゃないけど、鍵を渡した証拠に、あんたの名刺をくれませんかね」

「もちろん、いいですよ」

飯島は名刺を渡し、代わりに管理人の手から鍵を受け取ってエレベーターに進んだ。グリーンテラス紅葉坂は二十五階建ての高層マンションだった。エレベーターは三基あった。

玄関を入ったフロアには訪問者らしい女性客がソファに座り、居住者らしい女性と向かい合って話をしている。ほかに人影はなかった。

猪狩はロビーの天井に防犯用の超小型ＣＣＤカメラが備わっているのを確認した。

「一色の部屋は、二十一階２１０４号室よ」

飯島は猪狩に囁《ささや》いた。エレベーターの箱に乗り込み、21の番号を押した。

「一色刑事は安月給なのに、結構いい暮らしをしているみたいだな」

猪狩は自分のおんぼろマンションの部屋と比較した。

「きっと実家がお金持ちなのよ。でないと、こんな一等地のマンションに住むことは出来ないでしょ」

飯島は不機嫌そうにいった。

エレベーターは快速で上昇した。二十一階で箱は止まった。

猪狩と飯島は２１０４の番号が貼り付けてあるドアの前に立った。飯島が鍵でドアのロックを外した。

「念のため、手袋をつけて」

「了解」

猪狩と飯島は薄手のゴム手袋を装着した。

把手《とって》を回し、ドアを開ける。

玄関先にはスリッパが二足綺麗に並んでいた。女物らしいピンクのスリッパと、男物のブルーのスリッパだ。

猪狩は飯島と顔を見合わせた。二人で住んでいたのか？

「ごめんください」

猪狩は大声で訪《おとな》いを告げた。飯島が怪訝な顔をした。

何の返事もなかった。

「万が一、誰か居たら、びっくりするでしょう？　のっそりとぼくらが入って来たら。念のためですよ」

猪狩は言い訳をするようにいった。

二人は黙って靴を脱ぎ、室内に上がった。

間取りは2LDKだった。一人住まいには、十分過ぎる広さの部屋だ。

ダイニングキッチンとリビングは一緒になっている。テーブルの上には、薔薇《ばら》数輪が入った花瓶《かびん》が置いてあった。

一間は書斎風にデスクがあり、ノートPCがあった。固定電話はない。薄型のハイビジョンテレビがあり、CDコンポーネントが並んでいる。

二人でひとわたり室内を見て回ったが、血痕《けっこん》らしいものはなかった。争ったような痕《あと》もない。

猪狩はノートPCを開いた。パソコンにはロックがかかっており、暗証番号がないと開かなかった。これは、ノートPCを持ち帰って、専門家に開けてもらうしかない。

飯島は、机の上や引き出しを開け、中を見て回りはじめた。住所録のノオトを見付け、押収した。

猪狩は寝室のドアを開けた。かすかに香水の香りが漂っていた。残り香だ。セミダブルベッドには、ふたつのクッション枕があり、シーツには寝乱れた跡があった。

枕に長い黒髪が一本隠れるように付いていた。猪狩は黒髪を摘み上げ、ティッシュに包んで、ポケットに仕舞った。

枕を鼻で嗅ぐと、部屋に漂っている残り香と同じ匂いがした。

くず籠には、くしゃくしゃに丸めたティッシュが押し込まれていた。きっと二人の体液が採取できる。だが、後は鑑識に任せた方がいい。

ビニール製の洋服ダンスのジッパーを開けた。中には仕事用のスーツやジャケット、ブルゾンが吊してあった。

「マサト、来て」

飯島の声が聞こえた。洗面所からだった。

「二人は、昨日、ここで過ごしたみたいね」

飯島は洗面台に置かれたコップを指差した。ピンクと青の歯ブラシが仲良く並んでいた。

「そうらしい。ベッドには、二人が愛し合ったような跡があった」

「そう。じゃあ、ここでは女は本性を現わさず、外に連れ出して、一色を殺《や》ったというわけね」

突然、飯島のスマホが鳴った。飯島はスマホをバッグから取り出し、怪訝な顔をした。知らない番号だったらしい。

「はい。飯島です」

猪狩は書斎に戻り、ファイル入れを調べはじめた。

「え？　また警察の刑事が来た？」

飯島は猪狩の傍らに来て、スマホを耳にあてたままいった。

「下の管理人からよ」

ファイル箱のファイルは、新聞の切り抜きファイルやネットから引き出した資料などばかりだった。

「柄《がら》の悪い男たち三人が、こちらに上がって来るらしい」

「県警のデカたちか？」

「男たちは、警察だ、といっているらしい。管理人がすでに私たちが来ているといったら血相《けつそう》を変えて、早く玄関のロックを開けろ、と迫ったそうよ。それで彼らがロビーに走り込んだので、念のため、名刺にあった私の電話番号にかけて来たのよ」

「俺たち公安が先に乗り込んだので、頭に来たのかな」

猪狩は刑事たちの心情を察していった。

「いまのうちに、先に押収しておく物はもらっておきましょう。全部押収すると後が面倒だから、一部は残して」

「了解」

猪狩は卓上にあった日記風の手帳を取り上げた。ぱらぱらとページをめくったら、綺麗な字で走り書きがしてあるので、躊躇《ちゆうちよ》なく、手帳をポケットに入れた。

ドアの外に靴音が響いた。いきなりドアが引き開けられた。黒マスクをつけたジャンパー姿の男たち三人が、どかどかっと部屋に入ってきた。

猪狩は男たちを一瞥《いちべつ》した。男たちは土足で廊下に上がった。

「ばかやろう。デカに土足で被害者宅に上がるやつがいるか」

猪狩は怒鳴《どな》った。

男の靴はスニーカーだった。スニーカーを履いたデカはいない。

「こいつら、デカではないぞ」

「マサト、警棒!」

飯島の声が聞こえた。男たちはひるまず、ずかずかと部屋に入って来た。手にはナイフや刀子《ドス》の抜き身を持っている。

特殊警棒を抜く暇もない。猪狩は咄嗟《とっさ》に食卓を持ち上げ、先頭の男に投げ付けた。花瓶が床に落ち、割れる音が響いた。先頭の男は食卓の脚がまともに顔面に当たり、血潮《ちしお》が噴き出た。男は顔を押さえ、その場に蹲《うずくま》った。

リビングに続く廊下は狭い。いっぺんに二人の大人が一緒に入っては来られない。

猪狩は一脚の椅子を持ち上げ、背凭れを摑んで、次に入って来た男に椅子の脚を向けて対した。刺叉《さすまた》を使う要領だ。男は椅子の脚二本に挟まれ、身動きが取れなくなった。猪狩は必死に椅子を押し、男を押さえた。

「この野郎、ぶっ殺すぞ」

男は怒声《どせい》をあげながら、刀子を振り回した。

「マサト、避《よ》けて」

背後から飯島の声がかかった。振り向くと飯島が特殊警棒を振り上げていた。一瞬椅子を引いた。

男が前のめりになった。次の瞬間、飯島の特殊警棒が気合いもろとも振り下ろされた。

「チェストー！」

飯島の特殊警棒が男の腕を強《したた》かに打った。骨が折れる音が響いた。飯島は剣道二段の腕前だ。

一番背後にいたリーダー格らしいコート姿の男が、手首を押さえた男を押し退《の》けて前に出た。

「ツオニーマー……」男は中国語で怒鳴った。

男の手には拳銃が握られていた。猪狩は男の言葉が終わらぬうちに、椅子を構えて突進した。

男は拳銃を発射した。だが、一瞬早く猪狩が椅子もろともに男に体当たりしていた。

男は体を崩しながら二発目を発射した。弾丸が椅子の座面を撃ち抜いた。閃光がきらめいたような気がした。猪狩の脇腹に電撃のような痛みが走った。猪狩は構わず椅子の脚で男の動きを止めた。脚の一本が、男の喉元を突いていた。男は奇妙な声を上げて、拳銃を猪狩に向けた。

猪狩は椅子を捨て、男の手に飛び付いた。男の手首を捩じ上げ、拳銃を奪い取った。

「殺人容疑の現行犯で逮捕する」

飯島が男に怒鳴り、手錠を手首にかちりと掛けた。

ドアが勢い良く開き、新たな男が飛び込んで来た。

「警察だ！　動くな」

怒声が起こった。声の主は大沼だった。

大沼の後から制服警官たちが飛び込んで来た。

「舞衣、マサ、無事か」

「沼さん」

猪狩は、その場にへなへなと座り込んだ。右脇腹が熱かった。

「マサト、撃たれたのね。沼さん、救急車呼んで。大至急」

飯島は大声で叫び、洗面所からタオルを何枚も持って駆け戻った。

猪狩は、その時になって脇腹から出血しているのが分かった。飯島はタオルで傷口を押さえながらいった。

「マサト、死んじゃだめよ。がんばって」

飯島が押さえたタオルが真っ赤に染まっていく。

「舞衣さん、おれ、死なないから。どんなことがあっても死なないから」

猪狩は、そういいながら、だんだんあたりが暗くなるのを覚えた。脇腹が大きく脈打つのを感じた。

「マサト、逝《い》ってはだめ。私を残さないで」

麻里の顔が目に浮かんだ。

麻里、会いたい。

猪狩は闇の中に落ちて行った。

第四章　追跡捜査

1

「マサト、大丈夫？　元気ないじゃないの」

麻里が誠人に笑いかけた。

「マリ、いつ帰ったんだ？　おれ、元気、元気。これこの通り」

誠人は起き上がろうとしたが、手足が重くて、動けなかった。誠人は焦《あせ》った。

いったい、どうしたんだろう？

「マサト」

麻里が誠人に笑いかけながら、そっと手を振り、傍《そば》から離れていく。

「おい、マリ、行かないでくれよ」

麻里の姿がみるみる朧《おぼろ》になっていく。

「マリ、待って。行かないで」

麻里の姿は、薄明《はくめい》に消えた。

「マサト、しっかりして」

飯島の声が誠人を呼んだ。誠人は目の前にぼやけた人の顔があるのに気付いた。顔はだんだんとはっきりして、やがて焦点を結び、飯島舞衣の顔《マスク》になった。

「なんだ、舞衣さんか」

「なによ、その言い草。せっかく心配して見舞いに来たというのに」

「あ、おれ、こうしてられない」

誠人はベッドから起き上がろうとした。右脇腹がきりりと痛んだ。

「まだ寝てなきゃだめよ」

見覚えのない部屋だった。ベッドの脇のスタンドに点滴用のバッグが吊《つ》るされていた。管《くだ》は誠人の左腕に付けられていた。

「おれ、どうして、ここにいるんだ?」

誠人は病室のベッドに寝ているのに気付いた。

「マサト、覚えてないの? あんた、撃たれたのよ。それで一時、出血多量で輸血するとか、手術するとか、たいへんだったのよ」

思い出した。後から踏み込んで来た三人組の一人に拳銃で撃たれたんだった。

「おれ、どのくらい眠っていた？」

「そうね。三日かしら」

「三日も？　どうして？」

「どうしても、こうしてもないわよ。あんたは、拳銃で撃たれて、ここに救急搬送された。弾は運よく脇腹の大静脈や大動脈から外れて貫通して抜けたので、失血死は免《まぬか》れたけど、それでもかなりの血が出たので、緊急手術をして銃創《じゅうそう》の傷口を縫合《ほうごう》したのよ」

「そうだったのか」

「ところが、あんたは手術が終わったらすぐに、こんなところにいるわけにいかないとベッドから降りようと暴れるので、医者は鎮静剤を少し多めに打った。それであんたは静かになった。それから、こんこんと三日間、眠り続けたってわけ」

「しかし、寝ているわけにいかない」

猪狩はベッドから降りた。頭がくらくらして、よろめいた。

「だめよ、まだお医者さんがいいっていわない間は」

折よく、白いマスクをかけた女性看護師が入ってきた。

「看護師さん、この患者、まだ寝てなければだめですよね」

「いや、もう大丈夫でしょう。むしろ、寝ていると回復が遅れます。若い患者さんの中には、手術後、一日で歩き回る人がいますからね」

「ほら、みろ。俺、もう大丈夫だ」

猪狩は両腕を回し体操しようとした。さすがに右腹に激痛が走り、途中で腕を動かすのを止めた。

看護師は猪狩の口に体温計を噛《か》ませ、血圧計の帯《おび》を猪狩の腕に巻いて、血圧を測りはじめた。

病室のドアが開いた。マスクをかけた大沼が顔を覗《のぞ》かせた。

「お、マサ、目が覚めたか」

大沼は頰《ほお》を歪《ゆが》めて笑い、パイプ椅子を引き出し、背凭《せもた》れを前にして跨《また》がるように座った。

飯島舞衣がいった。

「大丈夫といったって、まだ傷跡は付いたばかり。無理な動きをすれば、破れて出血するのよ。ねえ、看護師さん」

「そうですねえ。でも、丈夫な糸で傷口を縫《ぬ》い付けてあるので、よほどの無理をしなければ、傷口が開くことはあまりないですね。ただ、激痛が襲うでしょうね」

看護師は猪狩の脇腹を指で押した。猪狩は思わず差し込むような痛みに飛び上がった。

「ね？」女性看護師はマスク越しに、にっと笑った。

「ほんと」飯島もうれしそうに笑った。

「はい。平熱。血圧も標準値の範囲。あと二、三日、ここで静かにしていたら、きっと退院できるわ。それまで、おとなしくしているのね。分かった？」

看護師は血圧計を片付け、立ち上がった。

「はい」

猪狩は仕方なく答えた。

看護師は聴診器を首に下げ、さっさと病室から出て行った。

猪狩は唖然《あぜん》として看護師を見送った。

「普通、看護師さんはもっと優しく患者に接すると思ったんだけどな」

大沼が笑った。

「マサ、文句をいうな。コロナ禍で、看護師たちはたいへんなんだ。彼女たちは、休む間もなく二十四時間フルタイムで働いていたんだからな。やっとコロナが少し落ち着いて、ようやく休めるようになったんだから」

「そうよ。患者は威張《いば》っていてはだめよ」

飯島も同調した。

猪狩は、飯島と大沼に手を合わせた。

「意地悪しないで捜査状況を教えてくださいよ。おれ、三日も寝ていたんで、捜査状況が分からないんですから。自分も早く復帰して、捜査に加わりたいんです。お願いしますよ」

大沼と飯島は顔を見合わせた。

「何が知りたい？」

「一色を殺したマル被（被疑者）は分かったんですか？」

「まだ分からない」

「一色のマルトクは？」

「重要参考人として追っているが、まだ身柄を確保できていない」

大沼は不機嫌な声でいった。

「一色の死因は？」

飯島が答えた。

「解剖《かいぼう》の結果、胃から致死量の覚醒剤が検出された。覚醒剤の過剰摂取によるショック死だった。遺体の様子から見て無理やりに呑《の》まされたらしいわ」

「一色の遺体の様子というのは？」

「手足に針金で縛《しば》られた痕《あと》があった。両手の指の爪《つめ》が剝《は》がされて出血した跡がついていた」

「拷問《ごうもん》された？」

猪狩は一色が犯人たちに押さえ付けられ、指の爪を剝がされる様子を想像した。

「そう。きっと痛かったでしょうね。絶対に犯人たちは許せない」

マスクをかけた飯島の目が怒りに燃えていた。猪狩も腹の底から、犯人たちに対して、黒い憤怒《ふんぬ》が湧《わ》きだすのを覚えた。

大沼がいった。

「一色は、どこかで犯人たちに拉致《らち》され、どこかに監禁された。そこで拷問を受け、その上覚醒剤を過剰に呑まされ、ショック死した。そして、犯人たちに多摩川に放り込まれた」

「遺棄された場所は、どのへんだということになったのです」

「おそらく、多摩川の中流域のどこかだ。遺体が上がった河口付近まで流れつく時間を推定し、どこで遺体が川に放りこまれたのかを絞り込んでいる。二子玉川《ふたこたまがわ》より上流域らしいことが分かっている」

猪狩は飯島の顔を見た。

飯島が住んでいるマンションは、二子玉川にある。

「もしかして、目と鼻の先で遺体が捨てられたかと思うと……」

飯島は、それ以上は口に出さなかったが、顔には悔しさが滲《にじ》み出ていた。おそらく心の中で、犯人たちを口汚く罵《ののし》っているのだろう。

「犯人は一人ではなく、複数?」猪狩は訊《き》いた。大沼はぶっきらぼうに答えた。

「ああ。一色の遺体は、あちらこちらに打撲《だぼく》傷や刺し傷もある。手荒に扱われたらしい。単独犯には出来ない犯行だ」

「一色のマルトクの仕業《しわざ》ですかね?」

「もし、マルトクが絡んでいるとしたら、一人では無理だ。複数の仲間の手が必要だ」

飯島が猪狩にいった。

「上が恐れているのは、一色が拷問されて、いったい、何をしゃべったのか、ということ。一色は公安捜査員として何を知っていたのか、を調べろといっている」

大沼が吐き捨てるようにいった。

「一色は、まだ平《ひら》も平の公安刑事だろう? 主任以上の幹部要員だったらまだしも、ただの一兵卒《いっぺいそつ》だぜ。何も知っちゃあいない」

「だけど、エスピオナージでは、末端の情報こそ、上の情報を調べるのに重要とされているのよ。もし、一色が自分のではない、他の公安捜査員のSや潜入捜査員について、少しでも知っていたら、ことは重大よ」

猪狩は三日ルールを思い出した。万が一、捜査員が敵に捕まった場合、敵に拷問を受けても、なんとしても三日は耐えることになっている。三日我慢したらしゃべってもいい。その三日の間に組織は、情報が洩《も》れたことを想定し、損害が最小限に止まるようダメージコントロールをするのだ。

しかし、一色の場合、三日ももたず、一日も経たぬうちに犯人たちに殺されてしまった。

なぜだったのか？

可能性として考えられるのは、二つ。

一つは、一色の持っている情報が大したものではないと判定され、犯人たちの正体がばれる危険性を重視し、一色を殺した？

二つには一色の持っていた情報が、非常に重要で、かつ時間が迫っていたため、犯人たちは、一色を生かしておくことが危険だと判定し、消さざるを得なかった？

猪狩は思い出した。

「船が爆破される、というコントラ情報は、どうだったんです？」

飯島が目を細めた。

「起こったわ。あなたが撃たれた翌日の未明に。場所は、相模湾と東京湾の出入口に近いところ。つまり、三浦半島の岬の沖合の洋上で」

「新聞かテレビで報じている？」

猪狩は周囲を見回し、部屋の隅にあるテレビに目をやった。テレビは消してあった。

「これでいいかしら？」

飯島がスマホのディスプレイを猪狩に見せた。ニュース速報が表示されていた。

『……日午前四時ごろ、相模湾を横浜港に向かって航行中の中国船籍の貨物船「東光丸《とうこうまる》」（三千トン）から、突然船内に火災が発生したと、第三管区の海上保安部にSOSの緊急救難通報が入った。海保が巡視船を現場海域に派遣したが、貨物船は通報後まもなく沈没した。現場海域で救命ボートに乗った乗組員四人を救出したが、船長をはじめとする乗組員十人は行方不明となっている。……』

飯島はスマホを見ながら、関連情報を読み上げた。

「助かった四人の乗組員は、いずれも中国人で福建《ふっけん》省出身。四人のうち二人は船橋にいて、夜間のウォッチに立っていた。あとの二人は甲板員《かんぱんいん》で、夜明けにウォッチ要員と交替するため待機していた。船橋でウォッチしていた船員は、火災発生直前、不審船一隻が急接近し、止まれ止まれといって、接舷《せつげん》しようとしたと証言している」

「不審船が止まれといって接舷しようとした？」

「小型の高速船だったらしい。その船員の証言によると、船長が何度も警笛《けいてき》を鳴らし、相手船に衝突するから離れるよう警告した。そうしたら、不審船はようやく諦《あきら》めたらしく、速度を落として離れていった。それからまもなく船倉《せんそう》のどこかで爆発が何度か起こり、火災が発生した。いま海保が、四人から詳しく事情を聴取しているところ」

やはり一色のマルトクのコントラ情報は正しかったのだ。

猪狩は考え込んだ。

「一色はコントラに捕まり、拷問にかけられ、公安がコントラ情報を掴《つか》んだことを吐いた？　それで怒ったコントラに殺されたということかな？」

「一応、筋は通るな」大沼は唸った。

「船を爆破するという情報が洩れたのを知って、コントラはどうしたのだろうか」猪狩は疑問を口にした。

飯島が猪狩に応じた。

「もし、東光丸がコントラのターゲットだったとしたら、あの船を止めようとした不審船は、何だったのかしら？　作戦を実行しようとしたコントラの船だったの？」

「その可能性は大だな。東光丸に接舷し、誰かが乗り込んで、爆薬をしかけて、船を爆破した」

「だけど、助かった乗組員は、船長が警笛を鳴らして警告したので、不審船は接舷を諦めて離れていったというのだろう？　誰も乗り込まなかったということになる」

大沼は顎《あご》を撫でた。

「接舷して乗り込むのは諦めたが、東光丸に接近した際に、船腹に爆発物を仕掛けたのではないか。アラビア湾岸で航行中のタンカーにイランの革命防衛隊が小型船を接近させ、磁石付きの地雷をタンカーの船腹に付着させて、爆発させた、という話がある。コントラが同じような手を使ったのかも知れない」

飯島が訝《いぶか》しげにいった。

「助かった船員は船腹でではなく、船倉で何度か爆発があったといっていたでしょ」

「ふむ。そうなると、コントラは事前に船倉内部に時限装置付きの爆発物を仕掛けておいた可能性もあるな」

猪狩が疑問を呈《てい》した。

「沼さん、その場合、不審船が、東光丸に接近して、止めようとした行動は、いったい何なのですかね？　コントラが時限装置の爆弾を船倉に仕掛けたのなら、何も船を止める必要はない。そのまま、放置して爆発させればいい。ということは、不審船はコントラではない」

大沼は顎を擦《さす》った。

「うむ、そうだな。コントラが、一色を殺したあと、爆破作戦を中止しようとした？　これは変だな。辻褄《つじつま》が合わない」

「不審船は、コントラが爆破しようとした船を止め、爆破を止めようとしたのではないかしら」

飯島が推論を立てた。

猪狩もうなずいた。

「自分も飯島主任と同じ考えです。不審船を操船していたやつらが、一色を拉致し、拷問にかけて、コントラの情報を掴んだ。それで一色を殺し、船を仕立てて、相模湾に繰り出した。だが、船長に乗船を拒否され、爆発を阻止することが出来なかった」

「その方が筋がすっきり通るじゃない？」

飯島が大沼にいった。

大沼も腕組みをしたままうなずいた。

「なるほど。すると、一色はコントラに殺されたのではない、となるか」

「まだ完全にそうと決まった訳ではないけど、コントラが第一容疑者として、もう一つの第三者のグループ、コントラに対抗するカウンター・コントラがいると見ていいと思う」

「そのカウンター・コントラをXとするとして、一色の部屋に侵入して来た、あの三人組は、そのXのメンバーだと見ていいな」

猪狩は訊いた。

「いま連中は、どこに留置してあるんです？」

「県警の戸部《とべ》署に勾留してある。いまのところ、取調官に口も利《き》かず、三人とも完黙《カンモク》している」

「誰が取り調べしているんです？」

「一色殺しに関連しているってんで、川崎署の捜査本部の刑事がやっている」

「三人の身元は？」

「拳銃を所持していた男は、中国人らしく身元不明だ。組織犯罪対策部のマル暴リストにも載っていない。ほかの二人は逮捕歴があった。身元は割れる」

「公安は誰か立ち合っているんですか？」

「いや。これは殺しという強行犯の刑事事件だっていうんで、公安からは誰も立ち合っていない」

「それは変じゃないですか。マル害（被害者）は公安刑事ですよ。これは公安事件だ。コントラを知っている我々が尋問した方がいいに決まっている。理事官は何ていっているんです？」

「同じ県警の大西外事課長を通して、我々公安も尋問に立ち合わせてほしい、と要請しろ、と。警察庁警備局が直接県警本部に申し入れるのは、ことが大げさになるというのだ」

「弱腰だなあ。それで大西課長に要請したんですか？」

「要請した」

「捜査本部の返事は？」

「刑事部が面子《メンツ》にかけて、やつらの口を割らせるといっている。やつらが口を開いたら、公安にも立ち合わせると」

「こんなときに面子をいっている場合ですか。殺しの捜査ですよ。公安も刑事もないはずだ」

猪狩は頭を振った。

「あの三人の容疑は、殺人未遂、銃刀法違反、公妨《こうぼう》、住居侵入罪ですよね。二日四十八時間以上経っているから、すでに検察へ送致した。いまは検事勾留で、検察官が取り調べしている」

「そうなるわね。三人とも弁護士を呼んだから、少しはしゃべるだろうけど、いまのところ見込み薄ね。まだ三人とも完黙しているらしい。検事も勾留請求手続きを取るだろうから、長くてあと二十日間のうちに、三人を落とさないとね」

「捜査本部から、公安には捜査協力要請が来ていないんですか?」

「来ていない。こちらが捜査協力を申し入れているんだが、いらない、というんだ」

大沼が苦々しくいった。

猪狩は嘆《なげ》いた。

「しょうがないなあ」

「理事官も、我慢しろ、といっている。そして、こちらも独自に捜査をして、捜査本部に捜査資料を提供して、捜査協力をしろと」

「私たちが捜査協力して、ホシを挙げないと、一色が浮かばれないでしょう。やるしかないわね」

飯島は口を一文字に引いた。

猪狩は飯島に訊いた。

「県警の大西課長は、マルトクの鄭秀麗について一色から報告を受けていましたよね。大西課長は、鄭秀麗のことを調べたのでしょうね」

「一色刑事が殺されたので、急遽《きゅうきょ》、鄭秀麗について身元を調べたそうよ」

「身元は？」

「彼女、台湾人ということだったけど、実際は日本人とのハーフ。日本国籍も台湾国籍も持っている。だから、コロナ禍前まで、ビザなしで日本と台湾を自由に往来できた。父親が日本人で、母親が台湾人。数年前に父親は亡くなっている」

「そうか、混血児だったのか。それで顔写真は？」

「入手した。彼女の顔写真も、ソロモン商会の人事課から貰《もら》った写真、台湾護照《パスポート》や運転免許証の写真など複数あった。これがそう」

飯島はポリスモードを取り出し、操作して、顔写真をディスプレイに出した。何葉かをスライドさせた。

たしかに女優の石原さとみ似の美人だった。

「一色が惚《ほ》れたのも分かる気がするな」

「でも、美しい薔薇《ばら》には鋭《するど》い刺《とげ》があるものよ」

猪狩は大沼と顔を見合わせた。大沼は飯島に目をやり、肩をすくめた。

飯島は無視していった。

「鄭秀麗は子ども時代から日本と台湾をよく行き来している。日本の高校を卒業した後、台湾に戻り、台北《タイペイ》大学に入った。中台関係が悪化した時、志願して軍に入った。兵役《へいえき》を終えて台北大学に戻って卒業。その後、香港《ホンコン》に渡って、日本の貿易会社に入り、香港や上海《シャンハイ》などの支店に勤めていたが、数年前に転職した。そしてアメリカの貿易会社ソロモン商会でリサーチャーになった」

「そのソロモン商会という会社も気になるな。どんな会社で何をしているのか」

猪狩は顎を撫でた。飯島はいった。

「ＩＴ関係の機器や器材を、中国をはじめとする東南アジア諸国に輸出したり、レアメタルの買い付けをしている会社らしい」

「本社は？」

「アメリカのボストン」

「鄭秀麗の身柄は？」

「まだ確保されていないようね」

「自宅には戻っていない？」

「その後、まだ帰っていないらしい。それで、県警は鄭秀麗のマンションにガサ入れをしたそうよ。その結果、彼女はいったん家に帰ったものの、慌ただしく荷物をまとめて出て行ったのが分かった。マンションの防犯カメラに、彼女が迎えに来た車に乗ってマンションから出て行くのが映っていたそうよ」

「無事だったんだね。それで部屋には、一色殺害に関する何か手がかりはあったんですかね？」

「わずかだけど、彼女の血痕が見つかったそうよ。彼女は怪我《けが》をしているらしい。彼女が部屋に脱ぎ捨てていったシャツから彼女の血痕と一緒に一色の血も検出された。彼女はやはり一色が死亡した事情を知っている。それで、捜査本部は急遽、彼女を重要参考人として全国に指名手配し行方を追っている」

　猪狩は腕組みをした。

「彼女の部屋を実地に見てみたいですね」

　飯島が笑いながらいった。

「でも、もう県警の鑑識課が徹底的に調べているから、何も出て来ないと思うけど」

　猪狩が苛立《いらだ》った声でいった。

「物証は鑑識に任せておけばいい。自分は、そんなことより、鄭秀麗がどんな女なのか知りたい。人は住んでいる家や部屋を見れば、おおよそ、その人柄が分かるもんです。まずは現場に立つ。そこから捜査は始まる。現場を見ずに捜査は出来ない」

飯島は大沼と顔を見合わせた。

「分かったわ。マサトのしたいように捜査しましょ。ね、沼さん」

「いいだろう。マサ、おれが病院と掛け合って、退院の手続きを取ってやる。退院の用意をしておけ」

大沼はのっそりと立ち上がった。

「マサト、傷の具合、ほんとに大丈夫なの？」

飯島が猪狩の顔を覗き込んだ。

「大丈夫です。このくらいの傷。すみません。自分の服、どこかにあるはずなんだけど」

猪狩は病室を見回した。一刻も早く病室から出たかった。ぐずぐずしていれば、鄭秀麗は、どこかに消える。その前に彼女を捕まえねばならない。

それには、まず現場百遍《ひやっぺん》。現場に行けば、何かが見つかる。

猪狩は心の中で捜査の鉄則を念じていた。

2

大沼が運転するホンダＣＲ－Ｖは、横浜市主要地方道80号線を進み、山元町《やまもとちょう》の丁字路に突き当たると、静かに左折し、山手本通り《やまてほんどお》りの坂を上がりはじめた。緩《ゆる》い坂が住宅街の間を通っている。

助手席の飯島がポリスモードを手に検索していた。

山手本通りに入ってまもなく、飯島がポリスモードを見ながらいった。

「そこ、そこの路地に入って」

「あいよ」

「この近く。そのまま行って。七階建ての洒落《しゃれ》たマンションらしいわ」

飯島と大沼はフロントガラス越しに、住宅街を見回した。それらしいマンションが何棟も建っている。

猪狩は後部座席に座り、腕組みをしてあらためて考えた。

なぜ、一色は殺されたのか。

なぜ、一色は犯人たちに拷問をかけられたのか？

犯人たちは、一色から何を聞き出そうとしたのか？

犯人たちは、コントラではないと断言していいのか？　もう一度検証してみる。

コントラが一色を殺した犯人だったら、一色から何の情報を取ろうとしたのか？

コントラは、一色が公安捜査員だと知って、拷問をかけたとすれば、公安の何を知りたかったのか？　公安の何の情報をほしかったのだろう？　公安のコントラ捜査状況を知ろうとした？

鄭秀麗はコントラのメンバーだった？　だから、秀麗はコントラの秘密を知られたために、一色を殺した？　これは、おかしい。一色が公安捜査員だと知った秀麗は、公安ならば、コントラぐらいは知らなければ、と教えていた。なのに、一色を殺す？　やはり、コントラが一色を殺したという線は薄い。

「沼さん、あれ、あのマンションだわ」

飯島がフロントガラスから、前にそびえ立つマンションを指差していた。

「あいよ」

大沼はハンドルを切り、マンションの玄関先に車を止めた。

YOKOHAMA　YAMATE　FLATS。

玄関ポーチの屋根に飾り文字でマンション名が掲《かか》げられている。玄関ポーチ前に、赤、白、黄の薔薇の花が咲き乱れた植木鉢が並べられていた。

駐車場は地下にある様子だった。

「おれは、ここで待機している。現場は二人で見てきてくれ。何かあったら、呼んでくれ。すぐに駆け付ける」

大沼はポケットからイヤフォンを取り出し、耳にはめた。飯島も猪狩もイヤフォンを耳に挿《はさ》んだ。ワイヤレスマイクを装着した。

飯島、大沼の声がイヤフォンに入る。猪狩は親指を立てた。飯島はうなずいた。

「じゃあ、マサト、行こうか」

飯島は猪狩にいいながら、車のドアを開け、助手席から降りた。猪狩も後部座席から、ゆっくりと足を出して降りる。軀を動かす度に、負傷した脇腹がじんわりと痛む。

飯島はバッグを肩から下げ、ハイヒールの音を立てて階段を上がった。玄関ポーチに入ると、ガラスのドアがあり、脇にナンバーキイのパネルがあった。

ガラス越しにロビーが見える。ロビーの奥に二基のエレベーターがあった。猪狩は玄関ポーチの天井に目をやった。天井の一角に防犯カメラのレンズが来訪者を睨《にら》んでいた。

「マサト、バッジを付けて」

飯島はバッグから警察バッジを出し、紐《ひも》で首に下げた。猪狩も警察バッジを首から下げる。

エレベーターの扉が開き、母親と幼稚園児ほどの親子連れが出て来た。親子は何か話しながら、ロビーを通り玄関ドアの前に立った。自動ドアが開き、親子が出て来た。

「こんにちは」

飯島は母親に笑顔で挨拶《あいさつ》し、入れ代わりにロビーに入る。猪狩も続いた。

母親は一瞬、怪訝《けげん》な顔をしたが、飯島と猪狩の胸に下がっている警察バッジを見て、何もいわなかった。

二人がロビーに入ると、ドアは自動的に閉まった。

猪狩はロビーの中を見回した。

応接セットが中庭に面して設置されていた。訪問者は、ここで面会するのだろう。深緑色の観葉植物の鉢が窓辺《まどべ》にいくつも設置されている。ロビーには静かな環境音楽が流れていた。ロビーの天井にも、防犯カメラが見えた。

飯島と猪狩はエレベーターの前に立った。

さっきの親子が降りてきたエレベーターが止まっていた。二人はエレベーターの箱に乗り込んだ。

『マサ、聞こえるか』

イヤフォンに大沼の声が聞こえた。

「聞こえる」

『どうやら、部屋は張り込まれている。変な男たちがいる。気を付けろ』

「了解」

猪狩は飯島を見た。大沼の声は飯島にも聞こえている。飯島はうなずいた。

「部屋は、６０５号」

飯島は六階のボタンを押した。扉が閉まり、エレベーターが音もなく上がりはじめた。

六階でエレベーターは止まった。飯島は猪狩を従え、回廊に出た。６０５号室は回廊を右手に進んだところにあった。

二人は６０５号室の前に立った。立ち入り禁止と書いた黄色いテープがドアに貼ってある。神奈川県警のテープだった。

猪狩はドアノブを握って回した。ドアは施錠されていた。飯島は廊下の左右をちらりと見回した。

「開けて」

猪狩はポケットから二本の鉄の串を取り出した。ピッキングの用具だ。

ドアの前に屈《かが》み込んで、鍵穴に二本の鉄串を差し込んだ。公安捜査講習で習った要領で、二本の串を動かし、鍵穴の内部の引っ掛かりを探す。耳を澄まし、全神経を集中する。いろいろ動かすうちに、手応えがあった。カチリと音がし、鍵が開いた。ノブを回して引き、ドアを開けた。

猪狩は部屋の内部を窺《うかが》った。人のいる気配はない。

「入るわよ」

飯島は猪狩を押し退け、玄関に入った。

「ちょっと待った。そこの二人」

「そこは立ち入り禁止なんだがね」

外から男の声がかかった。振り向くと、厳《いか》つい顔の男と、突っ張った顔の若い男が、険のある目で猪狩と飯島を睨んでいた。

「あんたら、この部屋の住人か？」

「違う。警察だ」猪狩は警察バッジを掲げた。

「そっちの女は？」

「私も警察」

飯島は突《つ》っ慳貪《けんどん》にいい、警察バッジを見せた。

「警察だあ？　どこの所轄《しょかつ》だ？」

「警視庁公安部」

「なんだと、警視庁のハムだと」

厳つい顔がさらに怒りで赤くなった。若い男は飯島と猪狩が公安警察官と分かり、急に態度が柔らかになった。

「あなたたちこそ、何なの？」

飯島は特殊警棒を一振りして伸ばした。

厳つい顔の男は飯島の気迫にたじろいだ。

「おっと、待った」

猪狩は襟元《えりもと》のワイヤレスマイクで、大沼に状況を知らせた。大沼は常時、開いているワイヤレスマイクを通して、こちらのやりとりを聞いている。

「俺たちも警察だ」

「ならばバッジを見せなさい。警察官詐称《さしょう》は重罪ですからね」

飯島は伸ばした警棒を両手で持ち、いつでも攻撃できる体勢を取った。

厳つい顔の男は渋々とジャケットの内ポケットから警察バッジを出した。

「あんたも」

若い男も慌てて警察バッジを取り出し、猪狩と飯島に見せた。

飯島は厳つい男の警察バッジを手に取り、ＩＤ身分証を調べた。

神奈川県警捜査一課刑事。巡査部長　鷲田忠平《わしだちゅうへい》。

若い男は、同じ捜査一課刑事で、巡査　水島広和《みずしまひろかず》。

鷲田がいった。

「あんたら捜査本部で見たことがねえ顔だね。たとえ公安でも捜査本部の捜査方針に従ってもらわないとな。勝手に捜査現場を荒らされちゃ困るんだよ」

厳つい顔の巡査部長が文句をいった。猪狩が訊いた。

「どこの帳場《チョウバ》だ。三崎署の宮川事案の捜査本部か？」

「いや、違う。川崎署の一色刑事殺人死体遺棄事件捜査本部だ。一色刑事が公安警察官だということで、公安も本部には一枚噛んでいるが、あんたらじゃないな」

「私たちは三崎署の捜査本部よ」

飯島は警棒を手早く縮めた。

「なんだ、うちらの方ではないのか。じゃあ、見た顔でないのは仕方ねえな」

鷲田は水島巡査と顔を見合わせて笑った。

「俺たちは、バッジを見せたんだ。あんたらのもちゃんと見せてくれ」

「いいわよ」

　飯島は警察バッジを突き出した。猪狩も警察バッジを出した。鷲田が飯島と猪狩の身分証を丹念《たんねん》に見た。脇から水島も覗き込んだ。

「なんだ。警部補殿か。これは失礼しました」

　鷲田と水島は飯島にあらためて敬意を示した。

　猪狩が訊いた。

「ここのガサ入れしたのは川崎署の捜査本部の捜査員だったのか？」

「そうだ」

「ここに住む女性について、捜査本部は、どう捉えているのだ？」

「一色刑事が殺された事情を知っているマル重（重要参考人）と見ている。これはマスコミには内緒だが、女はあんたらの協力者のSだったんだろう？」

　鷲田は周りに誰もいないのに、声をひそめた。飯島はうなずいた。

「まあ、そうね」

「それにしても、おたくら、強引だな。ピッキングして入るなんてのは違法捜査だべな。器物損壊や住居侵入罪になるぜ」

「鍵は壊してないわよ。あんたたち、ここで何をしていたの？」

「ここはマル重のヤサなので、女が戻って来るかもしれんと張り込んでいたところだった。そこにあんたらが現われたんで、しめたと思ったんだが外れだった」

鷲田と水島はがっかりした顔になった。

猪狩が部屋を指差した。

「中へ入ってもいいかね」

「いいよ。もう鑑識の採証作業も終わっているし、何にも残っていないが」

猪狩は玄関先の下駄箱や履物の様子をポリスモードで撮った。

飯島はハイヒールを脱ぎ、下駄箱にあったスリッパを履いて部屋に上がった。

鷲田と水島は、公安がどんな捜査をするのか、と興味津々《しんしん》な顔で眺めていた。

猪狩は飯島と顔を見合わせて頭を振った。別段、公安は刑事と違った捜査をするわけではない。ただ、刑事部の刑事とは、捜査の視点が違うだけだ。

「捜して」

飯島は猪狩に囁《ささや》いた。

何を捜すのか、と問い直しかけたが止めた。鄭秀麗のものは、ほとんど何もかもが押収されていると見ていい。残っているものは、捜査員が不必要と判断したものだ。それでも、ひょっとして捜査員たちが見落としたものがあるかも知れない。

部屋はベランダ付きの2LDKだった。

猪狩は寝室のベッドのある部屋に立った。ピンク色の布団やカラフルなカーテンで、一目で女性の部屋だと分かる。

「寝室は私が見る。ほかをあたって」

「はい」

猪狩は素直に従った。飯島は同じ女の視点で寝室を調べたいのだ。

猪狩はリビングに入り、部屋の中を見回した。リビングには、ライティングデスクがあり、その傍《かたわ》らに五段ほどの本棚があった。一番下の段に、クッキング用のレシピの本やファッション雑誌が雑然と並べられてある。

本棚のいくつかはがらがらになっていて、本がないのは、おそらく捜査員が手がかりになりそうな本や資料を押収していったからだろう。残っているのは、ピカソの画集といった美術本、ミステリーや娯楽小説の本だった。

パソコンは見あたらなかった。捜査員が押収したか、鄭秀麗が持ち去ったのだろう。

猪狩は鷲田を振り向き、がらがらに空いている本棚を指差した。

「ここには、どんな本が並んでいたか覚えている?」

「中国語の本や英語の本だったと思うな。俺は覚えていない。担当ではなかったからな」

猪狩はライティングデスクに目を移した。畳まれている板の蓋《ふた》を開けた。机にし、猪狩は肘掛け椅子に座った。ライティングデスクの本立てもがらがらに空いている。オックスフォード英英辞書や中国語辞書、新明解国語辞典などは残されていた。ほかに本があったらしい箇所には薄く紙埃《かみぼこり》や繊維屑《せんいくず》があった。どうやら住所録やノオト類は押収されたらしい。

新明解国語辞典を取り上げ、ぱらぱらとめくった。綺麗《きれい》な色彩の絵が描かれた栞《しおり》が一枚、机の上にはらりと落ちた。猪狩は栞を摘《つま》み上げた。よく見ると栞ではなかった。横浜美術館の会員優待入場券の使用済みの半券だった。春から秋にかけて開催されたフランス印象派の絵画展のものだ。

机の隅に目を凝《こ》らした。隅に埃とも塵《ちり》ともつかぬものがあった。綿埃のようなものを摘み上げた。脱脂綿《だっしめん》か何かの綿屑だった。

猪狩は鼻に綿屑を近付け、臭いを嗅《か》いだ。かすかに油の臭いがする。何の油の臭いだろう？　機械油？　シリコーンか鉱物油か？　いずれにせよ、何かのマシンオイルの臭いだ。しかし、何に使ったマシンオイルなのだ？

「何か、あったかい？」

鷲田が興味深そうに猪狩の手元を覗き込んだ。

「機械油がついた綿屑らしい」

「それがどうしたというのだ？」

「なんで、こんな机の隅に、油のついた綿屑があるのかなって思ってね」

猪狩は採証用のビニール袋を取り出し、慎重に綿屑を入れた。

鷲田が低い声でいった。

「もし、それで何か重要なことが分かったら、うちの方の捜査本部にも知らせてくれるのだろうな」

「もちろんだ。我々も一色殺しのホシを上げたい。公安だの刑事だのと張り合うつもりはない」

引き出しが二つ並んでいた。両方を引き開けた。筆記道具、消しゴム、印鑑類や名刺類がきちんと整理されて収められていた。

「せめて、どんな本を読んでいたのかが分かれば、少しマル重のプロファイルが出来るんだけどな」

「本棚の本がそんなに重要な手がかりなのかね」

後ろに立った鷲田が猪狩にいった。

「重要な手がかりでなかったら、どうしてガサ入れをした刑事たちは本をごっそりと押収していったんだ？」

「ま、それもそうだがな」

「マサト、ちょっと来て」

寝室から飯島の声がした。

猪狩はライティングデスクの板を閉じ、寝室の方を見た。

「これ、見つけた」

飯島は太い円筒形の箱から金色の髪の毛を取り出して掲げた。

「金髪の鬘《かつら》じゃないですか」

猪狩は飯島に歩み寄り、金色の髪の毛を見た。確かに金髪の鬘だった。髪の長さは、肩ほどはある。

「どこにあったんです?」

「洋服タンスの上」

「どうして、捜査員は押収しなかったんですかね?」

「捜査事案が違うからよ。捜査員は気付かなかったんでしょう」

「そうか。川崎の捜査本部と三崎の捜査本部では、別々の事件を追っているからな」

飯島は金髪の鬘を箱に戻した。

「マサト、ビニール袋探して」

「了解」

猪狩はキッチンのシンクの下の引き出しを開けた。ゴミ用のビニール袋の束を見付け、一枚を抜き出し、飯島にビニール袋を渡した。飯島はビニール袋の口を拡げ、金髪の鬘が入った帽子箱を入れた。

「飯島さんよ、うちの本部に無断でそれを押収するんかい？」

鷲田が困った顔をした。飯島は笑った。

「鷲田巡査部長、これは宮川薬物製造工場放火殺人事件関連なの」

「どういう関連なんです？」

水島が怪訝な顔をした。

「宮川の事件を起こした犯人たちの中に金髪女性がいたのよ。もしかして、この金髪の鬘を被っていたのかも知れないってこと。科捜研《かそうけん》に送って、銃の硝煙《しょうえん》反応が出れば、ここにいた女が本ボシの一人だと判明する」

「ってことは、一色刑事殺しの犯人と、宮川事案の犯人は同一ってことかい？」

「同一犯かどうかは、まだ不明だけど、関係あり、ということにはなるわね」

「その金髪の鬘についての報告は、川崎署の方にも寄越《よこ》すんだろうね」

「もちろんよ。宮川事案の方を担当している本部要員は県警捜査一課強行犯捜査一係班長代理の宇崎警部補だったわね。宇崎班長代理に教えるわよ」

「なんだ、一係の宇崎班長代理を知っているのか。そんならそうと、はじめにいってくれればいいのに」

「あなたは?」

「自分は二係だ。二係は、ちょうど明け番だったので一色刑事殺し捜査を担当することになった」

鷲田は宇崎班長代理と知り合いだと分かると、急に親しげな口調になった。

「教えてほしいんだがな。外事課から、この部屋の住人の鄭秀麗を調べろといってきたが、公安のSという以外に何か隠してないか?」

猪狩は飯島と顔を見合わせた。

鷲田は畳み掛けた。

「この鄭秀麗と一色刑事は、どういう関係にあったんだ? 恋人関係ってことかい?」

「おそらく、そうだ、と思う」

「一応、捜査本部は、鄭秀麗が一色刑事を殺した可能性もある、と見ているんだが、それにしては殺しの動機がいま一つ分からないんだ。痴情《ちじょう》による怨恨《えんこん》か、嫉妬《しっと》の末の刃傷沙汰《にんじょうざた》? そんなことで拷問をしたり、覚醒剤を飲ませるような真似をするか? しかも、女一人の犯行ではなく複数の人間の手がかかっている殺しだ。女が仲間を呼んで殺させたか？　何か、おたくたちは摑んでいるんじゃないのか？」

飯島が猪狩の顔を見た。猪狩は、いいのではないか、とうなずいた。

第一線の捜査員が本ボシを捕らえるためには、事案の真相を知っておいた方がいい。

「宮川事案も、この一色刑事殺しも、背後で繋がっていると私たちは見ているの」

「同一犯だというのかい？」

「同一犯ということではなく、どちらにもコントラが絡んでいると見ているのよ」

「コントラだと？　水島、聞いたことあるか？」

鷺田は水島の顔を見た。水島は激しく頭を左右に振った。

「いや、知らんです」

「外事課の大西課長から捜査一課に知らせは回っていないの？」

「いや。聞いてないいな」

「じゃあ、説明するわ」

飯島は、コントラについて、これまで分かったことを掻《か》い摘《つま》んで説明した。鷺田も水島も、飯島の説明に聞き入った。

飯島が話し終わると、猪狩が付け加えるようにいった。

「宮川薬物製造工場放火殺人事件はコントラがやったと見ているのだが、一色刑事殺しはコントラによるものではない。一色が鄭秀麗と一緒にいるところを、コントラの対抗組織、カウンター・コントラに襲われた可能性が高い。かろうじて鄭秀麗は逃げ延びて助かったが、一色はそいつらに捕まり、拷問を受けた末に殺された、ということかも知れないんだ」

「鄭秀麗が犯人ではない、というのか」

「私たちは、そう見ているの。ただいえるのは、彼女は事件を見て知っている。だから、重要参考人であることは確かね」

「一色刑事殺しには、どうやら裏があるということだな。ううむ」

　鷲田は腕組みをしながら唸った。

「いまの話、捜査本部に持ち帰って話すがいいよな」

「もちろんだ。捜査方針が迷走しないよう、きみからコントラとカウンターコントラのことを捜査会議で話してほしい」

「了解した。水島、おまえも、いまの話、よく覚えておけ。俺が説明に詰まったら、おまえからも説明しろ」

「はい。分かりました」

鷲田は飯島と猪狩に向き直った。

「コントラについて、何か情報が入ったら、ぜひ、俺たちにも知らせてほしい」

「よし。分かった。メールで知らせよう」

猪狩は鷲田とメールアドレスを交換し合った。

3

「了解です」

助手席の飯島は、ポリスモードの通話を切った。

「沼さん、ボスが蒲田にすぐに帰れって」

「あいよ」

大沼はホンダCR－Vのアクセルを踏んだ。首都高速横羽線の標識が飛ぶように後ろに過ぎていく。助手席の飯島はルーフに赤灯を出した。赤い光が点滅した。たちまち前方を走る車両が次々に左の走行車線に避けて行く。

「沼さん、マサト、ボスの話では、何か動きがあったみたいよ」

「どの筋の動きだい？」

「カウンター・コントラ」

「おもしろくなりそうだな」

大沼はにやっと笑った。車の速度を落とし、高速道路の出口に向かった。

拠点である蒲田のマンションでは、真崎理事官と黒沢管理官が応接コーナーで話し合っていた。

真崎チームのメンバーは出払っていた。

「お、ご苦労さん。猪狩、もういいのか?」

真崎理事官は猪狩に気付くと労《ねぎら》いの言葉をかけた。猪狩の元気そうな顔を見て、安心した様子だった。

「ご心配をおかけして申し訳ありません」

「動いて、傷が開くなんてことにならんのか?」

「大丈夫です。手術後、ベッドに寝ていて、動かないと、かえって回復が遅れるといわれました」

「そうか。ならばいいが、あまり無理はしないように」

「はい。気をつけます」

猪狩は真崎理事官に頭を下げた。

黒沢は顎を擦りながらいった。

「若い者はタフだな。私なんかは、最近、加齢のせいか、思うように動かん。拳銃で撃たれたら、たぶん、即あの世行きだ」

「いや、黒さんはまだまだ元気だ」

真崎理事官が慰《なぐさ》め顔でいった。

黒沢通雄《みちお》は国際テロリズム緊急展開班の管理官である。

飯島主任と大沼と猪狩は上司の二人の周りに椅子を並べて座った。

「さて、宮川の放火殺人事案だが、三崎署の捜査本部の捜査は着々と進んでいる。覚醒剤製造工場の作業員六人全員の身柄を確保し、いま取り調べ中だ。彼らが雇われた経緯や、仕事を斡旋《あっせん》した人間がだんだんと分かってきた。だが、現場で殺された三人の男たちの身元はいまもって分からない」

真崎理事官は、飯島や大沼、猪狩を見回した。

「宮川薬物製造工場放火殺人事案の捜査については捜査本部に任せる。我々公安は、この事案の背景となっている地下戦争を捜査する。私の見立てでは、日本のマル暴山菱組系の五次団体の関連企業『幸運』が、北朝鮮の秘密組織と結託《けったく》して、覚醒剤を密輸入し、市場に出して密売し、荒稼ぎをしていた。北朝鮮の秘密密売組織『智異山』は覚醒剤を売って得た利益のほとんどを本国の39号室に流していると思われる。しかし、北朝鮮の覚醒剤ルートは、我が国の取り締まりが厳しいので、存続が途絶えがちで難しくなっている。そこで『幸運』は、中国ルートからも覚醒剤を密輸入し、質が悪いネタを精製して上等なネタにし、国内市場に流した。この中国の覚醒剤ルートは、黒社会を通すものだが、背後には中国安全部がいると見られる。日本に売り付けた覚醒剤売買の利益は、中国安全部が半分以上を吸い上げ、国外での秘密工作の資金にあてていると見られる。つまり、北朝鮮や中国の秘密機関が日本の暴力団と結託して、持ちつ憑れつの関係を保っている。これが事件の背後にある基本的な構造だ」

真崎理事官はいったん言葉を切って、三人を見回した。

「ここに新たなファクターとして、コントラが登場した。まず、本当にコントラは実在する組織かどうかだが、主任、きみはどう見た?」

「私は一色刑事の情報を信じます。コントラは実在します。一色が殺されたのは、そのコントラのためだと思います」

飯島主任は慎重に言葉を選んでいった。

「よし。コントラが実在すると見ていいのだな」

「はい。間違いありません」

飯島は猪狩の顔を見た。猪狩もうなずいた。

「自分も主任と同じ考えです。コントラは実在します」

真崎理事官は、そうか、とうなずいた。

「では、一色が殺された事件についてだが、コントラが一色を殺したと見るのか？」

「私はコントラに襲われた側が、コントラ情報を聞き出すために、一色を捕らえ、拷問にかけて殺したと見立てています」

「なるほど。そういう見立てか」

「はい」

「一色殺しの捜査も、基本、川崎署に立てた捜査本部に任せよう。我々の目的は、あくまで事案の裏にいる北朝鮮や中国の秘密組織の解明だ。さらに新登場のコントラを調べるのも主要な任務になる」

猪狩は口を挟んだ。

「理事官、しかし、これまで分かった一色刑事殺しの真相については、捜査本部にも流すのでしょうね」

「もちろん、流す。捜査が滑らないように、適宜《てきぎ》情報は流さねばならん」

「了解です」

「そこでだ。知りたいのは、コントラの実態だ。組織はどうなっているのか、構成員にはどんな人間がいるのか、指導者は誰か、資金源はどこか？　バックについているのは、どこなのか、など基本的な事を出来るだけ早く調べてほしい」

「分かりました」

飯島がうなずいた。

「さらにいえば、コントラは、なぜ、宮川薬物製造工場を襲ったのか？　なぜ、貨物船を爆破したのか？　その狙いや訳が知りたい」

「了解です」

飯島は任せてほしい、という顔でいった。

「ところで、理事官、さっそくですが、マルトクの鄭秀麗の家にガサをかけ、彼女が宮川の工場を襲ったマル被（被疑者）である物証を押収しました」

飯島は猪狩に目配せした。猪狩はビニール袋に入れた帽子箱を出した。

「ほう。何だというのだ？」

「金髪の鬘です。工場のベトナム人作業員の証言では襲撃犯は金髪の女だったといっていたとのことですが、おそらく、この鬘が使用されたのだと思われます」

猪狩はビニール手袋をはめ、ビニール袋を開けた。帽子箱を出し、蓋を開けて、金髪の鬘を取り出した。

「鑑識に回せば、おそらく拳銃を撃った時の硝煙を検出できるでしょう。さらに、髪の毛や汗から、彼女のＤＮＡも採証できると思います」

真崎理事官は静かにうなずいた。

「そうか。でかした。ほかには？」

猪狩は小さなビニール袋を取り出して掲げた。

「ライティングデスクの隅からマシンオイルの臭いがする綿埃を採証しました。どこかで嗅いだ臭いだと思っていたら、ここへ来る途中で思い出しました。拳銃の手入れをした時に使うマシンオイルだ、と。きっとマル被が使用した拳銃を机の上で分解掃除した時に出たものだろうと思います」

「拳銃はあったのか？」

「いえ、見当たりませんでした。鄭秀麗はいったん部屋に戻った時に、拳銃などを持ち出したのだと思われます。もしかすると、今度は鄭秀麗たちが相手に報復するかも知れません」

飯島がいった。

「これ以上、血を流させないために、コントラとカウンター・コントラの抗争を止めねばなりません」

真崎理事官は大きくうなずいた。

「分かっている。問題は一方のカウンター・コントラの正体が、まだ分かっていないことだ。それで、管理官とある手を打った。海原班長たち全員を急遽、そちらに回した」

「どんな手なのです？」

飯島が身を乗り出した。

黒沢管理官が真崎理事官に代わっていった。

「検察官と話をし、送検された三人のマル被のうちの一人を怪我治療の名目で、起訴猶予にしてもらったのだ」

「………」

飯島は怪訝な顔になった。

「一色の部屋にいたきみたちを襲った三人たちのことだよ」

飯島はすぐに思い出した。

「どの男ですか？」

「特殊警棒で打たれて、手首の骨を折られた男だ」

「ああ、私が警棒で制圧した男ですね」

「うむ。三人とも名前も名乗らず完黙していたたが、釈放をちらつかせたら、リーダー格の男を除く二人がしゃべりだした。そのうちの一人を起訴猶予にして釈放し、泳がせることにした」

「名前は何というのです？」

「浜口剣《はまぐちけん》。これは日本人名で、本名は史成《シー・チヨン》。中国人の半グレだ。ハマケンと名乗っている」

猪狩が訊いた。

「いったい、何をやっている男ですか？」

「不明だ。住所不定、職業不詳。年齢不詳。推定年齢は二十代前半といったところか」

「レキ（逮捕歴）やマエ（前科）は？」

「なしだ。ともあれ、浜口剣こと史成を、檻《おり》から出して泳がせる。浜口はカネを千円も持っていないから、きっと雇い主のカウンター・コントラのところに戻る」

「視察をかけるんですね」

「そうだ。海原班長が視察の網を張った。浜田チームの応援を得て、大規模な視察をかける」

「理事官、自分たちも参加させてください」

猪狩は勢い込んでいった。飯島もうなずいた。大沼はにやにや笑っている。

真崎理事官は即答した。

「だめだ。おまえたち三人は、現場で相手に面《めん》が割れている。浜口がおまえたちを見たら、視察されていると判断する。泳がせる意味がない」

黒沢管理官が笑いながらいった。

「おまえたちは、引き続きコントラを追ってほしい。逃げている鄭秀麗を何としても捕まえ、どうして一色が殺されたのかを調べるんだ。いいな」

「はい。私たちは鄭秀麗をなんとか捜し出しましょう」

飯島は猪狩と大沼に目配せしながらいった。大沼は当然という顔で肩をすくめた。猪狩も思い直してうなずいた。

4

猪狩は自宅のマンションに戻り、頭から熱いシャワーを浴《あ》びた。病院の医師は傷がちゃんと癒《い》えるまで風呂はだめだとはいっていたが、シャワーもだめとはいっていなかったと、自分勝手に解釈した。

包帯は解かず、流れる湯に濡れるままにした。シャワーの湯が出来るだけ脇腹の傷にあたらないように努めたが、それでも、やはり湯が包帯を通して傷に沁《し》み込み、銃創の傷が焼けるように痛んだ。だが、我慢できないほどではない。

シャワーを終え、バスタオルで体を拭《ぬぐ》いながら、ゆっくりと濡れた包帯を外した。ガーゼは真っ赤な血に染まっていたが、幸いなことに出血はしていなかった。乾いたタオルで傷口をそっと拭い、病院から貰ってきた消毒薬を塗り、真新しいガーゼを当てた。

消毒薬を塗った時、傷口が焼けるように痛んだが、ガーゼを当て、その上から包帯をぐるぐる巻きにするころには、痛みはだいぶ収まっていた。

パジャマを着込み、寝室に戻った。寝室は出掛けた時のまま、ベッドや床に捜査資料が散らかっていた。

本棚からスコッチウィスキーのマッカランの壜《びん》を取り、小脇に抱えた。キッチンに行き、食器棚からウィスキーグラスを取り出し、冷蔵庫の製氷器を開けて氷の塊《かたまり》をグラスに入れた。

マッカランをグラスに注ぎ、チェイサーの水を用意して、机の上に置いた。

レコードプレイヤーに、ジュリー・ロンドンのアルバムのＬＰを掛けた。針をレコード盤に下ろすとジュリー・ロンドンのハスキーヴォイスがスピーカーから部屋いっぱいに流れはじめた。

『クライ・ミー・ア・リバー』

ジュリー・ロンドンの甘く気怠《けだる》い歌声を聞くのは、久しぶりだった。

肘掛椅子《ひじかけいす》に座り、背凭れにゆったりと軀を預けて、グラスの琥珀《こはく》の液体を啜《すす》った。疲れが溜まっているのか、酒精《アルコール》の回りが早い。

短期間のうちに、いろいろなことが起こった。それを整理しないと、今後の動きに差し障《さわ》りがある。

引き出しからポストイットの束とボールペンを取り出した。疑問を思いつくままに書いていく。

まず重要なことは、一色刑事が殺されたことだ。

いつ、どこで、誰に、どうして、どのように殺されたのか？

第一容疑者として真っ先に上がるのは、鄭秀麗だ。だが、どうも彼女が殺したというのは腑《ふ》に落ちない。一色は殺される前に、拷問に掛けられていた。彼女が、なぜ、一色を拷問にかけざるを得なかったのか？　彼女と一色はいい仲だった。鄭秀麗がハニートラップだったら、拷問などにかけず、殺さずとも、一色を取り込み、手懐《てなず》けて必要な情報を聞き出すだろう。

ポストイットに疑問を一つ一つ書きこんでいく。

一色を拷問に掛けたのは、彼女ではないのではないか？　では、誰が一色を拷問に掛けたのか？

遺体の様子から拷問は複数の人間の手によって行なわれた痕跡《こんせき》がある。その複数の人物は、彼女でなく、彼女のウシロのコントラ要員だったのだろうか？　そうは思えない。

では、カウンター・コントラが、一色と彼女を襲ったとしよう。その場合、彼女は、どうやって逃れたのか？

カウンター・コントラは一色を拷問にかけ、何を聞き出そうとしたというのか？

ポストイットには疑問が一問ずつ書いてある。猪狩は窓のガラスにポストイットを貼り付けた。グラスのマッカランを啜りながら、ポストイットに思いつく疑問をどんどん書き込み、窓ガラス面に貼り付けた。ポストイットが蒲田の夜景を隠しはじめていた。

ジュリー・ロンドンのLPが終わった。それを合図にしたかのように、スマホが机の上でぶるぶると震動した。

午前零時。いつの間にか、そんな真夜中になっている。猪狩はグラスを机に置き、スマホに手を伸ばした。

ディスプレイに飯島舞衣の番号が表示されていた。

「はい。猪狩」

『起きていた？』

「これから寝ようとしていたところです」

『話したいことが、二つあるの』

「何ですか？」

　グラスにマッカランをツウフィンガー入れた。

『一つは、一色の部屋で押収したノートPCのロックが解けた』

「さすが、主任ですね。主任は暗証番号やパスワードを知らなかったのに、よくロックを解けましたね」

『解いたのは残念ながら、私じゃない。捜査支援分析センター《SSBC》のベテランたち。一色の生年月日はもちろん、乗っていた車のナンバー、犬や猫のペットの名前、昔のガールフレンドの名前まで調べ上げた末に、暗証番号やパスワードを見付けたのよ』

「なるほど。で、開いた結果、何が分かったのです？」

『それを、いま私が解析しているところ。膨大《ぼうだい》な資料が入っていた』

「捜査資料ですか？　捜査資料は一応、私用のパソコンに入れてはいけない規則になっているけど」

『捜査資料ではないのよ。ともあれ、セキュリティ上、表に出されては困るような秘密資料が沢山見付かった。チェックが大変』

「手伝いましょうか？」

『一色のノートPCについては、私がやるわ。大丈夫。その代わり、やってもらいたいことが別にあるの』

「何ですか？」

『マサトにメールか電話は入らなかった？　ショーンから』

「いま調べてみます」

スマホの電話の着信履歴と、着信したメールを調べた。電話が数本、メールも何本か入っていた。そのうちの一つは、ショーンからだった。

「ああ、ありました」

『明日午後一時に会いたいとあったでしょ？』

ショーンのメールを読んだ。

「はい」

『悪いけど、明日はマサト一人で行って。私、今夜はこれに集中したいの。きっと徹夜になる。午前中ダウンする。だから、明日午後一時のデートは難しい』

「了解です。自分一人で行きます」

『頼むわね。ショーンは、きっとコントラの重要な情報を持って来ると思う。バーターでこちらの捜査資料を渡す約束よね』

「明朝、宮川薬物製造工場放火殺人事件の捜査報告書のコピーを用意して、ショーンに渡します」

『保秘《ほひ》扱いでね』

「もちろんです。ところで、主任、いま電話の着信履歴を見ていて変なことに気付いたんですが」

『何?』

スマホの電話の着信履歴を開いた。

「主任も自分の着信履歴を見てくれますか?」

『どれ?……私の着信履歴は何でもないけど』

「そうか。自分の方には、死んだ一色のスマホの番号の着信が入っているんです。着信だけで、留守電には録音されていない」

『一色からの電話? あ、知らない番号の電話が一本着信している。番号は、080の……末尾が23だけど』

「それです。それ一色のスマホの電話番号です。俺がシャワーを浴びている最中に入っていたんで気が付かなかった」

『私の方は小一時間ほど前に入ったみたい。私も気付かなかった。一色が甦ってスマホで電話をかけて来たっていうの？　まさか』

「いや。おそらく一色を殺したやつが、一色のスマホを持っていて、アドレスにある人物を調べているのではないか、と」

『マサト、すぐにスマホの位置情報を調べて。私は真崎理事官に報告する』

「了解です。ところで、主任、一色はポリスモードは、どうしたのでしょうね。犯人たちに襲われて、ポリスモードも奪われたんじゃないですかね」

ポリスモードは、誰かに奪われた場合、サーバーの方で、奪われたポリスモードの通信機能や検索機能などをすべてシャットアウトしてしまうので、悪用される可能性は低い。だが、万が一、そういう措置《そち》を取っていない危険もある。

『それも調べてみて。大至急』

「了解です」

猪狩は通話をしている間に、ポリスモードで県警捜査一課の鷲田忠平巡査部長の番号に電話をかけた。呼び出し音が数回も鳴らぬうちに、男の声が返った。

『鷲田だ』

猪狩は名乗った。

『公安の猪狩刑事か。何か分かったかい？』

「訊きたいことがある。一色の遺体と一緒に、彼のポリスモードやスマホ、ケータイはあったのか？」

『なかった。それで本部は念のため、一色のポリスモードを使用不能にした』

「よかった。それでスマホについては？」

『まだ調べていない。ケータイ、スマホを持っていたかどうかもこれからだ。それで、どうしたというのだ？』

「俺と主任のスマホに、一色のスマホから電話が入った」

『いつ？』

猪狩はスマホに目をやり、自分に掛かって来た時刻と、飯島舞衣に掛かった電話の時刻を告げた。

『誰かが一色のスマホを使ってやがるんだな。ふざけやがって。一色の番号を教えろ。GPS位置情報を把握《はあく》する』

猪狩は一色のスマホの電話番号を教えた。

「電話の位置情報が分かったら、俺にも教えてくれ。俺も一緒に駆け付けて、犯人を捕まえたい」

『分かった。連絡する』

通話が終わった。飯島は、いまの通話を聞いていた。ポリスモードの通話機能では、九人まで同時に話し合うことが出来る。

『マサト、連絡が入ったら、私にも連絡して。私も駆け付けるから』

「了解です」

通話は終わった。

猪狩はマッカランをグラスに注ぎながら、考えた。

第一の可能性は、一色を殺した犯人たちが、スマホを奪った？

第二の可能性は、犯人たちではない第三者が、スマホを見付けていじっている？

第三の可能性は、一色と一緒にいた鄭秀麗が持っている？

突然、スマホがぶるぶると震動した。新たな着信だ。

猪狩はマッカランを飲みながら、スマホのディスプレイを見た。思わずマッカランをごくりと飲み込んだ。

一色の名前が表示されていた。

猪狩はスマホを録音モードにして、通話ボタンを押した。

『…………』

相手が出た。かすかに相手の息遣いだけが聞こえた。

「はい。猪狩」

相手は息を止めた様子だった。

「俺は猪狩誠人、一色の同僚だ。怪しい者ではない。安心して話して」

突然、通話は切れた。

猪狩は着信した番号に折り返し、電話をかけた。呼び出し音が鳴ったが、相手は出なかった。その後も、何度も電話をかけてみたが、相手が出ることはなかった。

相手は、こちらが一色刑事の同僚だと名乗ったので、怖気《おじけ》づいたのか。

いずれにせよ、鷲田部長刑事が一色刑事のスマホの位置情報を突き止めるだろう。それを待つしかない。

スマホがまた震動した。

相手は話す気になったか。猪狩はスマホを手に取って耳にあてた。

『マサト、元気？』

思わぬ声に、一瞬、時間が止まった。

『そうか。いま、そっちは真夜中だものね。起こしちゃったか。ごめん』

「マリ……」

山本麻里の声だった。猪狩はすぐには返事が出なかった。電話の背後から賑《にぎ》やかな騒めきが聞こえた。

『マサト、生きてた？』

「生きてた」

『ほんとかな。大丈夫？　元気なの？』

「大丈夫。元気。突然だったから驚いただけ。いま、そっちは何時なんだ？」

『午前十時四十分。東部標準時刻の』

猪狩は机の上の置時計に目をやった。午前〇時四十分。時差十四時間。だが、一挙に時差が縮まった。麻里の息遣いが耳元に聞こえる。

「どこにいるの？」

『ボストン郊外』

「何をしている？」

『これから模擬《もぎ》実戦体験コースに入るところ』

「どんなことをするんだ？」

『拳銃を手に凶悪犯制圧の訓練をするの。一種の模擬市街戦みたいなものよ』

「そうか。凄《すご》いな」

猪狩は麻里が拳銃を手に格好よく現場に乗り込んでいく姿を想像した。

『実はね。昨夜マサトの夢を見たのよ。マサトが銃で撃たれて泣いていた。それで、急に心配になって今朝、訓練に入る前に電話したの。ほんとに大丈夫なの』

「大したことはない。撃たれたけど、いまはぴんぴんしている」

『ああ、やっぱり撃たれたのね。虫が知らせたのね。いつ？』

「もう四日前、いや五日前になるか」

『五日前？　なんか嫌な予感がしたのよ。……厄介《やっかい》な事件を抱えているんでしょ？』

「うむ。だが、大丈夫」

『いますぐ飛んで帰りたい』

「ははは。大丈夫だってば」

『どんな事件なの？』

「電話では話せない。保秘もある」

猪狩は麻里の憂い顔を想像した。

『そうよね。私に何か手伝うことがないかしら』

「あるかも知れない」

『何？　いって』

「コントラについての情報がほしい。いま、対中対北朝鮮コントラについての情報があったら」

『分かった。南米のコントラじゃないわね。ＦＢＩの調査資料があると思う。調べてみる』

「マリ、無理はしないでくれ。マリの立場が悪くなったら困る」

『いいわよ。マサトの役に立つなら』

「ありがとう。でも、期待しないで待っている」

『期待しないなんて、悲観的ねえ。マサトらしくない』

呼び子の笛が聞こえた。

『あ、そろそろ切る。集合の声がかかったみたい』

「マリ、逢いたい」

『私も。じゃあね』

電話は終わった。猪狩はスマホを握りしめていた。麻里の生の声を聞くと、封印されていた麻里との思い出がいろいろと想起されて、切なくなってくる。

猪狩は窓の外に広がる蒲田の夜景に目をやった。いつの間にか、音もなく雨が降っていた。

5

猪狩は午前九時に蒲田の拠点に上がった。

すでに黒沢管理官や海原班長はデスクを挟んで話をしている。

飯島舞衣の姿はなかった。

班員たちの日程が書かれた黒板に目をやった。飯島は「自宅待機」となっていた。おそらく自宅でノートPCのデータ解析に没頭《ぼっとう》している。

大沼も「待機」と記されている。ほかの班員たちは、いずれも「視察行動中」と記されていた。

「猪狩、見ろ。昨日、また動きがあった」

海原班長がテーブルに広げた朝毎読各紙に顎をしゃくった。

「何です?」

いずれの社会面にも、昨日起こった交通事故の大見出しが躍《おど》っていた。都心の首都高速4号線で、ワゴン車一台が側壁に激突炎上し、五人が死傷した。うち三人が即死、二人が大火傷《おおやけど》を負った。二人とも意識不明の重体。

「これは事故ではないのですか？」

「事故ではない。後ろにいた通報者によると、大型トラック二台がワゴンの前後を挟むように走っており、幅寄せをしたり、走行妨害をしたらしい。最後には大型トラックが後方からワゴンに追突して、二台とも大破炎上した。故意の事故だ。記事にはないが、燃えたワゴン車の残骸からは銃器が発見された。これは事件と見て、広報は銃器のことは記者発表していない」

「追突したトラックの運転手は？」

「怪我をしたらしいが、仲間の車に乗り移って逃げた。トラックとは別に、もう一台、セダンがいたらしい」

「そのセダンのナンバーは？」

「うむ。いまSSBCが、後続のタクシーや自家用車のドライブレコーダーの映像データを回収して解析中だ」

「大型トラックは、どこの？」

「炎上した大型トラックの一台は、世田谷の建設現場から、もう一台もお台場の工事現場から、数日前に盗まれたものだった」

「銃器というのは何です？」

「遺体や助かった男のいずれもが自動拳銃を持っていた。車内からは中国製自動小銃四丁とマガジン数個が見つかっている」

「生き残った男二人の身元は分かったのですか？」

「まだ身元の確定はしていない。ただし、大火傷をした男が所持していた運転免許証には、辛島充、三十四歳とあったが、まだ本人かどうかの確認は取れていない。もう一人は所持品のほとんどが香港製なので、香港人と見られるが、まだ身元不明だ」

「コントラがらみですかね？」

「炎上したワゴンのナンバーが、宮川薬物製造工場放火殺人事件で、近所の防犯カメラに映っていたワゴンのナンバーと一致した。襲撃犯たちのワゴンだ」

「ということは、カウンター・コントラの報復を受けた？」

「そうと判断するしかない。おそらく、カウンター・コントラとコントラが激しく秘密戦争をやっていると見ていいだろう」

昨夜、自分のスマホや飯島のスマホにあった電話は何だったのか、と猪狩は思った。

「助かった二人の尋問は出来ませんかね」

「意識さえ戻れば、出来ないこともない」

「二人は、どこに収容されているんです？」

「虎ノ門《とらのもん》病院の救急救命センターだ」

「自分が行ってみます」

「いまは捜査一課が押さえている。上を通して行った方がいい」

「分かりました」

猪狩は海原班長に向き直った。

「ところで、班長、史成《シー・チヨン》の泳がせ作戦の方は、うまくいっているのですか？」

「まだだ。浜口剣は用心しているらしく動かない。だが、おそらく今日には動く。やつは病院への治療費支払いや飲み代などで、手持ちのカネを遣い果たしている」

「行き先が分かりましたら、教えてください」

「うむ。おまえたちも、コントラ捜査、なんとかメドをつけろ」

「了解です」

猪狩はうなずいた。

黒沢管理官が笑いながら猪狩にいった。

「猪狩、用心しろ。二度目の負傷は許さん。防弾ベスト常時装着、拳銃常時携行だ。いいな」

「はい」

猪狩は頭を掻《か》いた。軀を動かす度に脇腹の銃創が鈍く疼《うず》いた。

猪狩はホンダCR-Vを虎ノ門病院の地下駐車場に入れて止めた。エレベーターで一階に上がり、救命救急センターに急いだ。

受付に警察バッジを提示し、昨日救急搬送された二人のことを尋ねると、二人ともICU（集中治療室）に入れられているという答えが返った。

集中治療室はセンターの廊下の奥にあった。

猪狩はマスクをし、首から警察バッジを下げた。

猪狩が一番奥のICUへ向かうと、すぐに控え室の前で張り番していた二人の制服警官が立ち上がり、猪狩を迎えた。二人ともマスクをかけ、万一に備えて、警棒に手を添えている。

「ここからは医療関係者以外、立ち入り禁止になっています」

警官の一人が丁重な言い方で猪狩にいった。

「公安外事だ。上の許可を取ってある。何なら問い合わせてくれ」

警官たちは顔を見合わせた。

「分かりました。どうぞ」

警官たちは道を開けた。

猪狩はマスクをかけ直し、ＩＣＵのドアを開けて入室した。

消毒薬や何かの薬品のきつい臭いが鼻孔《びこう》を襲った。

昨日搬送された二人の患者はすぐに分かった。二人の病床の名札がＡ、Ｂとしか書かれていない。

二人のベッドから焼け焦げた臭いがする。

ちょうど医師たちによる火傷の治療が終わったところだった。二人とも上半身を包帯でぐるぐる巻きにされている。目や口、鼻のあたりだけが包帯が掛かっていない。

一人は口に人工呼吸器の管が差し込まれている。

猪狩は医師の一人に話し掛けた。

「どちらの患者から話が聞けますか？」

医師は猪狩の胸に下がった警察バッジを見てからいった。

「ご覧の通り、一人は人工呼吸器を付けているので、話すのは無理。意識も戻っていない。もう一人は、辛《かろ》うじて自力呼吸をしているが、鎮痛剤を打ってあるので、意識は混濁《こんだく》していて、まともな話は出来ませんね」

猪狩は、人工呼吸器の管をつけていない患者Bのベッド脇に立った。包帯の隙間から、虚《うつ》ろな目が覗いていた。

「話は手短にしてください」

猪狩は分かったと手で仕草《しぐさ》をした。

「聞こえるかい？　俺は猪狩、警察官だ。心配ない。きみの味方だ」

患者Bの目がちらりと動き、猪狩に向いた。

「きみたちをこんなひどい目にあわせたのは、いったい誰だ？　俺が仇《かたき》を討ってやる。教えてくれ」

「…………」

患者Bは何もいわず、じっと猪狩を見つめていた。猪狩は、思い切っていった。

「鄭秀麗を助けたい。鄭秀麗はどこにいる？」

Bの目がぴくりと動いた。猪狩はBの心が動いたと思った。

「鄭秀麗の連絡先を教えてくれ」

患者Bの喉仏《のどぼとけ》が大きく上下した。

「090……5、7……」

Bはゆっくりと数字を口にした。

猪狩は頭にメモをした。

「ケータイの番号だな？」

Bはうなずいた。

「57の後は？」

「9……2……」

Bは口を開くのも辛そうだった。

「それから？」

「……4、4……」

Bは目を瞑《つむ》った。口をもごもごいわせている。猪狩はBの口元に耳を寄せた。

「…………」

Bは空気が洩れるような音でつづく数字をいった。

「分かった。電話をしてみる。鄭秀麗に何か伝えることはあるか？」

Bは何事かをいった。

「聞き取れない。もう一度いってくれ。きみの名は？」

「……ジャッキー」

「そういえば、鄭秀麗は分かるんだな」

Bはうなずき、苦しそうに言葉を発した。

「何だって？」

「キル……ドク……シュウ……」

「おい、そこで何をしている？」

背後から男の怒声《どせい》が響いた。猪狩は構わずBの口元に顔を寄せた。

「ドクター周《シュウ》を殺せ、というのだな」

Bは目を閉じてうなずいた。

「おい、貴様、ここで何をしている？」

猪狩はぐいっと肩を摑まれ、後ろに引き戻された。振り向くと、鋭い目付きの男が立っていた。

見るからに刑事の臭いをぷんぷんに立てた男だった。

「誰の許可を得て、ここにいるんだ？」

男は背広の襟に赤いS1のバッジを光らせていた。警視庁捜査一課の刑事しか付けられない誇り高いバッジだ。

猪狩は男に腕を摑まれ、ＩＣＵから廊下に連れ出された。

「俺も刑事だ」

猪狩は男の手を振り払い、首から下げた警察バッジを男に突き付けた。男は猪狩の警察バッジとＩＤ身分証を見ると顔をしかめた。

「なんでハム野郎が、ここにいるんだ？」

「やつは、我々が追っているマル被の仲間だ。それで尋問しようとしていた」

「なに、何の事案の捜査だ？」

「宮川薬物製造工場放火殺人事件だ」

「どういう関連なのだ？」

「そんなことは、神奈川県警三崎署の捜査本部に問い合わせろ。いま説明している暇はない」

いきなり、甲高《かんだか》い電子音が鳴り響いた。ＩＣＵの中が慌ただしくなった。患者Ｂの容体が急変した知らせだ。患者Ｂのベッドに白衣姿の医師や看護師たちが集まっていた。

猪狩はガラス窓越しにＩＣＵの様子を覗いた。患者Ｂの心拍計の波がフラットになっていた。

「おい、あいつ、おまえに何といったのだ？」

「それを聞こうとしていたところを、おまえが邪魔して俺を追い出したんだろうが」

猪狩は猛烈に腹を立てていた。邪魔されなければ、患者のジャッキーから、一色のことを聞き出すことが出来たかも知れないのだ。

第五章　ドクター周《シュウ》の企《くわだ》て

1

日本外国特派員協会のラウンジは昼食時間とあって賑《にぎ》わっていた。だが、ショーン・ドイルの姿は見当らない。猪狩は腕時計に目をやった。約束の午後一時は過ぎている。

ジャッキーから教えてもらった鄭秀麗《ていしゅうれい》の電話番号に何度も電話をかけた。だが、その度に、「おかけになった番号は電源が入っていないか、電波の届かない場所にあります。しばらく経《た》ってからお掛け直しください」というコンピューターの合成音声が聞こえた。

猪狩は冷えたコーヒーを啜《すす》った。約束の時間に遅れまいと、十分前にはラウンジに着いていた。

スマホがぶるぶると震えた。ショーン・ドイルからの電話だった。スマホを耳にあてた。

『注意して聞け。マサト、あんたは見張られている。二時の方角のテーブルだ。中国人記者四人組がいる』

猪狩は二時の方角を見ようとした。

『顔を向けるな。連中はおまえを盗撮中だ』

猪狩は目の端で中国人記者たちが談笑するテーブルを見た。一人がスマホを耳にあてる振りをしながら、猪狩にスマホのレンズを向けていた。

「了解。やつらは何なんだ?」

『全員、記者に化《ば》けた中国国家安全部の諜報部員たちだ』

「ショーン、きみはどこにいるんだ?」

『警備員室だ。監視カメラで、ラウンジの様子を見ている』

猪狩はちらりと天井の監視カメラを見た。

「どこへ行けば、きみに会える?」

『やつらを撒《ま》けるか』

「うむ。撒く」

『五分後に地下駐車場C120。青のジャガーだ』

「ジャガーとは愛国者だな」

『それはそうだ。我々は女王陛下のＭＩ６だからな』

通話は終わった。

猪狩は背広の襟元《えりもと》のワイヤレスマイクに囁《ささや》いた。

「沼さん」

ウシロに付いているはずの大沼に声をかけた。即座に大沼の声が返った。

『付いている。心配するな』

「地下駐車場Ｃ１２０、青のジャガーでショーンと落ち合う。援護頼む」

『了解。任せておけ』

猪狩はコーヒーの残りを干し上げた。マスクをかけ、資料が入った大型封筒を手に席を立った。レジに行き、勘定《かんじょう》を払った。四人の中国人たちも席を立とうとしていた。

猪狩はくるりと振り向いた。ポリスモードを男たちに向け、彼らの顔や姿を撮影した。男たちは慌てて顔を背《そむ》けたり、手で顔を隠したりした。スマホを構えていた男は慌ててスマホを下ろした。

猪狩は四人のテーブルに大股《おおまた》で歩み寄った。

「おい、ここはフリーカントリーの日本だ。だが、おまえらに勝手な真似《まね》は許さない。これ以上、俺をつけまわしたら、公妨《こうぼう》の現行犯で逮捕する。いいな。警告したぞ」

中国人たちは顔を見合わせた。

猪狩は一人ひとりを指差し、スマホを向け、確認するように顔を撮った。四人は慌ててマスクをつけて顔を隠した。

「おまえらのことは覚えたぞ」

猪狩は笑い、彼らに背を向けてラウンジから廊下に出た。出入口で振り返った。四人の中国人は口惜しそうに猪狩を睨《にら》んでいたが、後をつけてくる様子はなかった。

地下駐車場のC120には、ブルーのジャガーが停まっていた。運転席にマスクをかけたショーンの姿があった。猪狩は助手席のドアを開けて乗り込んだ。同時にショーンは車を出した。

「ショーン、あいつらが俺をつけているのが、いつ分かった？」

「マサトがラウンジに入って来た時、あの四人をぞろぞろ引き連れていた。やつらは我々が会うのを知っていたらしい。マサトの電話か、舞衣の電話が盗聴されていたのではないか？」

「なんてこった」

自分の電話が彼らに盗聴されているとは夢にも思わなかった。さらにウシロの大沼も彼らの追尾を見破れなかったということは、彼らの秘匿《ひとく》追尾の技術は侮《あなど》れない。

「あいつらに、俺に付きまとうなと警告したよ。つけてきたら、逮捕するぞと」

「ははは。マサトは大胆だな。そうだよな。マサトは私と違って逮捕権を持つ警官だったものな。で、あいつらは？」

「硬直《こうちょく》していた。あいつらの顔も覚えた。今度会ったら、ほんとに留置所にぶちこんでやる。なめられてたまるか」

「その意気、その意気」

ショーンは料金所で会員カードをかざし、ジャガーを出口へ駆け上がらせた。振り向くと、後ろからホンダＣＲ－Ｖもついて来る。

「後ろの車はマサトの仲間のだな？」

運転席に大沼の顔が見えた。

「先輩が運転している。もし、誰かが尾行してくるようだったら、連絡してくれる」

「じゃあ、安心だな」

ショーンはにやっと笑った。

「走りながら、話をしよう。車内なら、誰に聞かれることもない。これから、どこへ行くつもりだ」

「横浜みなとみらいに行く」

「私は用事があるので、そこまでは行けない。途中の平和島《へいわじま》パーキングエリアまで乗せよう。後は、後ろの車に乗り移ってくれ」

「了解」

ショーンは車を走らせると、すぐに首都高速の入り口に上がった。首都高速は空《す》いていた。背後から大沼のホンダCR－Vがぴったりと付いて来る。

「約束した宮川事案の捜査資料だ」

猪狩は分厚い大型封筒をショーンに見せ、後部座席に置いた。

「サンクス。こちらはコントラの話だったな。対中国コントラ、対北朝鮮コントラ、どちらも、トランプ大統領肝煎《きもい》りで、CIAが支援して創った。そのトランプが再選されなかったため、両組織とも資金不足になり、活動の縮小、見直しをしている」

「では、事件を起こすような力はない、ということか？」

「いや、そうではない。特に対中国コントラはCIAの支援なしでも、自力で活発に活動している」

「どういう組織なんだ？」

「亡命香港人の反中国抵抗組織だ。アメリカ国務省とともに、裏では台湾政府や反中国派華僑《かきょう》が支援している。日本政界の保守派である台湾ロビイストも支援しているという話だ」

　車はレインボーブリッジを渡り、湾岸道路に入った。

「日本政界の台湾ロビイスト？」

「日本の権力の中枢《ちゅうすう》にいる保守派政界人だ。ＣＩＡは、そうした日本の保守派政界人の後押しなしには、反中国コントラを創れない」

「日本の台湾ロビイストなんて力があるのかね」

　猪狩は頭を振った。ショーンが怪訝《けげん》な顔をした。

「日本政府は元来、中国には常に弱腰だった。たとえ同盟国アメリカの要請があっても、反中の立場を取ることはなかった。中国には、かつての戦争で迷惑をかけたというトラウマがあって強く出られない。経済優先で、民主化や人権などの政治には目を瞑《つむ》ってきた。天安門《てんあんもん》事件で中国非難の国際世論が盛り上がった時も、日本は中国のご機嫌を窺《うかが》い、国際世論に背を向けた。天安門事件は中国の内政問題だといって、民主化を求める中国国民の声を無視した。その日本がこと香港問題で反中国のコントラを応援するとは、とうてい思えないんだ」

「そんなことは我が国でもよくある。表と裏の二枚舌外交といってな。その間も時間は止まらず、どんどんと進み、いつか時代は変わっていく」

ショーンはジャガーを快適に飛ばした。

猪狩は話を戻した。

「その反中国コントラの指導者は誰だ？」

「二〇一四年の雨傘《あまがさ》運動の失敗を反省して、彼らは指導者を表に出さないようにした。しかも、指導者は一人ではない。何人ものリーダーがいて、それぞれ仲間を集め、ばらばらに小さな集団を作って行動している。そうすることによって、グループの一つが潰されても、ほかが生き延びて活動を続ける。運動全体が潰されないようにする工夫がなされている」

ショーンはちらりと猪狩に目をやっていった。

「しかし、その中でも突出《とっしゅつ》した過激派グループがいる。ライオンロックという武装グループを知っているか？」

「ライオンロック（獅子岩）？」

「香港の有名な岩山の一つだ。その名を付けた抵抗組織が、反中国武装闘争をやろうとしている。それも香港や日本でな」

「日本でもやるというのか。で、そのグループのリーダーは？」

「コードネーム、アグネス。本名かどうかは分からない。ともかくも、若くて美人の女闘士だそうだ」

美人の女闘士？　アグネスといえば、香港民主派の美人の活動家・周庭《しゅうてい》がいる。周庭は香港警察に逮捕され、いまは獄中にいる。ほかにも、アグネスがいるというのか？

猪狩は、ふと鄭秀麗を思った。

香港人は自身の中国人名とは別に、西洋人の名前を愛称にする場合が多い。イギリス統治時代の名残りでもある。

「宮川事件を起こした犯行グループに鄭秀麗という美女がいる。彼女は台湾と日本の二重国籍を持っている女性だ。その名は耳にしたことはないか？」

「鄭秀麗か？　あとで調べてみよう」

湾岸道路の平和島パーキングに差し掛かった。

ショーンは速度を落とし、ジャガーを静かにパーキングエリアに入れて止まった。後ろについていた大沼のホンダＣＲ－Ｖもゆっくりとパーキングエリアに入ってきた。

「そのライオンロックは、日本のどこに本拠がある？」

「それは分からない。ただ、ＣＩＡのダミー会社がライオンロックを支援していることだけは分かっている」

「そのダミー会社とは?」

「ソロモン商会だ」

猪狩は驚いた。

「それだ。鄭秀麗が、その会社でリサーチャーをしている」

「ほう。それはおもしろい。その鄭秀麗という女、きっとアグネスのことを知っているぞ。もしかして、鄭秀麗本人がアグネスかも知れない」

「ありがとう。いい話を聞いた。こちらも調べてみる。じゃあ、あとで」

猪狩はジャガーの助手席から降りた。

「これから、どこへいく?」

「現場百遍《ひゃっぺん》だ。もう一度現場に行ってみる」

「そうか。じゃあ、舞衣さんによろしくな。今日は会えずに残念だったといってくれ」

「了解。伝えておく」

「それから、マサト、困ったら、すぐに私に連絡をくれ。我々のパーソナル日英同盟はまだ生きているんだからな」

ショーンは笑い、肘《ひじ》を出した。猪狩も肘を突き出し、ショーンの肘にあてた。

「その時は頼む、ショーン」

「グッドラック、マサト」

ジャガーは快音を残して高速湾岸線に走り出て行った。

猪狩は、隣に駐車していたホンダCR－Vの助手席側に回り、ドアを開けて乗り込んだ。

「横浜みなとみらいの横浜美術館へ行ってほしい」

「横浜美術館だと？」

「調べたいことがあるんだ」

「あいよ」

大沼はちょっと不審げな顔をしたが、すぐにホンダCR－Vを発進させた。猪狩は慌ててシートベルトを締めた。

湾岸線の流れはスムースだった。大沼はラジオのボタンを押した。FM横浜のDJのポップスが車内に流れはじめた。

「ところで、なんで横浜美術館なんだ？」

「一色の日誌手帳に、何度かマル美の文字が書き込まれていた。決まって月初めの第一週目の火曜日、午後一時。どこの美術館かは分からなかったが、鄭秀麗の自宅にあった辞書に横浜美術館の使用済みの入場券が栞《しおり》として挟み込んであった」

猪狩は内ポケットから入場券を取り出して、大沼に見せた。

「もしかして、一色はここで鄭秀麗と会っていた可能性がある」

「なるほど。それであたってみるのだな。じゃあ急ごう」

大沼はアクセルをぐいと踏んだ。猪狩は赤灯《せきとう》のボタンを押した。ルーフから赤灯が外に出て、点滅を開始した。追い抜き車線に入る。前を走る車が次々に走行車線へと避けて行った。

2

横浜美術館はコロナ感染防止対策で、閉館時間が二時間繰り上がって午後四時になっていた。猪狩と大沼は辛《かろ》うじて閉館時間の三十分前に車を駐車場に入れることが出来た。

猪狩と大沼は受付の女性係員に警察バッジを見せ、警備担当の責任者に面会を求めた。

女性係員は戸惑った表情をし、どこかに内線電話を掛けた。

猪狩は玄関先の監視カメラに目をやった。展示室にも監視カメラが備え付けられている。

　しばらくして警備担当者の初老の男が現われた。横浜美術館の警備を受け持っている警備会社の警備主任だった。警備主任は猪狩と大沼の身分証を確かめながらいった。

「どういうご用件でしょうか？」

「出入口の監視カメラの映像を見せていただけますか？」

「個人情報保護法で、安易《あんい》にお見せできないのですが。正式にガサ状をお持ちなら別ですが」

　警備主任は慇懃《いんぎん》に断った。猪狩は警備主任が警察ＯＢだと見てとった。ガサ状などの言葉は普通の人は使わない。

「承知しています。プライバシーを侵害するつもりはありません。いま殺しのマル被を追っています。この横浜美術館に出入りしている可能性が高いのです。そのため監視カメラの映像を見せていただきたいのです」

「監視カメラの映像のデータは、三年ぐらいしか保管してありませんが」

「三年あれば十分です。マル被が、こちらを訪ねた日は分かっていますので」

「とはいえ。やはり、私の一存《いちぞん》ではお見せできません。一応、当館の館長が了承しませんと、映像データは個人情報なので」

「では、館長にお目にかかりたいのですが」

「生憎《あいにく》、館長はおりません。地方に出張中でして、明日になりませんと」

「弱ったな。急いでいるんですがね」

大沼が猪狩に代わっていった。

「主任は、警視庁OBだよね」

「いや、神奈川県警のOBです」

「それでは、我々警察官の先輩だ。先輩なら、我々捜査員の立場は分かるでしょ」

「ええ。まあ」

人の良さそうな警備主任は、当惑顔になった。

「絶対に先輩にご迷惑はかけません。これは殺しの捜査なんです。一刻も早くホシを逮捕しないと、第二第三の犠牲者が出る。それを我々はなんとしても抑えたい。ぜひ、先輩にもご協力願いたい」

「そうはいわれましても」

警備主任は困惑した表情になった。

猪狩が大沼に代わった。

「マル被が、ここで誰かと落ち合ったらしいのです。それが誰なのか、その手がかりがほしいのです」

大沼がドスの利いた声で付け加えた。

「マル被を捕まえねば、またマル被が殺しをするかも知れない。そうなったら、あんた、責任を取ってくれるんかい？」

「そんなことをいわれても」

警備主任は顔をしかめた。

猪狩は鄭秀麗の部屋で見付けた使用済みの入場券を出した。

「この春、フランス印象派の企画展がありましたね。この日付の入場者の映像だけでいいので見せてくれませんか」

スマホを取り出した。ディスプレイに一色の手帳を写した映像を出した。画像を動かし、美を〇で囲んだ印がある日誌のページで止めた。六月八日午後一時のメモがある。

きっと、この日に一色は美術館で鄭秀麗と会っているはずだ。

「この六月八日の昼近くの入館者たちの映像が見たいのです」

「分かりました。見るだけですね。一緒に来てください」

警備主任はようやく決断し、先に立って歩きだした。猪狩は大沼と顔を見合わせ、うなずき合った。

猪狩と大沼が案内されたのは、案内所の裏にある警備員室だった。ドアを開けて入ると、壁一面に拡がった大型モニターが目に飛び込んだ。画面は十六画に仕切られ、各展示室の様子が動画として映されていた。

大型モニターの前に男女二人の警備員が座り、画面を見守っていた。二人の前にある管制装置のキイを押せば、いつでも画面を切り替え、一部を拡大できるようになっている。

警備員たちは警備主任の姿を見て談笑を止めた。警備主任に案内された猪狩たちの登場に緊張した面持《おもも》ちになった。

「展示室で不審な行動を取る人物を見付けると、その展示室の画像を拡大し、警備員たちが駆け付けます」

警備主任は猪狩たちに説明し、部屋の隅にあるファイルボックスの前に歩み寄った。ボックスの引き出しを開き、ずらりと並んだＤＶＤ－ＲＯＭのケースを見せた。

「ここに過去三年分の入館状況の映像記録が保存してあります。いつでしたっけ」

「今年の六月八日です」

警備主任はケースの月日をチェックしながら、一枚のケースを取り出した。

「これが今年六月の映像記録です」

警備主任は部屋の隅にあるもう一台のモニター席に座った。モニターの電源を入れた。

「六月八日でしたね」

モニターの画面に入館者が入り口の検温器の前に立ち、係員の指示に従って入館して行く様子が映し出された。

「午後一時少し前からの映像をお願いします」

猪狩はいった。

映像の早送りがなされ、午後一時十分前から、映像が再生された。いずれの入館者もマスクをかけている。幸運なことに入館者の数は、そう多くはない。整然と並び列を作って入館して行く。

「マサ、一色の顔は分かるのか？」

「いや、マスクをかけているので、顔だけでは分からない。姿格好で判断するしかない」

「鄭秀麗の顔や人着は？」

猪狩は、モニターの入館者を見ながら、ポリスモードを出し、大沼に鄭秀麗の顔写真や人着の動画を見せた。

「あ、この男、画面を戻して」

猪狩は入館者の一人を指差し、映像を巻き戻させた。入館者たちは一斉に後退し、再び歩きだし、検温器の前に立つ。

「この男の顔を拡大して」

猪狩が指差した男のマスク顔がモニターにズームアップされた。人着は似ているが、顔形が一色ではない。

「違うな。こいつではない」

画面はまたぽつぽつと現われる入館者たちの姿に戻った。大沼は腕組みをし、唸《うな》った。

「これは時間がかかりそうだな」

画像は早送りになり、男の姿だけを追って流れて行く。

画像の時刻は十三時十五分になっていた。

公安捜査員は時刻を守る。十五分も遅れることはない。一色は几帳面《きちようめん》な男だ。決められた時刻よりも早く来ることはあっても、あまり遅れることはない。

「警備主任、すみません。もう一度、巻き戻して、十二時三十分少し前の映像を再生してくれませんか」

「いいですよ。二十七分から見てみましょう」

警備主任は映像を早戻しし、十二時二十七分から映像を再生した。

「ややテンポを早めます」

入館者たちがぎこちなく検温器の前に立ち、係官に入場券を渡し、半券を受け取って入って行く。時刻はじりじりと進んでいく。

疎《まば》らに入館者が入って来る。

午後十二時四十六分。

一人、ばたばたと駆けてくる若い男がいた。入館者たちを追い越し、慌てて検温器の前に止まった。

「こいつだ」

猪狩は画面を指差した。警備主任が動画の再生速度を落とし、男の画像を拡大した。マスクをかけているが、顔の形、髪型から一色刑事だと一目で分かる。

「沼さん、これが一色刑事。間違いない」

「そうか。やはり現われたか」

「マル被は刑事だったんですか？」

警備主任が怪訝な顔をした。

「いや、この男は殺されたマル害（被害者）なんだ。彼が死ぬ前に誰と会っていたのかを調べているんだ」

「そうでしたか」

「このマル害が、この後、どこの展示室に行ったのか、後を追ってほしい」

「ちょっと待ってください。そういうのは私は慣れていないんで。さやかさん、ちょっと」

警備主任は、大型モニターの前にいた女性警備員を手招きした。

「彼女ならてきぱきと画像を操れるんで」

女性警備員は警備主任と席を交替した。

「さやかさん、この男の人を追跡してみて」

「はい」

女性警備員はパソコンのキイを打ち、マウスを動かし、モニターを小さな画像に分割した。小さな画像の中に、一色が歩く姿が映っている。

一色は展示してある絵にほとんど目もくれず、展示室から展示室へと移動して行く。

「どこに行こうとしているのかな」

「きっと落ち合う展示室があるのでしょう」

やがて、一色はある展示室の中に入り、背もたれのない長椅子に腰を下ろした。ちらほらと観客が絵を観賞しながら歩いている。

一色は椅子に腰をかけたまま、目の前の絵を見はじめた。

「ポール・セザンヌの『サント゠ヴィクトワール山』が展示されている部屋です」

女性警備員が猪狩に告げた。

「少し早めて」

早送りした画像になった。大勢の観客が一色の前を次々に過ぎて行くが、一色はじっと動かない。時々腕時計に目をやるが、待ち続けている。

午後一時四分。一色が展示室の入り口を見て立ち上がった。一人の女が走り寄った。

「普通の再生速度にして」

「はい」

早送りにしていたので、女が走り寄ったように見えたのだった。

女は手を上げ、一色に挨拶した。

「止めて。女の顔を拡大して」

女の顔がズームアップされた。

マスクはかけているが、一色がいった通りに、女優の石原さとみ似の笑顔だ。間違いない。マスクの上の黒目がちの大きな眸は鄭秀麗の目だ。

「沼さん、これを見て」

猪狩はポリスモードの鄭秀麗の顔の映像を出し、顔の画像を比較した。首に巻いている黄色のスカーフも同じ絵柄だった。

「うむ。マルトクだ」

猪狩はポリスモードに画面を複写し、映像を取り込んだ。

一色と女は親しげに話しこみ、やがて手をつないで、展示室から出て行った。

「どうやら一色はマルトクのハニートラップにどっぷりと取り込まれているようだな」

大沼が溜息をついた。

「彼女に惚《ほ》れたんでしょうね」

猪狩はうなずき、女性警備員にいった。

「この後、二人はどこへ行くのか追って下さい」

画像の早送りがはじまった。二人は、ちょこちょこ歩きで、次から次に展示室を巡り、美術館の出入口のロビーに出た。

二人は笑いながら、何事かを立ち話している。猪狩は、はっとしていった。

「止めて」

画像が止まった。

「このコマの画像を拡大して」

「どうした?」

「二人を見ている女がいる」

猪狩は画面の右端に立っている黒いスラックスにライトブルーのブラウスを着た女を指

差した。女は確かに二人の様子を窺うように見つめている。

「少し戻して」

画像が動き、少し前の画像になった。ライトブルーのブラウスの女が展示室の出口から現われ、さりげない仕草で二人から離れたところに立った。肩から下げたハンドバッグを開き、スマホを取り出し、耳にあて、誰かと話をしながら、ゆっくりとロビーを見回した。

「周囲を撮影している」

「マサ、ほかにも、一色と秀麗の二人を見ている連中がいるぞ」

大沼が画面の左端にいる男を指差した。白いポロシャツ姿の男は新聞を見ている振りをしているが、やはり新聞に隠したケータイで二人を秘撮している。

「画面を引いてくれるかい」

大沼はいった。女性警備員はズームを止め、画像を元のサイズに戻した。ロビー全体が画面に広がった。

大沼は右端のライトブルーのブラウスの女の、さらに奥に立っている灰色のジャケット姿の男を指差した。

「こいつも、怪しい」

いる」

「視察の要諦《ようてい》は、マル対（捜査対象者）を挟み、対角線上に立つ。この男はそれをやっている」

猪狩はポリスモードで、その男の顔や人着も撮影した。

「動かして」

映像が動きだした。一色と鄭秀麗は腕を組み、美術館から出て行った。二人は幸せそうだった。ライトブルーのブラウスの女は動かず二人を見送った。

白いポロシャツの男と灰色のジャケット姿の男は、互いに目配《めくば》せし、一色たちを尾行しはじめた。

「こいつもだ」

大沼は学生風の若い男を指差した。学生は通学カバンを小脇に抱えている。

灰色のジャケット姿の男は、ちらりと学生風の男と視線を交わした。

「ズームして」

女性警備員が画像をズームアップした。猪狩はポリスモードで学生の顔と姿を撮影した。

一色たちを監視しているのは、女一人に、男が三人いる。

猪狩は画像の中を探した。

「ライトブルーのブラウスの女は？」

「出口で動かない。ケータイで誰かと話をしている」

大沼はケータイを耳にしているライトブルーの女を指差した。猪狩は訝《いぶか》った。

「この女は、ほかの男たち三人の仲間ではないのかな」

「うむ。違うようだな」

「館外の通路の映像はある？」

「あります」

女性警備員が画面を変えた。出口を出て行く一色と鄭秀麗の姿があった。鄭秀麗はケータイを耳にあてていた。

「もしかして」

猪狩ははっと思いついた。

「悪いが、この女が入館するところに戻ってくれないか」

猪狩は一色と一緒にいる鄭秀麗を指差した。

女性警備員は映像を早戻しし、鄭秀麗の姿を追った。

「マサ、どうした？」

「気になることがある」

十二時二十分の映像になった。そこから、再生され、画像が動き出す。

猪狩は思わず叫《さけ》んだ。

「止めて」

映像が止まった。映像は入館する人波を映していた。画面に鄭秀麗の姿があった。

「少し戻して」

映像がさらに前に戻り、鄭秀麗も逆に歩き戻る。やがて、入口の検温器に、鄭秀麗が額《ひたい》を向けるところになった。

「止めて」猪狩はいった。

鄭秀麗から少し離れた後ろにライトブルーのブラウスを着た女がいた。

「顔をズームして」

黒髪、短髪、広く拡がったおでこ。黒い眉は細く、きりりと引き締まり、左右に吊り上がっている。黒いマスクをかけているので、綺麗な目がより目立つ。色白の肌で、一見、アラブの女性を思わせるような睫毛《まつげ》の長い、大きな意志的な目。

猪狩はポリスモードに女の顔の画像を取り込んだ。

「おう。この女もマルトクに劣らぬ美貌だな。マスク美人かも知れないが」

大沼が頭を振った。

「お嬢さん、画像をもっと戻して」

「はい」

鄭秀麗の姿がゆっくりと逆に戻っていく。やがて、入り口から入ってくる鄭秀麗の姿になった。

「止めて」

大沼は画面の右手を指差した。そこにライトブルーのブラウスを着た女がスマホを耳にあてて立っていた。鄭秀麗もスマホを耳にあてている。

「動かして」

鄭秀麗はスマホを耳にあてたまま、ライトブルーのブラウスの女の前を通り過ぎた。その瞬間、鄭秀麗は女の方も見ずに空いている右手の親指を立てた。

サムアップ。何の合図だ？

ライトブルーの女は、くるりと向きを変えて知らぬ顔をした。

「女は鄭秀麗の仲間だな」

「おそらく鄭秀麗のウシロだ。ケータイで尾行者がいると鄭秀麗に電話をした。サムアップは了解という合図だ」

大沼は読み解いた。猪狩は唸った。

「なるほど。そういうことか」

猪狩はポリスモードで、女の顔や姿を動画で撮影した。

「お役に立てましたか?」

警備主任が猪狩に尋ねた。

「もちろんです。ほんとに捜査の役に立ちます」

「ここでお見せしたことを裁判などにお使いになる場合は、正規の令状を取ってください」

「分かりました。ご協力、ありがとうございました」

猪狩は警備主任に礼をいった。大沼も一緒に警備主任に頭を下げた。

3

横浜美術館を後にした時、日は西に傾き、あたりはだいぶ暗くなっていた。

猪狩はポリスモードで撮影したライトブルーのブラウスを着た女をはじめ、一色たちを付け回している男たちの写真を、黒沢管理官に送った。

黒沢管理官は捜査支援分析センター《SSBC》に顔写真を送って、顔認証システムにかけ、警察庁にあるデータと照合して、彼らの身元を特定することになる。

「次はどこへ行くんだって？」

大沼は運転しながら、猪狩に訊いた。猪狩はポリスモードを終了させた。

「宮川の現場へ」

「なに、今度は三浦の先の現場に行くというのかい？　どうしてだ？」

「現場に立って最初から、もう一度、事件を見直したいんだ。どうも、何か見落としているような気がしてならない」

「そうか。現場百遍だものな。ま、いいだろう。俺も宮川の現場を見たい」

車は湾岸道路から横横道路に入った。

猪狩は暮れていく三浦半島の景色を見ながら考え込んだ。

あの宮川薬物製造工場放火殺人事件の真相とは何だったのか？

コントラは単に覚醒剤精製工場を潰すために、あの洋館を襲ったのか？　そうだとしたら、なぜ、最初に女の殺し屋が一人乗り込み、用心棒《ようじんぼう》たちを殺すようなことをしたのか？

はじめから精製工場を破壊するのだったら、船を沈めた時のように、爆薬を仕掛けたり、ロケット弾を撃ち込んで、徹底的に破壊してしまえばいいのに、そうしなかったのは、なぜだったのか？

何か理由があるはずだ。

コントラは、事前に現場近くにある、休館していたリゾートホテルから、現場の洋館を視察していた。彼らは何を視察していたのか？

ブツの出し入れ？　人の出入り？

ブツが大量に持ち込まれた時を襲うため？

それとも、誰かが洋館に居るのを狙った？

スマホがポケットの中で震動した。猪狩はスマホを取り出した。ディスプレイに飯島舞衣の名前が表示されていた。

「はい。猪狩」

『マサト、一色のノートＰＣには、おもしろいものが入っていた』

「何が入っていたんです？」

『新型コロナウイルスについてのＣＩＡの秘密報告書』

「どんな内容です？」

『中国の武漢《ぶかん》のＢＳＬ４研究室（バイオセーフティレベル４の施設）から危険な病原体が漏れたという極秘報告。それによると、いま世界で流行している病原体は、中国がＳＡＲ

S（重症急性呼吸器症候群）を改良した生物兵器の新型コロナウイルスの可能性が大だというのよ』

「ほう。それで?」

『だから、中国の大手医薬品会社は他国よりも早く新型コロナウイルスを培養《ばいよう》することが出来、毒性をなくしたウイルスを利用した不活化ワクチンを作ることに成功したとあるの』

「ふうむ。なるほど」

『不活化した病原体を使ってのワクチン開発は、通常、どんなに急いでも、一年半から二年はかかるとされているの。それをパンデミックになった二〇二〇年の夏には、すでに不活化ワクチンを開発していたというのだから、早すぎる。つまり、一年以上前に新型コロナウイルスを培養していたから出来ること』

「アメリカや日本の製薬会社は、まだ不活化ワクチンを作れないわけですね」

『そう。アメリカの製薬大手ファイザーとドイツのバイオ企業ビオンテックは、時間がかかる不活化ウイルスを使ったワクチンではなく、新型コロナウイルスの遺伝子情報を使ったワクチンを共同開発し、開発期間を大幅に短縮した。だけど、この新製法によるワクチンは、本当に新型コロナウイルスの免疫《めんえき》を作ることが出来るかどうか、まだ未知数なの。

それに通常のワクチンでは行なわれる治験《ちけん》をかなり省《はぶ》いているので、ワクチンの副反応についても、まだ分かっていない』

「では、中国製のワクチンは従来型の不活化コロナウイルスを使用したものなので、副反応などはないというのですか？」

『副反応がないわけではない。中国保健当局によると、中国製の不活化ワクチンの副作用の発生率は、百万分の二とのことだった。中国政府は新型コロナウイルス感染症が爆発的にパンデミックになった去年七月には、不活化ワクチンの緊急使用を正式に認可し、接種を開始していた。この中国製ワクチンを中国から日本に密輸入し、日本の富裕層の政財界人に売り付けた人物がいるのよ』

「いったい、誰ですか？」

『ドクター周《シユウ》という中国人らしい。一色刑事は、そのドクター周について、密《ひそ》かに調べていた様子なの』

「ドクター周？　ほんとですか」

猪狩は思わず、ダッシュボードに身を乗り出した。

『いったい、どうしたの？』

猪狩は交通事故で瀕死の重傷を負い、重体になっていたジャッキーが、死に際に遺《のこ》したメッセージ「キル、ドクター周」という話をした。

『……じゃあ、コントラはドクター周を追っていたのね』

　飯島も驚いた。猪狩は訊いた。

「ノートPCにはドクター周についてのデータはないんですか？」

『ないの。ただ、一色のノートPCには、ドクター周が密かに国内に持ち込んだ闇ワクチンを接種した日本人の富裕層の政財界人リストが入っていた』

「いつごろから、闇ワクチンを接種しはじめたんです？」

『今年の夏かららしい』

「ちゃんとしたワクチンが出回る前に、まずは自分だけでも助かりたい、という日本人がいた、というのですね」

『そう。かなりの高い額のカネを払っても、自分だけはワクチンを接種して、助かりたいという人たちのリストね』

「いったい、どんな政財界人たちなんです？」

『日本を代表するような一流企業のトップとその家族。さらに政治家や官僚のトップ、驚いたことに官邸補佐官もいる』

「なんてことだ。日本を動かす連中が、国民より自分が第一とは情けない」

『中国は新型コロナウイルスのパンデミックを利用し、ワクチンをちらつかせながら、自国に有利な外交をしようとしている。ワクチン外交よ』

「中国がやりそうなことですね」

『ドクター周は、そうやって日本の政財官界のトップたちにワクチン接種で恩を売り、中国政府のいうことを聞かせようという魂胆《こんたん》なのよ』

「人の弱みにつけこむ手口ですね」

『そういうことね。さっきの話だけど、ジャッキーが遺した伝言は、あなた、鄭秀麗に伝えた？』

「いえ、まだです。ジャッキーから聞いた電話番号に何度も電話をしたのですが、電源が入っていないか、圏外にあるということで繋がらないんです」

『引き続き、トライして。私は、ドクター周について、もっと調べるから』

「了解です」

電話は切れた。

猪狩は腕組みをし、また考え込んだ。

コントラは、ドクター周を追っている？　その理由は何だ？　もしかすると、ドクター周こそ、宮川薬物製造工場放火殺人事件のキイパーソンなのかも知れない。

4

大沼は車を洋館の焼け跡の前で止めた。

猪狩は車から下り、焼け跡になった現場に立った。

かつての洋館は焼け落ち、いまは黒々と煤《すす》けた壁を残すだけになっていた。瓦礫《がれき》の山からは、まだ焼け焦げた薬品の強い臭いがあたりに漂っている。

太陽は彼方《かなた》の伊豆半島の山端に沈んだばかりなので、あたりは薄暮に包まれていたものの懐中電灯を点けずとも現場の様子はよく見えた。

すでに現場保存の黄色いテープは撤去されていた。

猪狩は焼け落ちた洋館の跡を見回した。脇に立った大沼も腕組みをし、現場を睨んでいた。

猪狩はポケットからメビウスを出し、一本を口に咥《くわ》えた。煙草《たばこ》の箱を大沼に差し出した。大沼も一本を引き出して咥えた。

ジッポの火を点《つ》け、二人で炎に煙草の先を入れて喫《す》った。

なぜ、コントラは、ここを襲ったのか？

か？

当初考えたように、ここにあったブツを焼却し、密売組織に打撃を与えるためだったの

どうも、それだけではないような気がする。

「マサ、ここで何をしようというんだ？」

「もう一度、現場を見て回り、考える」

「ま、いいだろう。好きなようにやれ」

猪狩は玄関のあったところから焼け跡に足を踏み入れた。二階部分はわずかに鉄製の階段を残すのみで、床はほとんど焼け落ちている。一階で起こった爆発に二階の床は耐えられなかったのだろう。

半《なか》ば崩れ落ちた階段を慎重に上った。以前に来た時には、階段には上れないようにテープが張ってあった。そのため下から見上げただけだった。

「おい、マサ、危ねえぞ。気をつけろ」

大沼が下から声をかけた。

「気をつけます」

猪狩は鉄製の階段を一段ずつ、気をつけながら上った。

二階は廊下のみが残り、いずれの部屋も床が抜け落ちていた。階下で大沼がスマホのラ

イトを点灯させていた。かつて書斎だったらしい部屋は、そのまま床が一階に抜け落ち、黒々と焼けた大机が階下にあった作業台の上に折り重なっていた。大量の瓦が床に散乱している。

猪狩もスマホのライトを点けた。あたりが明るくなり、惨状がさらに明確になった。辛うじて残っている廊下も、床がいつ崩れ落ちてもおかしくない状態で斜めに傾《かし》いでいる。ライトで廊下の先を照らした。正面に非常口が見えた。扉が半開きになったまま、焼けて黒焦げになっていた。

屋根も支える鉄製の柱や梁《はり》を残すだけで、崩れ落ちていた。天空には、星が瞬《またた》きはじめていた。

なぜ、非常口の扉が半開きになっているのだ？　誰か、二階にいて、逃げた？

「マサ、何もないだろう？　危ないから降りて来いや」

大沼の声が聞こえた。

猪狩は階段を恐る恐る下りはじめた。一段ずつ下りる度に不気味に軋《きし》んだ。最後の数段を残すところで、猪狩は飛び降りた。その弾《はず》みで、鉄製の階段は斜めに倒れた。

「マサ、大丈夫か」

「大丈夫」

猪狩は二階の廊下を見上げた。非常口の先は焼け残った壁に隠れていて見えない。瓦礫の山を踏み越え、焼け跡の外に出た。

「どうした？」

「ちょっと気になることがある」

猪狩は壁の裏側に出た。二階の非常口は、ぽっかりと穴が開いたように開いていた。壁の下に鉄製の螺旋《らせん》階段が倒れて転がっていた。洋館が火事で焼け落ちた時に螺旋階段も壊れて倒れたのに違いない。

螺旋階段の一番下は階段ではなく、下から上がれないように、普段は鉄製の梯子を上げてある。いざ逃げる時に、備え付けの梯子を下ろし、それを伝わって下りる仕組みだ。

猪狩は転がった螺旋階段を調べた。梯子は下ろした状態になっていた。間違いない、誰かが螺旋階段を使って逃げたのだ。

ということは、当日、この洋館には、作業員たち以外に、誰かいた。その人物は二階にいて、襲われたのを知り、いち早く二階から脱出した？

いったい、誰がいたというのだ？

猪狩は周囲を捜した。非常口から逃げた人物は、その後、どうやって現場の建物から逃げたのか？

非常口から壁沿いに建物の裏を回り、表に向かえば道路に出る。だが、そうすると襲撃犯たちと鉢合わせになりかねない。

裏側は切り立った断崖《だんがい》絶壁になり、その先は波立つ海原だ。

猪狩は崖《がけ》の上に出た。崖下から岩を食《は》む波の音が響いてくる。スマホの明かりで照らしたが、波の打ち寄せる光景は見えない。

猪狩はふと足元の草の陰に何か黒い物があるのに気付いた。しゃがみこみ、草を分けて、スマホで照らした。

鉄製の輪だった。さらに、その下には足場らしいものもある。

「どうした？　マサ」

「ここから、降りられるらしい」

猪狩はスマホをジャケットの胸のポケットに差し、鉄の輪を握った。

「マサ、よせ。危ねえ。夜じゃあ、よく見えないぞ」

「見えないから、かえって恐くない。降りてみる」

猪狩は鉄の輪を握り、ぶら下り、下の足場に足をかけた。岩陰に別の鉄の輪があった。それを摑み、さらに下に降りる。足先で探ると、足場がある。また下の鉄の輪が見つかった。鉄の輪にぶら下がり、一歩一歩降りる。

大沼の声が暗がりに響いた。

「マサ、無理するな。戻れ」

「大丈夫だ。行けるところまで行ってみる」

猪狩は慎重に鉄の輪を伝いながら、下へ下へと降りて行く。

波の打ち寄せる音がだいぶ大きくなった。不意に足場が広がり、両足で立てるようになった。気付くと、そこは人がひとり歩けるほどの小径になっていた。岩壁に沿ってロープも張ってある。

「マサ、大丈夫か？」

「小径があった。岩壁伝いに行ってみる」

猪狩はロープを頼りに、岩壁にある小径を歩き出した。小径は下り坂になっていた。

さらに小径を下って行くと、波が打ち寄せる海岸に出た。見上げると、崖の上にスマホの明かりがちらついている。

「沼さん、海岸に降りた。海岸沿いに港の方に行けそうだ」

「よし。俺は車で下に降りる」

大沼のどら声が波の音に交《ま》じって聞こえた。

「了解」

猪狩はスマホを取り出し、足元を照らした。崖下の小径は港の方角に向かってずっと続いていた。

誰かが崖を降り、こうして港へ脱出したのだ。猪狩は、そう確信した。だが、いったい誰が逃げたというのか？

猪狩は考えながら、岸壁沿いの小径を歩いた。小径は、いつしか磯の岩場に出て消えた。


猪狩は海岸の岩場から、石と礫《こいし》が混じったガレ場の斜面を登り、灌木《かんぼく》の林を抜けて、丈《たけ》の高い草が密生する野原に出た。さらに野原を進むと砂利道になっている。

猪狩は立ち止まり、現場がある崖を見た。

煙草を喫《す》いながら、大沼を待った。ポリスモードで自分がいる位置情報は報《しら》せてある。

ほどなく暗がりに明るいヘッドライトが現われて砂利道を下って来た。

猪狩は煙草を捨てた。靴で踏み潰して火を消した。車に向かって歩き出した。草の空き地の手前にホンダＣＲ－Ｖの姿があった。大沼がドアのガラスを下ろしていった。

「ここへ降りる道は、この道だけだ。逃げるとしたら、ここへ車を呼ぶしかないぜ」

猪狩は助手席のドアを開け、車に乗り込んだ。

「ここへ降りて来る途中、防犯カメラは見なかった？」

「気付かなかったな。もし、あるとしたら、この道が合流する２１５線沿いにあるコンビニの防犯カメラってところだろうな」

県道２１５線は正式には「上宮田金田三崎港線」だ。

「あるいは、２１５が合流する横須賀三崎線に入ってからのＮシステムか、交通監視カメラだろうな」

「ともかく、三崎署の捜査本部に顔を出して聞いてみたい」

「あいよ」

大沼は勢い良く車をバックさせ、向きを変えると、なだらかな坂道を一気に駆け上らせた。

5

三崎署の訓示場（講堂）では、捜査会議が行なわれていた。捜査員たちが、順に捜査結果を報告している。

猪狩と大沼は、会議場の末席に座った。周囲の捜査員たちは、猪狩たちに見慣れぬやつらが来たとばかりにちらちらと視線を向けた。

正面の雛壇には長嶋捜査一課長をはじめ、組織犯罪対策部部長、三崎署長が渋い顔で居並んでいた。県警外事課の大西課長の顔もあった。

神奈川県警方式の集中捜査が終わったが、芳《かんば》しい結果は出ていない様子だった。会議の最後に一課長が立ち上がり、襲われた『幸運』の背後関係と、襲った反目《ハンメ》のマル暴と密売組織を洗い出し、徹底的に追えと檄《げき》を飛ばして、会議は終了した。

話の中にコントラのコの字も出ていないところを見ると、捜査本部はあくまで暴力団の対立抗争という筋読みを変えていない様子だった。

前の席から引き揚げて来た捜査一課の宇崎班長代理と茂原部長刑事が、目敏《めざと》く猪狩を見付けて立ち止まった。

「お、来ていたのか」

猪狩は宇崎たちに大沼を紹介した。

「コントラは捜査対象に上がってないようですね」

「一応はコントラも捜査対象に上がったさ。だけど、一色殺しの捜査の方で、川崎署の捜査本部がコントラ捜査をやるっていうんで、そちらが中心でやることになった。こちらは、当初の筋読み通りに、マル暴の密売組織同士の抗争の線を追う。乗り掛かった船だ。

そう簡単に捜査方針を変えるわけにいかん」

「そうですか。それは仕方がないですね。それで、何か新しく分かったことは？」

「そうだな。襲われた『幸運』の背後関係だが、よく調べていったら、康虎吉から別の筋に売られていた。それも台湾系ではなく、いつの間にか中国系のオーナーに替わっていた」

「オーナーの名前は？」

「ドクター周と呼ばれている中国人だ」

「なに、ドクター周だと」

猪狩は大沼と顔を見合わせた。宇崎は顔をしかめた。

「なんだ、おたくたちも知っているのか？」

「ドクター周は一色刑事が調べていたマル対だった。そのため一色刑事は殺された可能性もある。それで我々もドクター周とは何者なのか追っていたところだ」

「本当かよ。じゃあ、宮川事案は、一色刑事殺しとも関係があるかも知れないというんだな」

宇崎は茂原部長刑事と顔を見合わせた。

猪狩が声をひそめて訊いた。

「班長代理、オーナーが康虎吉からドクター周に替わった経緯《いきさつ》は、どうなっているんです？」

「『幸運』の株を、そのドクター周が従業員ごと全部買い取ったということらしい。いまは康虎吉たちは、そのドクター周の下で働いているそうなのだ」

「カネで『幸運』を乗っ取った？」

「そうだろうな。山菱組も金さえちゃんと入れれば、何も文句はいわない」

「ところで、さっき現場を見てきたんですが、二階の非常口の螺旋階段を調べましたかね」

「ああ。調べた。非常口の扉が半開きになっていて、しかも外付けの螺旋階段の梯子《はしご》が降りた状態になっていたやつだな。火事の際に、誰か逃げるのに使用したんだろう」

「誰が二階から逃げたんですかね？」

「作業員じゃねえのか？」

「作業員はみんな一階で作業していたはず」

「そうだったな。じゃあ、火事になった時に、消防士が消火のために扉を開けたんじゃねえのか？」

「かも知れませんが、襲われた時、誰か二階に居たんじゃないんですかね」

「殺された三人や作業員のほかにかい？」

宇崎は顔をしかめた。茂原部長刑事に目配せした。

「シゲ、作業員の取り調べをしている班員に訊《き》け。やつら、何て供述したのか」

「はい」

茂原部長刑事はポリスモードを取り上げ、耳にあてた。猪狩はいった。

「さっき現場を調べたら、螺旋階段を降りた先の崖っ縁《ぷち》に鉄の輪があったんですが、見てますか？」

「いや。見てねえ。何だ、その鉄の輪ってえのは？」

「崖の下に降りるための鉄の輪ですよ。それを使って下に降りられる。降りる足場もいくつもありました」

宇崎班長代理は顎をしゃくった。

「まさか、あんな断崖を降りるってえのか？　夜の暗闇ん中じゃあ、崖を降りるのは無理なんじゃねえのか？」

「自分がさっき下まで降りました。降りて崖下の径《みち》を歩いて近くの浜辺の草地に出ることが出来ました」

「ほんとかよ」

「班長代理、聞いてください」

茂原部長刑事がポリスモードを宇崎に差し出した。宇崎班長代理はポリスモードを耳にあてた。

「なに？　本当か。うむ。分かった」

宇崎は不機嫌な顔で電話を終えた。

「作業員たちの供述が採れた。二階にオーナーと護衛の男がいたそうだ」

「オーナーというのは、ドクター周ですか？」

「そうだ。作業員たちによれば二人は道路の方には逃げず、崖下の船着場に逃げたそうだ。おそらく船で逃げたんだろうといっている」

「船で逃げた？」

そうか、と猪狩は思った。車で逃げたことしか想定していなかった。逃走手段としては、船も考えに入れねばならなかった。

「きっとオーナーたちは、小型のモーターボートか、クルーザーで逃げたんだ。だけど、当日の夜間に近くの港に出入りした船舶は、港の監視カメラや海保のレーダーがキャッチしている。シゲ、課長に報告して調べろ」

「了解です」

茂原部長刑事は急ぎ足で長嶋一課長の許に駆けて行った。

宇崎班長代理は鋭い目付きで猪狩と大沼を見た。

「それでハムさんよ、ドクター周って何者なんだ？」

「いま、調べているところです」

「分かったら、こっちにも流してくれるんだろうな」

「もちろんです」

猪狩は大沼と顔を見合わせてうなずいた。

「しかし、ハムさんよ、ますます、襲った連中は何者なんかが気になるな。ドクター周を狙って、洋館を襲ったとなると、いよいよ事件の様相が変わって来るからな」

「いま、分かっているのは、どこまでですか？」

「襲われたのは、山菱系の荒神会の『幸運』の覚醒剤工場。では、襲ったのは、山菱系の荒神会の反目のマル暴と目星をつけて、片っ端から対抗している組織を洗っているんだが、何も上がって来ない。たとえ反目の組織でも、下手《へた》に手を出せば、手酷《てひど》い報復を受けるってんで、そんなことをやりそうな連中がほとんど上がって来ないんよ。上がってもガセネタばかりで、調べると幽霊のように消えてしまう」

「だから、いったでしょうが。マル暴同士の抗争ではなく、襲ったのはコントラだって」

「だがよ、捜査本部は、マル暴同士の覚醒剤をめぐる抗争だという筋読みで、これまで突っ走って来たんだ。いまさら、その捜査方針を急に変えることなんかできねえんだ。何かでかいヤマが出て来れば別だがな」

宇崎班長代理は、あたりに人がいないのを確かめるように見回した。

「あんたらがよ、なんかでかいヤマを作って、こっちへ放ってくれねえか。そうすれば、俺たちも、バンとブレーキを踏んで急停止し、一気に方針を転換して、コントラ捜査に切り替えることが出来る。そんなヤマをよ」

大沼が呆《あき》れた顔で笑った。

「無理無理。そんなのあるわけないじゃないか」

「なんとか頼むぜ。ハムさんたちよ、じゃあな」

宇崎班長代理はにんまりと笑い、手を上げると、雛壇の方に戻って行った。

ポケットの中でポリスモードが震えた。大沼と猪狩は、同時にポリスモードを手に取った。

蒲田の本拠に戻れという真崎理事官の指示が入っていた。

6

夜の横横道路、ついで湾岸高速道路を飛ばしに飛ばし、大沼と猪狩は蒲田の本拠があるマンションに駆け付けた。

午後十時。

真崎理事官をはじめ、黒沢管理官、海原班長、大島巡査部長が集まって協議していた。密にならないように、互いにソーシャルディスタンスを取って座っている。

田所班長代理は視察班を率いて、浜口剣《ハマケン》こと史成《シー・チョン》に張りついているらしく、班員の氷川部長刑事、井出刑事、外間刑事の姿はなかった。飯島舞衣の姿もない。

猪狩と大沼は、みんなに挨拶をし、それぞれ椅子を出して、会議に加わった。

真崎理事官は低い声で猪狩と大沼にいった。

「いま各自から捜査状況の報告をしてもらい、今後の捜査方針を話し合っていたところだ。きみたちから、何かあるか?」

猪狩は、宮川事案の現場を再訪し、襲撃があった際に、二階にドクター周らがいた事実が分かったことを報告した。

真崎理事官はうなずいた。

「つまり、コントラの襲撃の狙いは、工場の焼却だけでなく、ドクター周を殺そうとした可能性も出て来たというのだな」

「はい。自分はそう思います」

「そのドクター周についてだが、その後、何か分かったのかね」

「いえ。分かりません。ドクター周については、飯島主任が調べることになっています。飯島主任から連絡は？」

「飯島主任は、ずっと本庁庁舎の部屋に閉じ籠《こ》もり、SSBCの技官に助けてもらって、必死に一色のノートPCに入っているデータに取り組んでいる。彼女の話によれば、かなり手こずっているらしい」

「なんとかPCにかかっていたロックが解けたと聞いてましたが」

「うむ。その後がたいへんらしいのだ。入っているデータが膨大《ぼうだい》な上、かつ中国語のデータだった。それでSSBCの技官だけでなく、北京語の通訳にも手伝ってもらって解読しているところだ」

真崎理事官はマスクを膨らませて笑った。

「飯島は、学生時代に戻って北京語の課題に取り組んでいるみたいだ、と嘆《なげ》いていた」

「そうですか。そういってくれれば、自分も手伝ったのに」

「そうだな。猪狩、きみも大学時代には中国語を専攻していたんだったな」

真崎理事官は笑った。猪狩はいった。

「ぺらぺらとは話せませんが、読み書きの方なら、なんとかこなせると思います」

猪狩は飯島の文句をいう顔を思い浮べた。飯島は怒った時の顔も綺麗で魅力的だった。

「猪狩、あのノートPCは本当に一色のPCだったのか？」

「押収時、ノートPCは一色の机にあったものでしたから、主任も自分も、当然そうだと思ったんですが、違うのですか？」

「飯島によると、中国語のパスワードや暗証番号がないと、ロックが解けないファイルが膨大にあるらしい。SSBCの技官や中国語の通訳も、ファイルを開くのにかなり苦労している。飯島は、どうも一色のPCではないのではないか、といっている」

「では、誰のPCだというのですか？」

「マルトクの鄭秀麗のPCではないか、というんだ。そうでなければ一色が中国人の誰かから預かったPCではないのか、とな」

猪狩は、一瞬、ある考えが頭にひらめいたが、いまは黙っていることにした。まだはっきり口に出すほどの確証がない。

真崎理事官はスマホに電話が掛かったらしく、誰かと話をしていたが、すぐに通話を終えた。

「飯島から電話が入った。いま、こちらに向かっているそうだ。何か電話では話せないような重要なものを、ノートPCから見付けたそうだ」

「何ですかね」黒沢管理官が訝った。

「それは来るまで楽しみにしておこう」

真崎理事官はにんまりと笑った。猪狩が管理官に訊いた。

「ところで、理事官、泳がせている浜口剣こと史成の捜査は、どうなっていますか？」

「うむ。浜口剣は釈放されてから三日も経つのに動かない。なあ、海原班長」

真崎理事官は海原班長に顔を向けた。

海原班長は煙草を咥え、捜査資料をめくりながらいった。

「そろそろハマケンは痺《しび》れを切らして動く。金欠の上に女にも会えないのでいらついている。ボスから動くなといわれているらしいが、カネをもらいにヤサを出る。この一日二日が勝負だ」

海原班長は自信たっぷりだった。

「もう一人、歌ったそうですね。どっちです？　拳銃を撃った野郎ですか？　それとも下《した》っ端《ぱ》の方ですか？」

「下っ端の半グレの方だ。浜口剣が釈放されたのを知り、俺も出してほしい、と歌い出した。名前は葛井陽光《くずいようこう》。二十八歳。横浜生まれ。本籍は川崎。どこの組にも入っていない」

「前《マエ》や歴《レキ》は？」

「前科はなしだが、逮捕歴はある。恐喝や暴行容疑だ。だが、親が乗り出し、マル害と示談《じだん》にしたため、不起訴処分になっている」

「親は？」

「保守党の県会議員だ。甘やかされて育ったため、野郎は半グレになった。親たちは、今回は、もう助けないと、野郎を勘当《かんどう》にして縁を切った」

「葛井陽光は何を喋り出したんです？」

「雇い主だ。カネがほしいので、犯行に参加したそうだ。これまで完黙《カンモク》していたのは、雇い主から、もしサツに捕まって喋ったら、親や家族がどうなるか分からないと脅《おど》されていたからだそうだ」

「雇い主は、いったい誰なのです？」

「康虎吉だ。荒神会の若頭《わかがしら》だ」

「そうか。やっぱり荒神会がカウンター・コントラだったのか」

「葛井陽光によると、表向き荒神会は、康虎吉がボスとされているが、康虎吉には力がない、というんだ。本当のボスは康虎吉の裏にいる中国人だと」

「その本当のボスである中国人とは誰なんです？」

「葛井陽光はそこまでは吐かない。それが分からないから、引き続き史成を泳がしている。史成は康虎吉の手下ではない。荒神会の組員でもない。史成はボスの指令を受ける連絡役だというんだ。だから、史成を泳がせておけば、必ず、本当のボスのところに駆け込む」

海原班長は煙草の煙を吹き上げた。煙が宙に漂いはじめると、手で煙を消そうと動かした。

「自分に拳銃を撃った男がリーダー格に見えたんですが、やつは何者なんですか？」

「葛井によると、あいつは中国人ヒットマンだそうだ。三人組ははじめからの仲間ではなく、カネで集められた寄せ集めグループだそうだ。三人ともお互い、あだ名で呼び合っていて、素性《すじょう》とか本名とかは何も知らないそうなのだ」

猪狩が訊いた。

「三人の呼び名は何だといっていたのです？」

「浜口剣はハマケン、葛井はコウヨウ、リーダー格はチンさんと呼んでいたそうだ。さすがにチンはプロらしく、態度も太々《ふてぶて》しい。尋問慣れしているのか、普通の会話にまったく応じない。何を訊いてもへらへら笑っているだけで、いまも完黙している」

「いったい、そのヒットマンは何者なんですかね？　マル暴のデータにも登録されていないんですか？」

「ない。入管の出入国記録にも載っていない。指紋もＤＮＡもデータベースに登録されていない。まったくの新顔だ」

「チンは密入国者だな」

大沼が唸るようにいった。

「しかし、検事もよく葛井を落としたな。どんな手を使ったんかな」

「葛井の野郎、ヤク中だった。それでヤクが切れたんで、ヤク欲しさに喋りだした。ヤク中の証言では、公判で保たないので、検事は困っている」

大沼が茶々を入れた。

「ヤクが完全に抜けるまで、役に立たないってわけだ」

猪狩が頭を振りながら海原班長に訊いた。

「葛井はチンについて、何といっているんです？」

「葛井も今回初めて組まされた男なので、何も知らないといっている。ともかく、康虎吉から、チンのいうことを聞け、といわれていた。黒社会のヒットマンだから、怒らせるなと注意された。怒らせると酷い目に遭《あ》うと」

「日本語は出来るんですかね」

「一応出来るが、あまり流暢《りゅうちょう》ではなかったそうだ。香港のことをよく口走るので、葛井は、香港人じゃないか、と思ったそうだ。それでいまは検事も中国語の通訳を入れて取り調べをするようになった」

「通訳を入れたら喋るようになった？」

「いまのところ、それはない」

「自供するまで時間がかかりそうですね」

「時間はまだたっぷりある。チンは殺人未遂容疑だ。証拠もしっかりある。いくら完黙を貫いても仮釈放はない」

　黒沢管理官が口を開いた。

「葛井は雇い主の康虎吉について何だといっているのか？」

　海原班長は検面調書を見ながらいった。

「葛井は康虎吉よりも、その背後のボスを恐がっている。そのボスは冷酷な男で、人を殺すのも拷問で人が苦しむのも何とも思っていないそうだ。人が苦しむのを逆に楽しんでいた、と」

「葛井は、そのボスが誰か人を殺すのを目撃したのだな」

「そうらしいです。その話を聞こうとすると、葛井はぶるぶると震えて何も喋らなくなるそうだ。だから、検事は時間をかけて話させようとしている」

真崎理事官が厳《おごそ》かにいった。

「もしかして、葛井は一色刑事が殺される現場にいた可能性があるな。葛井は目の前で一色刑事が拷問にかけられて殺されるのを見て、そのボスが本当に恐くなったのではないか」

猪狩も真崎理事官と同じことを思った。

一色が生爪を剝《は》がされ、絶叫する光景が目に浮かんだ。猪狩は黒幕のボスに激しい憎悪を抱いた。

海原班長はうなずいた。

「……あり得ますね。検事に取り調べの時に、その線を突いてもらうようにいいましょう。ところで、理事官、葛井は妙なことを口走っているそうです」

「どんなことをいっているのだ?」

「康虎吉の上のボスは地獄耳で、警察内部にもモグラ（内通者）を持っているといっているそうなんです。だから、警察にも迂闊《うかつ》に喋れないと」

「警察内部にモグラがいる?」

真崎理事官は目を剝《む》いて、黒沢管理官と顔を見合わせた。

「葛井はモグラが誰かを知っているのか?」

「それは知らないらしいのです。だが、康虎吉や背後のボスの口振りでは、警察内部の、しかもかなりハイランクの幹部にモグラがいるらしい」

「検事は何といっている?」

「検事はヤク中が苦し紛《まぎ》れにいった戯言《ざれごと》だと相手にしていないそうですが」

警察内部にモグラが潜んでいたら、それこそ大問題だ。そのモグラが、中国やロシアの内通者だったら、この国の安全は著しく危うくなる。

会議に重苦しい沈黙が訪れた。

猪狩は、その空気を振り払うように黒沢管理官に訊いた。

「管理官、先にお届けした例の金髪の鬘《かつら》ですが硝煙《しょうえん》反応は出ましたか?」

「うむ。科捜研によると、金髪の鬘から少量だが、銃を撃った時の硝煙反応があったそうだ」

「やはり、そうですか」

猪狩は大沼と顔を見合わせた。

金髪の鬘は宮川事案の襲撃者の女が被ったものにほぼ間違いない。

「鄭秀麗の髪の毛を届けましたよね。鄭秀麗のDNAと、金髪の鬘についていた汗のDNAは一致しましたか？」

「いや、それが一致しなかった。金髪の鬘についていた汗や髪の毛は別人のものだ。鄭秀麗のものではないと分かった」

「管理官、つまりは鄭秀麗が工場を襲った女ではない、ということですね」

「うむ。金髪の女は鄭秀麗ではない」

黒沢管理官は大きくうなずいた。

猪狩は鄭秀麗が宮川事件を起こした犯人ではない、と分かり内心ほっとした。

猪狩はポリスモードを取り出し、録画した画像を出した。

「それから、管理官、先にポリスモードに転送した写真ですが、女や男たちの顔認証の結果は分かりましたか？」

「美術館での写真か」

「鄭秀麗の連れと見られる、ライトブルーのブラウスを着た女についてです」

「いまのところ、まだ不明だ。該当者なしだ。顔認証だけでは身元の特定は難しい。何か関連する手がかりはないか？」

「これはＭＩ６の情報ですが、香港民主化運動が中国当局によって弾圧された後、地下に潜った武闘派グループ『ライオンロック』に暗号名アグネスという女闘士がいるそうです。そのアグネスが、どうやら日本に潜入しているらしい。金髪の女はそのアグネスではないか、と自分は見ているのですが」

猪狩はスマホに取り込んだ美術館の監視カメラの映像を再生した。ライトブルーのブラウスに黒のスラックス姿のスタイルのいい女の動画を見せた。

真崎理事官は動画を見ながら訊いた。

「その根拠は？」

「刑事の勘です」

「そうか。刑事の勘か」

真崎理事官と黒沢管理官は笑った。だが、馬鹿にした笑いではなかった。

真崎理事官はうなずいた。

「よし、いまの猪狩の話をつけて、もう一度、外事情報部に身元を調べさせよう」

警備局外事情報部は国際テロリストをはじめ、中国や北朝鮮、ロシアなどの諜報部員のデータを密かに集めてデータ化している部署だ。香港民主化運動の活動家はテロリストではないが、一応、警察庁警備局は活動家のデータを集めている。

「それから、管理官、美術館で一色たちを付け回していた三人の男たちの画像を送りましたよね。彼らの顔認証は、何かデータにヒットしませんでしたか？」

黒沢管理官は思い出したようにいった。

「うむ。あの三人の男のうちの一人が、ソタイ（組織犯罪対策部）のデータにヒットした。やはり荒神会の組員だ」

「名前は？」

「日本人名大場英男《おおばひでお》。本名は楊来英《ヤン・ライイン》。在日中国人だ。上海出身で、上海の黒社会の構成員だったが、日本に流入して、いつしか横浜に住み着き、康虎吉の引きで荒神会の幹部に取り立てられた。若頭康虎吉の一の子分だ」

「やはり、荒神会が一色や鄭秀麗を付け回していたのか」

「そう見ていい」

チャイムが鳴った。大島が立ち、壁のインターフォンのボタンを押した。飯島舞衣の声が響いた。

真崎理事官は両手で柏手《かしわで》を打った。

「よし。コーヒーブレイクとしよう。猪狩、コーヒーを頼めるか」

「了解です」

猪狩は台所に立った。

「換気だ。空気を入れ替えろ」

真崎理事官の声に、大沼と大島が素早く席を立ち上がり、部屋のガラス窓をがらりと大きく開けた。外の冷えた空気が入り、部屋の換気を行なった。

換気は新型コロナウイルスを用心して、身についた習慣だった。

出入口の扉が開き、大きなショルダーバッグを担《かつ》いだ、マスク姿の飯島が入って来た。

真崎理事官や黒沢管理官が声をかけた。

「おう。ご苦労さん」「ご苦労さん」

「遅くなりました」

飯島は頭髪がばさばさと乱れ、目の下に隈《くま》を作っていた。飯島は自分の机の上に、ショルダーバッグから出したノートPCをさも大事そうに置いた。

猪狩は台所で人数分のカップを並べ、沸《わ》かしたてのコーヒーを入れながら飯島にいった。

「主任、お疲れさん」

「あ、マサト、ショーンからの電話、聞いた？」

着信したのを見逃したらしい。

「いや、まだ」

猪狩はスマホを取り出した。ショーンからの電話の着信が記録されていた。聞き逃したらしい。ついでに画面に見覚えのない電話番号が記録されていたのに気付いた。これも、着信したのを見逃したらしい。

「ショーンから、何といってきたのです？」

「アグネスとドクター周の正体が分かったの」

猪狩はコーヒーカップやマグカップを配りながらいった。

「いったい、誰です？」

「これから発表するわ。その前に私にもコーヒーを飲ませて」

飯島は自分の机の椅子を動かし、捜査会議の席に加わった。

大沼と大島が窓ガラスを閉め、席に戻った。

再び、捜査会議が始まった。

飯島はマスクを外し、熱いコーヒーを飲み、机の上に戻した。それから、ノートPCをみんなが囲むテーブルの上に置いて、電源を入れた。

「分かったことが、二つあります。一つは、このノートPCには、ドクター周のPCにあったデータがコピーされ、入っていました」

「一色のＰＣではなかったのか？」

　真崎理事官がいった。

「いえ。一色刑事のＰＣです。誰かが、ドクター周のＰＣにあったデータをコピーし、一色刑事に渡したのです」

「いったい誰がドクター周のＰＣからデータをコピーしたというのかね」

　今度は黒沢管理官が訊いた。

「コントラです。コントラは、三浦の洋館を襲って、ドクター周のノートＰＣを押収した。そのＰＣにあった大量のデータをコピーし、一色刑事に渡した」

「誰が？」

「おそらく、マルトクの鄭秀麗です」

　猪狩がいった。

「しかし、鄭秀麗の自宅で押収した金髪の鬘に付着していた汗のＤＮＡは、鄭秀麗のものではなかった。鄭秀麗は宮川事案のマル被ではないと分かったのだけど」

「実行犯は、鄭秀麗ではなく、アグネス。私はそう思います」

「そうか。アグネスと鄭秀麗は同じコントラ仲間ということだったか」

　飯島が頭を左右に振った。

「それがちょっと違う。アグネスはコントラではあるけど、鄭秀麗はコントラではなく、CIAのエージェント。つまり、彼女はダブルスパイ」

そうか。ショーンは、それを飯島に伝えて来たのか。

猪狩は鄭秀麗の意外な正体に驚き愕然《がくぜん》とした。

真崎理事官は「ふうむ」と唸った。

「ダブルだったのか。しかし、USAとどこの国のダブルなのだ?」

「台湾の諜報機関です。一色刑事は、その鄭秀麗をマルトクにし、トリプルスパイにしていたんです」

飯島の話に猪狩をはじめ、全員が啞然としていた。

突然、海原班長のポリスモードの着信音が鳴った。海原班長はポリスモードを取り上げ、ディスプレイに目をやった。

「理事官、史成の野郎、ようやく動き出しました」

海原班長は立ち上がり、親指を立てた。

第六章　私もアグネス

1

海原班長と大島部長刑事は、視察現場から史成《シー・チョン》が動き出したという知らせを受け、慌《あわ》ただしく部屋から出て行った。

猪狩は一瞬、海原班長と一緒に現場に行こうとしたが、黒沢管理官から、おまえはだめだ、残れといわれた。

猪狩は飯島、大沼とともに、コントラ捜査班ではないか、と黒沢管理官からたしなめられた。カウンター・コントラ捜査は、海原班長たちに任せろ、というわけである。

真崎理事官が部屋に残った者の気分を切り替えるように声を出していった。

「さあ、飯島主任、さっきの報告の続きを話してくれ。分かったことが二つあるといったな。もう一つというのは何だ？」

「ドクター周《シュウ》の正体《しょうたい》が分かったんです」

飯島はノートPCのキイを打ち、ドクター周を検索にかけた。

ディスプレイにドクター周に関する記述がずらずらっと並んだ。北京語と英語が併記されている。

飯島は北京語の箇所を指で差しながら読んだ。

「周明旭《シュウ・ミンシュ》。中国国家安全部第十局対外保防偵察局の第二処長。中国諜報機関の大物です」

「このデータの出所は？」

「英国MI6の提供です」

飯島はちらりと猪狩を見た。分かっているわよね、と目がいっている。ショーン・ドイルから提供されたマル秘情報に違いない。

「もちろん、これは、サードパーティルールのA機関情報です」

サードパーティルールのA機関情報は、諜報の世界での同盟国同士の約束で、第三国に洩《も》らしてはならない秘匿《ひとく》情報で、かつ犯罪摘発とか裁判などには使用不可の情報である。この掟《おきて》を破れば、二度と情報を提供されなくなる。

真崎理事官が訊《き》いた。

「中国国家安全部の第十局というのは、何を担当しているのだ？」

「第十局対外保防偵察局は、主に対外諜報を行ない、外国に駐在する中国人や留学生を監視、告発し、域外反動組織活動の偵察や摘発を行なうのが任務といわれています。ちなみに、国家安全部第七局は反間諜情報局、対スパイ情報収集が担当、第八局は反間諜偵察局で、外国スパイの偵察、摘発を行なう。第九局は対内保防偵察局、渉外《しょうがい》組織の防諜や監視、摘発を担当している」

飯島は一息ついて間を空けた。

「第十局の第二処は、表向きは存在しない影の部局で、対外諜報工作を行なっている。周明旭は、その最高責任者とのことです」

黒沢管理官がポリスモードの画面を真崎理事官に見せた。

「理事官、出入国管理所には、周明旭は中国大使館経済商務処と登録されています」

「表向きは、経済商務処職員か。だが、なぜ、ドクター周と自称しているんだ？」

飯島がノートPCの画面を見ながらいった。

「それは周明旭が、もともとは医者だからです。それでドクター周と名乗っている」

「何の医者なのだ？」

「医者といっても普通の医者ではなく、感染症専門の細菌学者でもあり、今回の新型コロナウイルス流行でワクチン開発製造に大きく貢献したとされています」

「どういう貢献をしたというのかね」

「周は医者というよりも、医学知識をビジネスや外交手段にしたことで、党中央から評価されています。特に今回、中国の不活化ワクチンを使ってのワクチン外交を主導することで、一帯一路政策を打ち出した習近平主席から絶大な信頼を得ているようです」

「そんな周が、どうして日本にいるのだ？　何か特別の任務があってのことか？」

飯島はノートPCのキイを叩き、ファイルの一部を開いた。

「その答えが、このリストなのです」

日本人の名前がずらりと並んだリストが画面に表示された。以前に飯島が見せてくれた中国製ワクチン接種リストだった。

「このリストは何だ？」

真崎理事官が訝《いぶか》って訊いた。

「ドクター周が秘密裏に日本に持ち込んだ非承認の中国製不活化ワクチンを接種した五十七人の顧客リストです。いずれも名だたる日本の大企業のトップの財界人、さらには保守党の実力者である政治家、官邸の官僚の名が並んでいます」

真崎理事官は黒沢管理官と顔を見合わせ、顧客リストに見入った。

「お金で闇の不活化ワクチンを接種し、新型コロナウイルス禍を乗り切ろうというのだろう？　自分たちだけは助かりたいという富裕層の魂胆《こんたん》は悲しいが、ワクチンの密輸入が金儲けというわけでもないし、量も大したことがないとすれば違法ともいえない。それに闇のワクチンを接種しても、自己責任によるものだし、法に触《ふ》れる行為ではない。これがどうしたというのだ？」

「裏の意図があるのです」

「裏の意図？」

「日本だけでなく、ファイルには、香港、台湾、韓国、北朝鮮、タイ、シンガポール、インドネシア、フィリピン、ミャンマーなどの実業家や政治家、軍高官の接種リストもあるのです」

「ほう」

「さらには、辺境の新疆《しんきよう》ウイグル自治区やチベット自治区、内モンゴル自治区などでの接種リストもある。これは中国国内なので、彼らのやり方はひどく、意図も露骨《ろこつ》に見える」

「何を意図しているというのだ？」

「支配と服従です。新疆ウイグル自治区やチベット自治区などでは、中央に反抗する者たちを全員強制収容所に入れ、重労働をさせて、反抗の意志をなくさせる。それでも強固に反抗する者は、ドクター周の指導でクスリ漬けにして、心も肉体もぼろぼろにして反抗心を失わせる。そうやって、人々を服従させ、支配しようというのです」

「ひどいな。そんなことが許されると思っているのかね。同じようなことを、日本やほかの国でもやろうとしているのかね」

「中国国内とは違うので、そこまで露骨なやり方はしないでしょうが、彼らが背後に隠している意図は同じと見ていいでしょう」

　真崎理事官は腕組みをした。

「裏付ける証拠はあるのかね」

「データファイルには膨大《ぼうだい》な通信記録があるのですが、その記録を読み解くと、ドクター周と本部とのやりとりの中に、まずはワクチンを接種させて相手の信頼を得て、親中国派にする。さらにワクチン接種者に、健康滋養《じよう》薬品と称して、ホワイトエンジェルを広めようとしているのです」

「ホワイトエンジェル？　何かね、それは？」

「一種の合成麻薬です。覚醒剤の雪ネタよりも上質なもので効き目がマイルド、かつ長く効くらしい。薬効として、頭が冴えたようになり、非常に気持ちがいい。はじめは習慣性が少ないので、薬物依存性は低いように感じる。だが、実は一度接種すると、どうしても忘れられず、必ず手を出すという危険なシロモノです」

真崎理事官は勢い込んでいった。

「まさか、ドクター周は、それをワクチンに混ぜて接種させようというのか？」

「その危険性はあります。だから用心に越したことはない。ともあれ、ドクター周と本局とのやりとりを解析すると、どうやら、ワクチンとホワイトエンジェルを併用《へいよう》して、接種した人たちに恩や負い目を負わせ、協力者に仕立ててあげる。そうやって、相手国を親中国派にして服従させ、政治的経済的に支配しようとしていると見ていいでしょう」

飯島は冷静な口調でいった。

真崎理事官は黒沢管理官と顔を見合わせた。

「では、これはただのワクチン接種の顧客リストではないというのか」

「はい。Ｓ（協力者）の候補者リストということになります」

「プリントアウトしてくれ」

「はい」

飯島はプリンターにデータを送り、プリントアウトさせた。プリンターが音を立て、印刷を開始した。

真崎理事官は腕組みをし、宙を睨《にら》んだ。

猪狩はドクター周を許せない、と思った。このままドクター周を放置しておけば、国内外に犠牲者が大勢出る。

「理事官、ドクター周を捕りましょう。捕って、彼らの陰謀を叩き潰さねば」

「猪狩、そう簡単にはいかんのだよ」

黒沢管理官が脇からやんわりといった。

「どうしてです？」

「ドクター周を捕る容疑は何にするのだ？　我が国は法治国家なんだ。法律に基《もと》づかずに人を逮捕できないのは分かっているだろう？」

「はい。しかし、ドクター周の場合、一色を殺した容疑があるではないですか。それに、交通事故に見せかけた殺しの容疑もある。覚醒剤製造容疑もあるじゃないですか？」

「いずれもドクター周がからんでいる事案であることは分かっているが、それらの容疑を固める証拠がない。あっても情報だけであって物証は不足している。状況証拠だけではないか。おまえは刑事出だから、状況証拠だけでは、マル被を捕れないということは分かるだろう」

「はい。分かりますが……」

猪狩は唇《くちびる》を噛《か》んだ。大沼が笑いながらいった。

「マサ、焦るなよ。理事官も管理官も、公安としては、どうするか、を十分に考えているところなんだ。おまえの焦る気持ちは分かるが、俺たちはスパイハンターだ、ということを忘れるな」

「そうよ。マサト、私たちには、私たちのやり方があるの。ただマル被を逮捕するだけでは済まないことも多々あるのよ」

飯島がプリンターから印刷した紙を手に戻りながらいった。

「うむ。しかし」

猪狩はまだ納得出来ずにいた。真崎理事官が笑いながらいった。

「猪狩、宮川薬物製造工場放火殺人事件も、一色刑事殺しも、交通事故も、それぞれを担当する刑事部の刑事たちが必死に捜査している。それを信じようではないか。もちろん、我々も彼らに必要な情報を提供し、捜査に協力する。協力して適宜情報を流して、捜査が滑らないように支援する。彼らは、いわばドクター周を駆りたてる勢子《せこ》だ。我々公安警察は追い立てられて隠れ家から出て来た獲物を、最後に仕留めて止《とど》めをさす狩人《ハンター》だ」

「…………」

「いいな。そう思え」

猪狩は真崎理事官を睨んだ。

真崎理事官は飯島から手渡されたプリントをじっと見つめ、黒沢管理官に渡した。

黒沢管理官は一渡りリストに目を通すと、大沼に渡しながらいった。

「理事官、これ、どうしますか？　リストに載った人たちに警告しますか」

「いや、しばらく放っておいて様子を見よう。闇ワクチンを接種したからといって、それは個人の自由だ。法的には何も悪いわけではない。下手《へた》に騒げば、人権侵害になる。黙って見ていて、ドクター周たちが、この後、どう動くか視察しよう。このリストにある人たちを視察していれば、ドクター周たちの動きが分かるというものだ」

飯島がリストの最上段の名前を指差した。

「でも、リストの筆頭に官邸の総理補佐官も載っています。放っておいてはまずいように思いますが」

「うむ。私から内閣情報官にそれとなく耳打ちしておく。そうすれば、いずれ、人事異動になり、重要な政策決定に関わらぬ立場になるだろう」

真崎理事官のポリスモードの着信音が鳴った。真崎はポリスモードを取り上げ、耳にあてた。

「うむ。よし、よくやった。今夜は、そのまま視察を続けろ。今度は動いたら、とことん食らい付け」

　真崎は満足気にうなずき、通話を終えた。

「海原班長からだ。史成が敵の本丸に入った。ドクター周の姿も視認しそうだ」

「やりましたね。それで敵の隠れ家はどこなのです？」

「野毛《のげ》だ。世田谷の野毛だ。等々力渓谷公園《とどろきけいこく》の多摩川寄り。善容寺《ぜんようじ》という寺がある。その寺の隣にある平屋建ての一軒家の古い屋敷だそうだ」

　真崎がポリスモードの画面に都内の地図を出した。すぐさま、世田谷区玉川《たまがわ》野毛付近の地図を表示させた。現場を示す赤い標識が立ち、点滅していた。海原班長が張り込んでいる地点を示している。

　猪狩もポリスモードを出し、地図で現場の位置を確認した。

　今度は猪狩のポケットでスマホが震動した。

　猪狩はスマホのディスプレイを見た。見覚えのない番号だった。だが、きっと、彼女だと思った。

「ちょっと出ます」

　猪狩は真崎理事官に目で挨拶し、ケータイを手に隣の部屋に入った。

「はい。猪狩」

『……………』

相手は何もいわない。黙っている。かすかに息遣いだけが聞こえた。

どうして、自分のスマホの電話番号を知っているのか。知人以外には彼女しかいない。

猪狩は一か八かいった。

「あなたは鄭秀麗なんだろう?」

『……………』

相手は何もいわなかった。答えるのをためらっている気配だった。

「切るな。ジャッキーからの言付《ことづ》けがあるんだ」

『……………』

「聞いているか?」

『……………』

無言だった。だが、じっと耳を澄まして聞いている様子だった。電話の奥から、電車の通過するレールの音が聞こえた。どこかのガードの近くで電話をしている。

「あんたが鄭秀麗でなければ、ジャッキーの伝言はいえない」

『……………』やはり答えない。

「ジャッキーは死んだ。交通事故に見せかけた事故だが、明らかに殺しだ。ジャッキーは死ぬ前に、俺にいった。鄭秀麗ならいう。違うならいわない」

『……伝言、教えて』

女の声だった。猪狩は手でガッツポーズをした。

「その前に、あんたが鄭秀麗である証拠を示してほしい」

『………』

また無言になった。そして、通話が切れた。

「もしもし」

しまった、と猪狩は焦った。やっと話が出来るようになったというのに。耳を澄ましたが、スマホは無言だった。猪狩はすぐに着信した番号に折り返して電話をかけた。

電話は、話し中であることを示す、ツーツーという無機質な音になっていた。何度、掛け直しても、電話は通話中だった。

終《しま》いには、電源が切られたらしく、「おかけになった電話番号は電源が入っていないか、電波の届かない場所に……」という応答が繰り返されるだけだった。

「糞《くそ》ッ」

猪狩は悪態をつき、スマホをポケットに戻した。また相手から掛かって来るのを待つしかない。

念のため、死んだ一色のスマホのことを思い出して、電話をかけたが、こちらも電話局の合成音の声が「電源が入っていないか……」を繰り返すだけだった。

会議の部屋に戻った。真崎理事官は、何事かを黒沢管理官と打ち合わせしていたが、やがて話を打ち切った。

「よし。今夜は、これで解散だ。明日からは、忙しくなる。それぞれ自宅に帰って休んでくれ。明朝は、九時、ここに集合だ」

全員、椅子から立ち上がり、真崎理事官に腰を斜めに折って敬礼した。

大沼は背伸びをしていった。

「俺は、ここに泊まる。どうせ、朝、早く来なければならないんなら、一晩泊まったほうが楽だ。マサ、おまえも泊まれ。寝酒をしよう」

「いや。自分はマンションに帰ります。考えたいことがあるんで」

飯島が心配顔で尋《たず》ねた。

「どうしたの？ 浮かぬ顔して」

「失敗した。もう少しで、話が出来たのに」

猪狩は鄭秀麗らしい女性から電話が掛かったことをいった。

大沼も笑った。

「釣りと同じだぜ。じっと相手が餌《えさ》に食い付くのを待つ。そのうち、また掛かってくるさ。それまでの辛抱《しんぼう》。釣り師は焦らない」

飯島が訊いた。

「もし、鄭秀麗から電話が掛かったら、どうするつもりなの？」

「会って話をする。コントラのことや、一色のことなど、いろいろある」

「マサ、鄭秀麗は、一応、一色殺しのマル被の一人だぜ。話を聞くことよりも、鄭秀麗を捕まえるのが先決ではないか？」

大沼がにやにやした。

「うむ。だけど、鄭秀麗が一色を殺したとは思えないんだ。だから、何があったのか真相を聞きたいんだ」

「まあ、話をするのもいいが、一人では会うな。ハニートラップということもあるからな」

大沼はどんと猪狩の背を叩いた。

2

蒲田の商店街は、深夜ということもあって、いずれの店もシャッターを下ろし、通りという通りはひっそりと静まり返っていた。新型コロナウイルス禍のあおりで、新宿に次ぐ蒲田の繁華街は、ほとんどの店がネオンを消し、ひっそりとしていた。

猪狩は、まるでゴーストタウンのような通りを歩きながら「西蒲田マンション」に辿《たど》り着いた。

五階建ての四階にエレベーターで上がった。四階401号室が自分の部屋だ。廊下を挟んだ向かいの402号室の部屋も明かりが消えていた。いつもは、かなり遅くまで電灯が点《つ》いているのに、と猪狩は思った。402号室の住人も、自分と同じような昼夜違わない職種だろう、と勝手に思っていた。

部屋のドアの鍵を開け、中に入った。ドア近くのスイッチを手で探り、部屋の電灯を点けた。

明かりが点いた途端《とたん》、目の前に黒いパンツに真っ赤なシャツを着た、背がすらりと高い女がいた。手に拳銃が光っていた。

「お帰りなさい。手を上げて」

もう一人の白いブラウスを着た女が、猪狩の後ろに回り、出入口のドアにロックを掛けた。

「静かに。騒がないで」

猪狩は大人しく手を上げた。赤いシャツの女が近付き、猪狩の軀をジャケットの上から手で探りはじめた。

「あんたたちは」

「シッ。黙って」

赤いシャツの女は小声でいい、猪狩のジャケットの脇の下に吊るした自動拳銃を抜いて、白いブラウスの女に手渡した。女の顔に見覚えがあった。

白いブラウスの女は、拳銃を受け取ると、手慣れた仕草《しぐさ》で銃把《じゅうは》から弾倉《だんそう》を抜いた。ついでスライドを引き、銃倉が空《から》であるのを確かめた。

赤いシャツの女は拳銃の先で、ソファを指し、猪狩に座るようにうながした。

猪狩は大人《おとな》しく指示に従い、ソファに座った。

赤いシャツの女は、電気スタンドの笠を調べ、ついで屈み込んでテーブルの下を覗き込んだ。やがて、テーブルの下から何かを摘み上げ、ガラスのコップに入れた。

超小型の盗聴器《バグ》だった。いつの間にそんなバグが仕掛けられていたのか？　赤いシャツの女はコップに水道の水を注いだ。

赤いシャツの女はにっと笑った。

「これで聞かれる恐れはないわね」

「誰が、いつ、そんなものを仕掛けたのだ？」

猪狩は思わず二人に訊いた。赤いシャツの女は真っ赤な唇を開いて微笑《ほほえ》んだ。

「少なくとも、私たちではないわね」

「きっとドクター周の仕業《しわざ》でしょうね」

白いブラウスの女が静かにいった。猪狩は二人を見ながら訊いた。

「あんたたちは？」

白いブラウスの女は淑《しと》やかにいった。

「自己紹介が遅れたわね。私は鄭秀麗。はじめまして。猪狩誠人さん」

「やはり、秀麗さんだったか。しかし、どうして、俺の家や俺の電話番号を知っているのだ？」

「すべては、卓から、つまり一色卓刑事から聞いた。もし、自分の身に何かあったら、あなたに相談しろ、と。猪狩さんは信頼できる先輩刑事だから、と」

赤いシャツ姿の女が脇からいった。

「猪狩刑事、秀麗はね、卓といい仲だったの。でも、これだけはいっておくわ。秀麗はハニートラップなんかじゃない。ほんとに秀麗と一色卓は真剣に愛し合っていた。だから、卓は、ドクター周の手下たちに襲われた時、死に物狂いで抵抗し、身を挺して秀麗を逃がした」

鄭秀麗は目に涙を溜めていた。赤いシャツの女が鄭秀麗を慰めた。

猪狩は手を上げた。

「ちょっと待ってくれ。はじめからもう少し順序立てて話してくれ」

赤いシャツの女は分かったとうなずいた。

「あなたがアグネスさんだね？」

猪狩は赤いシャツの女に目を向けた。赤いシャツの女は切れ長の目を大きく見開いた。

「まあ。私のことを知っているのね。だったら、これからは、アグネスと呼び捨てにして。私もマサトと呼び捨てにするから」

「分かった。でも、アグネスというと、我々日本人が知っているアグネスは周庭だが」

「周庭は象徴。ほかにもアグネスは大勢いるの。アグネスは周庭一人ではない。私もアグネス。この秀麗も」

「私もアグネス」秀麗もすかさずいった。「民主化を望む女たちはみなアグネスなのよ」

猪狩はうなずいた。

「なるほど。なぜ、俺に電話を掛けて来た？　何か話すことがあったからだろう？」

秀麗は思案げにいった。

「掛けるには掛けたけど、迷ったのよ。はたして、私の話を信じてくれるかどうか。警察は卓を殺した犯人として私を追っているのではないか、と思って。私の勤め先にもしつこく、刑事がやって来たし。全国に指名手配されているのだろう、と」

「あんたが一色を殺したのでないなら、警察を恐れることはない。いまのところ、警察はあんたが一色刑事が殺された時の事情をよく知っているのではないか、と重要参考人として手配している。俺が付いていってやるから、捜査本部に出頭して事情を話せばいい。いったい、何があったのだ？」

「あの日の夕方、私たちは横浜でデートをしていたんです。山下公園を散歩したり、ホテルニューグランドでお茶したり、中華街で食事をしていたんです」

夜になり、二人は中華街から出て、元町《もとまち》のバーに行こうと交差点を渡った。渡り切ったところで二人の前に黒い車体のバンが急ブレーキをかけて止まった。続いて一台の黒塗りのベンツも乗りつけた。

バンとベンツから、複数の男たちが飛び出して来て、二人を取り囲んだ。男たちは黒い袋を一色と秀麗の頭から被せて、バンに連れ込もうとした。

　卓は男たちを振り払い、特殊警棒を抜いた。

「逃げろ！　交番に逃げろ」

　卓は秀麗を捕まえていた男たちを警棒で殴り飛ばした。秀麗は男に抱きつかれていたが、股間を蹴り上げ、男たちの腕を払って、元町通りに走り、交番に駆け込んだ。交番は空《から》だった。不運なことに警官たちはパトロールに出ていて不在だった。

　振り向くと男たちに卓は腕や足を取られ、バンに乗せられるところだった。

　秀麗は交番にあった刺叉《さすまた》を掴《つか》み、スマホを片手にバンに駆け戻ろうとした。だが、卓を飲み込んだバンは黒塗りのベンツと共に、急発進して走り去った。

「ベンツから出て来た男たちの中に、たしかに見たのです。ドクター周がにやにやしながら、私たち二人を見ていたんです」

　鄭秀麗は悔しそうに唇を噛んだ。

「これが、その時のベンツとバンの写真です」

　鄭秀麗はスマホの写真を猪狩に見せた。夕方のため、道路は薄暮に包まれ、黒塗りの車体の写真は、手振れもあってぼけていたが、ナンバーは読み取れなくもない。

写真撮影の日時はしっかり記録されていた。

「襲って来たのがドクター周たちだと分かり、すぐにアグネスに連絡を取り、次は自宅も襲われるのではないか、とアグネスたちに守ってもらい、隠れ家に移ったんです。卓の身を案じて、助かるのを祈っていたんですが、翌日昼のテレビで、卓の遺体が多摩川の河口に上がった」

鄭秀麗はうな垂《だ》れた。

「あの時、私が逃げずに、もっと大騒ぎをしていたら」

「秀麗、いいのよ。あんたはあの時、武器も持っていなかったし、多勢に無勢だった。下手をすれば、あんたも捕まって、いまごろはあの世に行っていたところ。そうしたら、卓の仇《かたき》も討てないのよ」

アグネスが秀麗の肩を撫《な》でて慰めた。

「卓を殺したドクター周を、私は絶対に許さない。地獄に送ってやる」

秀麗は泪目《なみだめ》でいい、手の甲で涙を拭った。

猪狩は秀麗の興奮が治まるのを待っていった。

「ところで、どうして、突然、ここに?」

アグネスが答えようとしたのを秀麗は止めた。

「ここに来たのは、私がいいだしたからです。電話でジャッキーの話をしてましたよね。事故に遭って、五人が死傷したと聞いていたけど。まさか、ジャッキーは本当に亡くなったんですか？」

「残念ながら亡くなりました。私が最後にダイイングメッセージを受け取る役になってしまった」

「どこに入院していたのです？」

「虎ノ門病院救急救命センター」

「もう一人生きていると、新聞には出ていたけど誰です？」

「運転免許証から、辛島充と分かった。大火傷《おおやけど》を負って、いまなお意識不明の重体だ」

鄭秀麗はアグネスと顔を見合わせ、うなずき合った。

「間違いない。事故に遭った五人とも、全員、私たちの仲間。同志だった」

アグネスが呻《うめ》くようにいった。

「事故ではないといったわね。どういうこと？」

秀麗も鋭い目付きで猪狩を睨んだ。

「首都高速4号線のトンネル内で、二台の大型トラックが、ジャッキーや辛島たち五人が乗ったワゴンを前後から挟み、走行を妨害し、側壁に激突させた。後ろにいた大型トラックがワゴンに追突した」

秀麗もアグネスも黙って聞いている。

「大型トラックはいずれも盗難車だった。前の大型トラックと追突した大型トラックの運転手二人は事故後、仲間の車に乗って逃げた。気の毒だが、ワゴンに乗っていた五人のうち、三人は即死だった。生き残った二人も瀕死の重傷で、救急病院に搬送された。ジャッキーと名乗った男は亡くなった。もう一人の辛島は意識不明で生死の境をさ迷っている」

「それで、ジャッキーは何という伝言を残したの」

「キル・ドクター周」

「ドクター周を殺せといったのね」

鄭秀麗はアグネスともう一度顔を見合わせた。

「それだけ？」

「うむ。それも一言ずつ喘《あえ》ぎながら、ようやく口に出してから息を引き取った」

「分かった。ありがとう。ジャッキーを看取《みと》ってくれて」

鄭秀麗は紅潮した顔でいった。

「ジャッキーの最期の言葉には何か意味があるの？」

「ジャッキーはファーザーではなく、ドクター周を殺せといったのでしょう？」

「そういっていたが」

「ジャッキーの本名は、周明鎮《ミンチエン》。ドクター周の実の息子なの。彼はなんとか父を説得して、計画を止めさせようとしていた。だが、死に際にファーザーといわなかった。ドクター周と呼んだのは、もう父とは思わないという意味でしょう」

「なるほど」

「きっと父のドクター周は、息子が生きているとは思わなかった」

「どういうこと？」

秀麗は落ち着いた口調でいった。

「息子の周明鎮は、人民解放軍の将校として、新疆ウイグル自治区に派遣されていたことがあるの。そこで、彼は漢人のウイグル人たちへの暴虐《ぼうぎやく》を見るにつけ、我慢できなくなって、軍を脱走し、自由を求めて香港に逃亡した」

アグネスが補足した。

「軍は周明鎮が逃げたことを隠すため、新疆ウイグル自治区で、周明鎮はゲリラに囚《とら》われ、拷問の末、死んだことにしていた。その話を信じた父親のドクター周は、ウイグル人たちにひどく恨《うら》みを抱いていた。だから、周明鎮が父周明旭に生きていると名乗り出ても、まったく信じようとせず、会おうともしなかった。それで明鎮はなんとか父親の周明旭に接触して、計画を止めさせようとしていた」

「その計画というのは?」

「新彊ウイグル自治区やチベット自治区には、いま新型コロナウイルスが静かに流行している。それに対して、ドクター周は政府に従う者と反抗する者に分けて、選別的にワクチンを投与しようとしている。新型コロナウイルスのワクチンを利用して、ウイグル人やチベット人を屈伏《くっぷく》させようとしているのです」

今度は秀麗がアグネスに替わっていった。

「周明鎮は、必死に父の周明旭に会おうとしたが、拒《こば》まれ、ついには、逆に命までも狙われた。それで、きっと周明鎮は、周明旭はもう父親ではない、民主香港の敵、ドクター周だと心に決めた。それで、あなたに私への伝言として、キル・ドクター周と告げた」

「なるほど、そういうことだったのか」

「可哀想《かわいそう》な、ジャッキー。ジャッキーには香港に可愛い奥さんと二人の子供もいたのよ」

秀麗はまた泪目になり、頭を振った。アグネスが脇から秀麗を慰めた。

猪狩は秀麗に尋ねた。

「ところで、一色のノートPCには大量のファイルがあった。その多くは、ドクター周のものだったが、それらはあなたたちが一色に渡したデータだったのか?」

鄭秀麗とアグネスはまた顔を見合わせた。

「卓のノートPCは、いま、あんたたちが持っているのね」

「うむ」

「良かった。ドクター周に奪《うば》われずに、ちゃんと公安警察に渡されていたなんて」

鄭秀麗はほっとした表情でいった。

猪狩は尋ねた。

「あの一色のノートPCに入っているデータは、どこから入手したものなんだ？」

鄭秀麗はアグネスを見た。アグネスが切れ長の目で猪狩を見つめた。

「私がドクター周から頂いたノートPCに入っていたの」

「三浦半島の先の洋館を襲撃したのは、アグネス、やはりあんただったのか」

「そうだったら、私を逮捕する？」

アグネスはあっけらかんとして聞いた。

「いや、逮捕しない。きみが強奪したという証拠がない。逮捕する気もない」

「どうして？　あなた、刑事なんでしょう？」

「刑事も人の子だ。これは個人的感想だが、よくぞ、あの覚醒剤製造工場を破壊炎上させ、覚醒剤がばらまかれるのを防いでくれた、と感謝しているくらいだ」

「あら、警官に感謝されるなんて驚きだわ」

アグネスは鄭秀麗と顔を見合わせて笑った。

「しかし、理由はどうあれ、三人も射殺したのはいただけない。あれは責任を取ってもらいたい」

「待ってよ。あいつらの罪状を調べてよ。二人は黒社会の殺し屋。大勢を殺しているが、警察に捕まっていないだけ。それから、もう一人は日本人の薬剤師だけど、覚醒剤製造で無辜《むこ》の人を大勢殺している。それから、いっておくけど、あれは正当防衛よ。先制攻撃で敵を倒しておかねば殺《や》られたのは私よ」

「洋館にあった三人の焼死体の身元は実は分かってないんだ。指紋も分からない。DNAだけは分かっているが」

「香港警察か、中国の公安に聞いたら？　いまは中国安全部の下部組織だから協力してくれないだろうけど。彼らのデータバンクには、三人のDNAは登録されている」

アグネスは冷ややかに答えた。

猪狩はアグネスの皮肉を無視して訊いた。

「何のために、あの洋館を襲ったのか。目的は何だったのだ？」

「本当はドクター周を捕まえて、日本警察に引き渡そうとしていたのよ。何をやろうとしているかの証拠をどっさり付けてね。証拠の一つであるラップトップPCは押収したものの、肝心《かんじん》のドクター周には逃げられてしまった。その意味では、あの作戦は失敗だった」

「押収したドクター周のラップトップは、どこにあるんだ？」

「ジャッキーに渡した。ジャッキーは父親のラップトップを開いて、片っ端から熱心にファイルを調べていた。父が何をしようとしているのかを知ろうとしてね」

「だから、ジャッキーは常に持ち歩いていたから、きっと事故に遭ったワゴンの中にあったはず」

「そうか。事故でワゴンは焼失している。回収不可能だな」

猪狩は一色のノートPCがドクター周の犯罪を裏付ける唯一の証拠だと分かった。

「ところで、猪狩さん、私たちと取引しない？」

アグネスが真顔で猪狩にいった。

「どんな取引？」

「私たちコントラを助けてほしい。その代わり、猪狩さんがほしいコントラの情報を提供する」

秀麗が付け加えるようにいった。

「コントラは、あなたたちの敵ではない。むしろ、日本の味方。だから、あなたたちを裏切るようなことはしない」

「といわれてもな。コントラには、アメリカのCIAがバックに付いているのではないのか？」

「CIAはアメリカの国益のためだけに動く。コントラへの支援も国益重視に限られる。それも、頼んでも、すぐには動いてくれないのよ」

アグネスがいった。

「私たちが摑んでいる、わずかばかりの情報では、ドクター周は近日中に香港に逃げるつもり」

「香港に逃げるだって？　なぜ？」

「日本警察の追及の手が着々とドクター周の身に迫っているからよ」

「どうして、きみたちは、そんな情報を知っているんだ？」

「CIAは情報だけは、我々コントラに流してくれるの」アグネスは笑った。

「きみたちは、ドクター周がどこにいるかも教えてくれている」秀麗もうなずいた。

猪狩は驚いた。猪狩たちも、まだ今夜、ドクター周の居場所を知ったばかりだ。

アグネスと秀麗はまた顔を見合わせた。どうする、という顔をした。

「あんたたち、警察はすでにドクター周の居場所を摑んでいるんでしょ？　ＣＩＡは日本の警察から情報を得ているのよ」

「ええ？　警察がＣＩＡに情報を提供したって？」

猪狩は仰天した。そんな話は、真崎理事官からも聞いていない。

「我々警察は誰もＣＩＡに教えていないぞ」

アグネスは決心したように猪狩に顔を向けた。

「じゃあ。いま、ドクター周はどこにいるか、スマホに出す。正しいか間違っているかを確かめて」

「いいだろう」

猪狩はポリスモードを開き、捜査情報を出した。海原班長から上がっているドクター周の位置情報をディスプレイに出した。アグネスたちに見えないように、手でディスプレイを隠した。

アグネスと秀麗は猪狩の方も見ず、手元のスマホを覗《のぞ》きこみ、操作していた。

「いまのドクター周がいる場所は、世田谷区の野毛一丁目。善容寺の隣にある平屋建ての一軒家の古い屋敷でしょ？」

アグネスはスマホを猪狩に突き出した。ディスプレイに等々力渓谷の近くの地図が表示され、標識の赤い矢印が立っていた。

「…………」

猪狩はポリスモードの表示を見ながら、絶句した。

情報が洩れている。それもCIAに。

警察内部にモグラがいる、という言葉が猪狩の頭を過《よぎ》った。

「さ、どうする。助けてくれる？」

「何をしてほしい、というんだ？」

アグネスは答えずにいった。

「もし、私たちに協力してくれるなら、あなたたちにコントラの取っておきの情報を紹介して上げる」

猪狩はアグネスがあなたたちと複数形でいったことに気付いた。自分だけでなく、公安警察に対していっているのか？

「たとえば、中国船東光丸を爆破した対北朝鮮コントラの情報なんていうのはどう？」

「東光丸を爆破したのはきみたちコントラではなかったのか？」

「あれは私たちと連帯している対北コントラがやったの」

「ぜひ教えてほしいな」

猪狩は腕組みをした。

甘い餌だな、と思った。だが、魅力的な見返りではないか。

「しかし、自分は公安警察官だ。協力出来ることと出来ないことがある。それでもいいなら、話に乗ろう」

アグネスと秀麗は、また顔を見合わせてうなずき合った。

「いいわ」アグネスはにっと笑った。

「いい」秀麗もうなずいた。

「何をしてほしいのだ？」

「明後日の朝、ドクター周の屋敷に手入れするでしょう？　その時……」

「ちょっと待て。明後日に手入れするなんて聞いていないぞ」

猪狩は驚いた。二人は、そんな捜査情報をどこから入手しているというのか。これもCIAから、情報が入っているというのか？

「ともかく、明後日の未明に、あなたたちはドクター周の隠れ家を手入れする。その時、もし、あなたたちがドクター周を逮捕出来なかったら、せめてやつを国外追放にしてほしいの」

「我々がドクター周を逮捕出来ないということは、ドクター周に逃げられるというのか？」

「そうね。残念ながら逃げられる」アグネスは秀麗と顔を見合わせながらいった。

「馬鹿な。我々は逮捕すると決めたら、絶対にやつの身柄を捕る。逃がしはしない」

「健闘を祈るわ」

アグネスは冷ややかにいった。

「ともかく、手入れの結果を知らせてくれる？　どうなったかを」

「知らせるだけでいいのか？」

「いい。彼を国外追放して。後は私たちが対処する」

「ドクター周をどうするつもりなんだ？」

秀麗とアグネスはまた顔を見合わせた。

秀麗は静かにいった。

「私は復讐したい。卓の仇を討ちたい」

アグネスは硬い表情でいった。

「あなたたち日本人がドクター周を裁けないなら、私たちコントラが裁く。ドクター周に己れのやっていることの責任を取らせる。だけど、日本国内ではやらない。だから、ドクター周を国外に追放してほしいの」

猪狩は二人の意志は固いと見た。

「では、結果を知らせる。しかし、もし、国内で、ドクター周の身に何かあったら、きみたちを厳しく追及することになる。それは覚悟しておけ」

「国内では、手を出さない。絶対あなたたちに迷惑はかけない」

「いいだろう」

猪狩はうなずいた。アグネスと秀麗がさっと拳を出した。

「ディール（合意）成立ね」

「ディール」

猪狩は、秀麗とアグネスと拳を突き合わせ、グータッチをした。

3

猪狩は朝八時半過ぎに本拠に駆け付けた。

まだ真崎理事官や黒沢管理官の姿はなかった。

仮眠室から出て来た大沼は、昨夜寝酒を飲みすぎたと、酒臭い息を吐いていた。

九時十分前になって、疲れた顔の飯島が現われた。昨夜もノートPCのデータ解析に取り組んでいたらしい。

海原班長も田所班長代理も、張り込み現場に泊まり込んだままで、本拠に戻って来ない、と黒板には書いてある。

「主任、沼さん、理事官や管理官が来る前に、ちょっと相談があるんだけど」

「なんだい、カネはないぞ。カネはほかの奴に借りろ」

「何よ、突然、真剣な顔をして。何か困ったことがあるの？」

飯島も半《なか》ば欠伸《あくび》を嚙《か》み殺しながら、ソファに座った。

「実は、昨夜、コントラのアグネスと、一色のマルトクの鄭秀麗が、俺の部屋に訪ねて来た」

「なんだと？　マサ、マジかよ。コントラのアグネスと、鄭秀麗がやって来たってえのか」

大沼は目を剝いた。飯島は半信半疑な面持《おもも》ちで聞いている。

「マサト、なんか、悪い夢でも見たんじゃないでしょうね」

猪狩は、昨夜あったことを包み隠さずにすべて話した。

「それで、マサ、おまえ、結果を知らせると約束したのか？」

「マサト、まだ手入れするなんてことは決まってないわよ。なんで、そんなガセ情報に飛び付いたの」

「だから、ＣＩＡの情報らしいと……」

猪狩がいっている最中に、マスクをかけた真崎理事官と黒沢管理官が、続いて、海原班長をはじめとする班員たちが傾《なだ》れ込むように部屋に入って来た。

「おい、密にならないように、離れて座れ」

「換気だ、換気。窓を開けろ」

部屋は時ならぬ賑《にぎ》わいになった。

海原班長以下、班員全員が顔を揃えるのは、久しぶりだった。

「おはよう。みんな聞いてくれ」

真崎理事官は大声でみんなの注意を引いた。

班員たちの騒ぎが収まった。

「明朝五時、ドクター周のアジトにガサ入れを行なう」

「え？　明朝五時にやるんですか。突然の決定ですなあ。何があったんですか？」

海原班長が怪訝《けげん》な顔をした。

真崎理事官が渋い顔でいった。

「昨夜、葛井陽光が完落ちした。葛井は一色の殺害現場にいたと自供した。ドクター周の命令で、みんなで一色を拷問にかけ、最後にヒットマンのチンが一色を殺した。葛井によると、ドクター周は後の始末を康虎吉に任せ、しばらく香港に身を隠すといっていたそうだ。そのため、急遽、逃亡前にドクター周の身柄を捕る、となった」

「そうですか。葛井が、落ちましたか」

海原班長は頭を振った。

真崎理事官はみんなに告げた。

「警視庁捜査一課、組織犯罪対策部と、神奈川県警川崎署の一色刑事殺しの捜査本部の合同捜査だ。ドクター周を殺人及び殺人教唆、死体遺棄容疑で逮捕する。同時に康虎吉若頭と荒神会組員、全員を殺人、死体遺棄容疑、凶器準備集合罪、覚醒剤取締法の所持、製造、使用及び密売容疑で逮捕する」

猪狩は隣の椅子の飯島を見た。飯島は猪狩におかしいと首を捻《ひね》った。大沼も驚いて、猪狩を見ている。

「我々の任務は、ドクター周の身柄を確保することだ。そのほかの雑魚《ざこ》は、刑事部と県警に任せる。アジトにある資料は一切合切押収する。以上だ」

黒沢管理官が真崎理事官に替わって声を張り上げた。

「これから、ドクター周の身柄確保の手順を確認する」

白板に屋敷の見取り図が貼り出された。屋敷の大まかな間取りが示された。黒沢管理官が踏み込む経路と、各員の配置や分担を声高《こわだか》に説明しはじめた。

猪狩は真崎理事官の傍《そば》に寄った。

「理事官、少し内密のお話が」

「なんだね。急ぐのか？」

「はい。緊急です」

「あっちで聞こう」

真崎理事官は隣の部屋に立った。

真崎理事官は大机の肘掛椅子に腰を下ろした。猪狩は大机の前に立った。

「話というのは何かね」

「手入れの情報が洩《も》れています」

「なんだって？」

猪狩は昨夜の話をすべて隠さずに話した。

「昨夜のうちに手入れの話が洩れていた？　馬鹿な。どうして、そんなことがあるのだ？　決定したのは昨夜遅くだぞ。しかも、警視庁トップの数人しか知らない」

「いったい、誰と誰で決めたのですか？」

「東京地検の担当検事、公安部長、捜査一課長、それに警備局の私の四人で話し合って決めた」

「では、その四人のうちの誰かがCIAに洩らした。いや、理事官は別として、ほかの三人のうちの誰かが、CIAに関係している、ということですかね?」

「まずいな。猪狩、このことは、誰かに話をしたか?」

「飯島主任、沼さんには話してあります」

真崎は立ち上がった。部屋の中を熊のように行ったり来たりしはじめた。

「理事官、もし、警察部内にCIAや中国のモグラがいたら……」

猪狩が全部までいわぬうちに、真崎理事官が動いた。きっと顔を上げていった。

「ドクター周の身柄確保を早める。やつがとんずらする前に身柄を押さえよう」

真崎理事官は、そう言い放つと、みんなのいる部屋に戻った。猪狩も慌てて真崎に付いてみんなに合流した。

「管理官、方針変更だ。打ち込みを繰り上げる」

「はあ?」

黒沢管理官は説明を止め、真崎理事官を見た。

「手入れの情報が洩れている。きっとドクター周も聞き付ける」

「なんですって？　手入れ情報が事前に洩れているというんですか」

「うむ。やつが逃亡する前に、やつの身柄を押さえる」

真崎理事官の話に、みんなは仰天した。

黒沢管理官が慌てていった。

「理事官、しかし、急に打ち込み時刻を変更するのは難しいですよ。捜査一課も組織犯罪対策部も、県警の捜査本部も明日五時に向けて準備しており、いまさら……」

「我々だけでドクター周の身柄を捕る。みんなに連絡していては間に合わない」

黒沢管理官は絶句した。

真崎理事官は海原班長に訊いた。

「海原班長、いまドクター周の屋敷に張り込んでいるのは？」

「所轄《しょかつ》の玉川署の刑事数人が張り込んでいるだけです」

「連絡は取れるか？」

「もちろんです」

「屋敷に何か動きがあったら、至急に連絡しろ、と命じろ」

「了解」

「班長、これより直ちに出動しろ。捜査目的、ドクター周の逃亡を阻止し、身柄を捕る。

いいな」

「はいッ。フダ（逮捕状）はどうしましょう」

「フダは夕方に出ることになっている。間に合わない。止むを得ない。フダは後にする。逃亡阻止のキンタイ（緊急逮捕）でいく」

「了解」

「班長、現場はきみが一番知っている。現場の指揮を執れ。私と管理官はここに残り、本部とする」

「了解です。自分が指揮を執ります」

海原班長は勢いよく立ち、班員たちに命令した。

「全員、防弾ベスト装着、拳銃携行。急げ」

猪狩は緊張した面持ちで飯島主任や大沼を見た。彼らも別人になったかのように、きびきびした態度で出動の準備をしていた。

「出動！」

海原班長の号令とともに、全員が一斉に部屋から飛び出した。

4

海原班の班員たちは、捜査車両四台に分乗して出発した。

先頭の覆面PC一号車には、海原班長と井出刑事、二号車に田所班長代理と外間刑事が同乗している。三号車の覆面PCには、大島部長刑事と氷川きよみ部長刑事、殿《しんがり》の四号車ホンダCR－Vには、大沼と飯島主任と猪狩の三人が乗り込んでいる。

午前十時四十分。

四台の車列は全車赤灯を点滅させ、車間距離を一定に保ったまま、環状八号線を走行した。サイレンは鳴らさない。それでも、追い越し車線の車両は、赤灯を点滅させる車列に恐れをなして、つぎつぎに走行車線に移動して前を空けて行く。

『本部から一号、現在地知らせろ』黒沢管理官の声が無線のスピーカーから流れた。

『一号から本部』海原班長の声が返答する。

『ただいま東調布《ひがしちようふ》署前通過』

『本部了解。急げ。現場視察員から屋敷内に動きありとの通報入電』

『了解。現場の視察員は誰か？』

『所轄PC玉川一』

『PC玉川一に要請。以後、一号に直接無線連絡されたし』

『了解』

空電音が車内に流れた。

「いま、どこを走っている?」大沼が訊いた。

猪狩はポリスモードのディスプレイを見ながら、大沼に答えた。ディスプレイには、ナビの地図が表示されている。

「田園調布《でんえんちょうふ》駅近く」

車は坂を上り、東急東横線を越えた。

あと二キロほど走れば、目黒通りと交わる等々力不動尊の交差点になる。十字路を左折すれば、等々力渓谷に入って行く。ドクター周のアジトの近くだ。

『一号から全車、玉川一から通報が入った。屋敷から二台のベンツが出た。白塗りのベンツと黒塗りのベンツだ』

海原班長の声がスピーカーから聞こえた。

「野郎、出やがったな」

大沼は運転席で前を見ながら唸った。

「沼さん、事故らないように、慎重にね」

助手席の飯島が諭《さと》すように声をかけた。

「了解了解。任せてくれって。こう見えたって、運転歴二十五年のベテランよ。どんな追い駆けっこであれ、こなしてきたんだからな」

『一号から全車。該車両白のベンツはA、黒のベンツをBとする。目下《もっか》、マル対はどっちに乗っているか不明。一と三号はAをマークする。二号と四号はBをマークせよ。四号は二号の田所班長代理の指揮に従え』

『二号了解』田所の声が返った。

「四号了解」

飯島が無線マイクを握って返答した。

二台前を行く二号車が左の車線に入り、三号車が前に出て、一号車の後に付いた。

大沼は追い越し車線に戻った三号車の後に付けた。三号車の助手席の人影が手を上げ、オーケーの合図を出した。

『玉川一から、本隊へ。該車両のベンツ二台、等々力渓谷付近から、目黒通りを北上中。まもなく等々力不動前交差点』

猪狩は外を見た。環状八号線は等々力不動前の交差点に近付きつつあった。

等々力渓谷の方から環状八号線に入って来た白のベンツは左折し、環八を走り出した。赤信号で止まっている一号車が追尾する態勢だ。続く黒のベンツは右折し、環八を羽田の方角に走って行く。

二号車が後を追おうと、右折の合図を出した。交差点に入ってUターンをして行こうという態勢だった。

『玉川一から本隊へ。至急至急。屋敷から、さらに黒のワゴン、シルバーのベンツ、青のBMWの三台が出て来た。いずれも、目黒通り、等々力渓谷から北上する模様』

「おいおい、屋敷には一体、何台いたんだ？」大沼は交差点の手前で左に寄せて止まり、速度をやや緩めた。飯島も唸った。

「ドクター周はどれに乗っているのかしら」

『一号から全車。緊急指令。該車両Aは、一号が付く。Bには二号が付け。新たな黒のワゴン、シルバーのベンツ、青のBMWは、三号と四号が判断して対応せよ』

「四号了解」飯島は応えた。

『三号了解』氷川の声が返る。

「二台で三台にあたれというのかい。難しいぜ、参ったな、これは」

「こうなったら、一台ずつ停めて、潰していくしかないな」

大沼は猪狩にいった。

「もし、どれにも乗っていなかったらどうする？」

「いや、どれかに乗っているはず」

ポケットの中のスマホが震動した。こんな時に誰が電話を掛けて来たというのか。猪狩はスマホを取り出し、耳にあてた。

『マサト、聞こえる？』

いきなりアグネスの声が聞こえた。

「アグネスか？」

『ドクター周は最後の青のＢＭＷに乗っている。ほかは目眩《めくら》ましのダミーよ』

「どうして周が乗っているというんだ？」

『私たちも張り込んでいたのよ。周が乗り込むのを遠くから望遠鏡で覗いていた。明朝、手入れがあると知って動き出した。いまマサトは環八の等々力不動前の交差点手前にいるんでしょ？』

「どうして……俺の位置が」

分かるのか、という言葉を飲み込んだ。猪狩のスマホのＧＰＳ位置情報を見ているのに違いない。

『いいこと？　まもなく黒のワゴンが、ついでシルバーのベンツ、青のＢＭＷが続いて環状八号線の交差点にさしかかる。最後の青のＢＭＷを逃さないで』

「よし。アグネス、きみを信じよう。沼さん、周はラストの青のＢＭＷだ」

「了解」

大沼は怒鳴るようにいった。

等々力渓谷の方角から上がって来た黒のワゴンが交差点に入ると、右折した。ついで入ってきたシルバーのベンツは左折して環八を走り出した。その後から青のＢＭＷが続いた。

いずれの車も窓にスモークをかけていて車内は見通せない。

「アグネス、いまどこにいる？」

『赤いバイクよ。秀麗とタンデムで乗っている』

目の前を青のＢＭＷが過って行く。直進して目黒通りに進んでいく。その直後、真っ赤なカウルの大型バイクが走り抜けて行った。タンデム乗りした赤いツナギのレーシングスーツが見えた。後ろに乗った女が手を振った。

「主任、マイクを」

猪狩は飯島から無線マイクを受け取った。

「全車に、四号車から至急至急」

『一号から四号、至急は何だ？』

「マル対は青のＢＭＷに同乗しているとの通報あり。四号は青のＢＭＷを追跡する」

『なんだと。四号、本当か』

「青のＢＭＷは等々力不動前を通過、目黒通りに入って直進中。四号は青のＢＭＷを追う」

　交差点の信号が黄信号になった。

　猪狩はマイクを口から外すと、怒鳴った。

「赤灯！　サイレン！」

　飯島は叫びながら赤灯のボタンを押した。赤灯が点滅し、サイレンが鳴り響いた。

「待て、この野郎」

　大沼は車を急発進させ、ハンドルを右に切った。青信号になって走り出そうとしている車の前を猛スピードで横切った。

　追尾するホンダＣＲ‐Ｖに気付いた青のＢＭＷは、猛然と速度を上げて、目黒通りを突進する。

「野郎、誰が逃がすか」

大沼は車を猛ダッシュさせて、青のＢＭＷを追った。

青のＢＭＷは前を行く車両に阻《はば》まれて、思うように走れない。中央線を越えて対抗車線に飛び出しては、対抗車にパッシングライトを点《つ》けられ、警笛《けいてき》を鳴らされる。

ＢＭＷの背後をタンデムに二人乗りした赤いバイクが追尾している。

「青のＢＭＷの運転手、止まりなさい。道の左に寄せて止まりなさい」

飯島が拡声器の音を最大にして命令した。

猪狩がいった。

「沼さん、前に回り込んで」

「あいよ」

大沼は強引に中央線を右にはみ出して、青のＢＭＷを追い越すと、ＢＭＷの前に割り込んだ。急ブレーキの音が鳴り響き、ホンダＣＲ－Ｖの左脇腹にＢＭＷの鼻面が突っ込んだ。ホンダＣＲ－Ｖは衝突の弾《はず》みで、横転しかかったが、辛《かろ》うじて立ち直り、道路を塞《ふさ》いで止まった。

青のＢＭＷはホンダＣＲ－Ｖの胴体に激突して止まった。フロントガラスが衝撃で破れて粉々になった。

猪狩はすぐさまシートベルトを外し、車から飛び出した。腰の特殊警棒を抜き、一振りして伸ばした。

ＢＭＷの助手席のドアが開き、屈強《くつきよう》な体付きの男が出て来た。顔面から血が噴き出ている。男はよろめきながら立ち、トカレフを取り出して、猪狩に向けた。

「警察だ！　銃刀法違反の現行犯で逮捕する」

猪狩は怒鳴《どな》った。男は拳銃を構えて引き金を引こうとした。瞬間、赤いバイクが猛然と突っ込み、男を跳ね飛ばして走り抜けた。

男は転がって拳銃を手離した。拳銃が道路の上に転がった。猪狩は警棒で男の顔面を殴り飛ばした。男は吹き飛んで転がり倒れ込んだ。猪狩は転がった男の腕を捩《ね》じ上げ、手錠をかけた。

運転席からも大柄な男が出て来た。

「警察！　大人しくして」

飯島の声が響いた。飯島は拳銃を手にしていた。運転手は両手を上げた。

「さあさあ、お客さんはいるかな」

大沼も駆け付け、ＢＭＷの後部座席のドアを引き開けた。

車内から背広姿の初老の男が転がり出た。髪には白いものが混じってはいるが、張りのある肌をした恰幅《かつぷく》のいい男だった。しかし、顔面蒼白《そうはく》になっている。

大沼は男を引き起こした。

猪狩が特殊警棒を男に向けた。

「ドクター周、本名周明旭だな」

「………」

男はうんともすんとも応えなかった。

バイクの音が響き、先刻のタンデム乗りした真っ赤なバイクが引き返して来た。猪狩と男の側に走り込んで止まった。

大沼がバイクを制止しようとした。猪狩が、大丈夫といって大沼を制した。飯島が怪訝《けげん》な顔で猪狩に訊いた。

「誰なの？　この女たち」

「俺の心優しい協力者たち」

運転していた赤いレーシングスーツの女がヘルメットを脱いだ。鄭秀麗の顔が現われた。ついで後ろに乗っていた揃いのレーシングスーツの女もヘルメットを脱いだ。アグネスだった。

「こいつがドクター周よ」秀麗は男を指差した。アグネスも笑いながらいった。

「周明旭に間違いないわ」

周は顔を歪《ゆが》めた。

「ドクター周、観念するんだな」

猪狩は手錠を出し、不貞腐《ふてくさ》れた顔の周明旭の両手首に掛けながら告げた。

「午前十一時十二分、周明旭を一色卓刑事に対する殺人及び殺人教唆、暴行、死体遺棄ほかもろもろの容疑で緊急逮捕する。これから話すことは、証拠となるから……」

「黙秘する。弁護士を呼んでくれ」

「署へ連れて行ってからな」

「おまえら、私を逮捕できると思っているのか？」

周明旭は猪狩を嘲笑った。猪狩は警棒を周につきつけた。

「ほざくのもいまのうちだ」

サイレンを鳴り響かせながら、赤灯を点滅させた覆面ＰＣが一台、また一台と姿を現わし、猪狩たちの傍《かたわ》らに滑り込んだ。

ドアが開き、海原班長たちが駆け付けた。

「こいつか、ドクター周というのは？」

周は顔を引きつらせていった。

「中国大使館へ電話を掛けさせてくれ」

「まあ、署に行ってからな」

海原班長は周明旭をじろりと見ると、田所班長代理や大島刑事に顎をしゃくった。

「こいつを丁重にお連れしろ」

ドクター周こと周明旭は、田所と大島に両腕を抱えられて、覆面PCに引き立てられて行った。

「マサト、これで私たちは引き上げる」アグネスがヘルメットを被りながらいった。

秀麗もヘルメットを被り、猪狩に近寄り、肘《ひじ》タッチした。

「きみら、これからどうするんだ?」

アグネスと秀麗は顔を見合わせて笑った。

「これで終わりではないから」アグネスは猪狩に投げキッスをした。

「マサト、また、いつか、どこかで」

秀麗はバイクに跨《また》がり、ヘルメットの中で片目を瞑った。アグネスは後部座席に跨がった。

「再見《サイチエン》!」

二人は声を揃えていった。同時にエンジンが高鳴り、バイクは前輪を上げてウィリーしながら走り出した。後ろに乗ったアグネスが、振り返り、親指を立て、人差し指を銃のようにして、覆面ＰＣに乗り込もうとしているドクター周に向けて撃つ真似をした。そのまま、一気に赤いバイクは走り去った。

「なに、あの女たち」

飯島が顔をしかめた。

「マサの新しいガールフレンドだべ」

大沼はにやけた。

猪狩は両肩をすくめた。

道路に集まっていた野次馬が整理の警官に追われて、解散していく。道路には、事故ったホンダＣＲ－Ｖと青のＢＭＷが残っていた。

海原班長が横腹を凹《へこ》ませたホンダＣＲ－Ｖを見ながら、大声で怒鳴った。

「おまえら、この間、修理に出して戻って来たばかりのＰＣを、またぼこぼこにしやがって。始末書を書け、始末書を」

５

二週間が経《た》った。

猪狩は大沼、飯島とともに、真崎理事官に呼ばれた。

真崎理事官の話を聞いて、猪狩は「そんな馬鹿な」と大声でいった。

周明旭は、留置所に入れられると、弁護士を呼び、自分は中国大使館経済商務処長であり、外交官として非逮捕特権を持っていると言い出したのだった。

出入国管理所には、周明旭は中国大使館経済商務処の職員と登録されていたが、外交特権が付与《ふよ》される責任者の処長ではなかった。周明旭が殺人容疑などで逮捕されたことで、中国政府は周明旭の新たな身分として、外交特権がある処長の肩書きを付けて来たのだった。

だが、いくら外交特権があるといっても、殺人や殺人教唆、集団リンチ、死体遺棄、さらには、覚醒剤密売、交通事故に見せ掛けた殺人容疑など凶悪な事案については、道義的責任がある。そのため、警察は強制捜査は出来ずとも、任意捜査に切り替えてでも、事案の真相を究明しようとしたのだが、周明旭は任意については、一切協力しない、と拒否する態度になったのだ。

「周明旭は、中国国家安全部第十局に第二処長として在任中の中国諜報機関の大物ですよ。周明旭はドクター周と名乗って、日本や香港、上海、あるいは辺境の新疆ウイグル自治区、チベット自治区、さらにはタイ、シンガポール、インドネシア、ミャンマーなど東南アジアで暗躍している闇組織の大物だ。日本でも新型コロナウイルスの闇ワクチンを使って、中国シンパの協力者作りをしたり、ホワイトエンジェルなどという合成麻薬を作って、何か謀略工作をしようとしている。そんな危険人物を釈放しては日本のためにならない。日本人だけでなく、アジア人のためにもならないでしょう」

「だが、周明旭は外交特権を持つ外交官と分《か》かったのだ。釈放しないわけにはいかんのだ。我が国は、彼の国と違い、民主的な法治国家だ。人権も重んじなければならん。そこは、きみも十分に分かっているのだろう？」

「しかし、理事官、自分は納得できません。一色は何のために死ななければならなかったのか。これでは一色の死は無駄死になります」

「そんなことはない。猪狩、一色が入手したドクター周の闇のリストやら、中国辺境の新疆ウイグル自治区、チベット自治区、内モンゴル自治区の内部事情のデータなどは、今後も十分に役に立つ。日本のために、有益な情報になる。これは、一色なしには、得られないものだった。私は、長官に申し上げて、日本公安の栄光ある殉死者名簿に一色卓の名を刻み、彼の栄誉を讃《たた》えるつもりだ」

「猪狩、もうそのくらいにしておきたまえ。理事官も心の中では、きみと同じように怒っておられるんだから」

黒沢管理官は猪狩を慰めるようにいった。

猪狩は、気を取り直した。

「分かりました。これ以上は、申し上げません。失礼いたしました」

「うむ。きみの気持ちも分かった。私も、このまま周明旭を野放しにするつもりはない。長官に申し上げ、周明旭を『ペルソナ・ノン・グラータ（好ましからざる人物）』として、日本から出て行ってもらい、二度と再び日本に入れないような措置を取ろうと思っている」

「ありがとうございます。そうしていただければ、一色も少しは浮かばれるだろうと思います」

猪狩はようやく胸の中の怒りの炎が鎮《しず》まるのを覚えた。

6

周明旭が搭乗した中国国際航空機は、ゆっくりと機首を上げ、羽田国際空港から飛び立った。出発ロビーは、新型コロナウイルスの流行の影響がまだ続いており、見送りや出迎え客たちの姿も少なく、閑散《かんさん》としていた。

「あの野郎、自分の国へ帰れるとあって、いけしゃあしゃあとしていたな」

大沼は吐き捨てるようにいった。

「最後まで、実の息子の周明鎮が生きていたことを信じなかったですね」

「ああ。きっと、息子の周明鎮を自動車事故に見せかけて殺してしまったために、余計、息子はすでに死んでいたのだ、と思い込みたかったのだろうよ。悲しい父親だったと思うな」

「この後も、周明旭は、闇の世界のドクター周として生きていくつもりなんですかね」

「さあな。そう願っていても、ドクター周の正体が、世界にばれてしまったいま、上から見ると、もうやつは利用価値がなくなってしまったんじゃねえか。どっかで邪魔者として、使い捨てにされるような気がしてなんねえ。中国って国は、昔から、人間を大事にしない国だからな」

「沼さん、人間を大事にしない点では、日本も変わりないでしょう。ひょっとすると、日本の方が、人を闇から闇に葬《ほうむ》るのが得意な国のような気がするんですがね」

「マサ、今日はいつになく悲観的だな。もしかして、女に振られたか」

「え？　誰に？」

「ほら、アグネスとか、秀麗とかいった綺麗どころがいなくなってから、おまえ、顔が暗いぜ」

「ああ、あの娘《こ》たちねえ」

猪狩は秀麗とアグネスを思い出した。

何かあったわけではないが、いや、何もなかったから余計に気になる二人だった。

スマホが震動した。猪狩はスマホをポケットから出した。

ディスプレイに山本麻里の番号があった。

「マリ、どうした？」

『マサト、ごめんごめん、あれから、電話しないで』

「元気か？」

『新型コロナウイルスのワクチンを接種したよ。マサトは？』

「まだだ」

『だめじゃない。早く打っておかなければ』

「うん。打つ機会があれば、進んで打っておくよ」

『そうして。ところで、コントラのことだけど。ＦＢＩのデータベースを調べたら、マル秘だらけ。ちゃんとしたＦＢＩ職員でないと、データベースに接近も出来ないみたい。ごめんね。役に立てないで』

「いいってことよ。それより、まだ研修は続くのかい？」

『新型コロナウイルスの流行で、予定が全部狂ってしまったみたい。研修期間も、延びに延びて、あと半年はこちらに居なければならないかも』

「そうか。残念。マリのこと、忘れそうだ。早く逢いたい」

『私もマサトに逢いたい。昨日、変な夢を見たよ。マサトが私とは違う女の子とデートしている夢。それも、相手は二人もいて、私よりも美人。マサト、浮気してない？』

「してない、してない」

『そうかな。なんか怪しいな。まあ、仕方ないか。離れているんだものね』

「久しぶりにマリの声を聞いたら、少し元気になった。ちょっといやなことがあってね」

『マサト、大丈夫、私が付いているから。いつも心は傍にいるよ』

「そうか。ありがとう」

『あ、また集合かかった。じゃあ、またね。バイ』

「ああ。ソウロング」

　通話が終わった。

「なんか、嬉しそうだったな」

「そうですか」

「彼女からの電話だったな」

大沼が笑い、帰ろうと促した。

「帰ってテレビの映画でも見ますか」

「なんか、年寄じみて、しょぼくれてねえか」

大沼と猪狩は笑い合った。

「じゃあ、空港のラウンジのバーで、ちょっと飲みますか。ドクター周を見送った祝いに」

「そうするか。ちょっとくらいならな」

二人はゆっくりとラウンジに向かって歩き出した。空港のアナウンスが、上海行きの最終案内を告げていた。

7

猪狩は電話の呼び出し音で起こされた。

『起きてた？』

飯島舞衣からだった。

「ええ。いま起きました」

猪狩は壁の時計に目をやった。針は朝の九時を差していた。昨夜は、だいぶ酒を飲んでしまった。空港のバーでは飲み足らず、蒲田の本拠に戻って、大沼と部屋でテレビを見ながらスコッチを飲んだのだった。

『見た？　今朝の海外ニュース』

「いやまだ」

『いまやっている。テレビ点けてみて』

猪狩はリモートコントローラーを摑み、電源を入れた。テレビの画面に香港国際空港が映っていた。その画面が変わり、アメリカのワシントンＤＣになっていた。

「だめ、終わっていた」

『あら、残念ね。空港から香港の街に向かう道路で交通事故があったの。それで、日本から帰ったばかりの中国人が一人亡くなった』

「誰？」

まさか、と猪狩は思った。

『周明旭』

「ドクター周が亡くなった？」

『状況から見て、殺されたみたい』

「どうして?」

『目撃者によると、周明旭が乗った乗用車が、二人乗りのバイクにしつこく追われていたみたいなんだって』

「二人乗りの?」

『目黒通りでもいたじゃないの。あの真っ赤なバイク。あれと同じような二人乗りのバイクが周明旭の乗用車を追い回していたらしい』

「二人というのは、もしかして、女だった?」

『目撃者のタクシー運転手によると、タンデムに乗った後ろの女が拳銃のようなものを振り回していたというのよ。それで事故った車は道路から海中に落ちた。運転していた周明旭は、引き上げられたけど死んでいた。死因は発表されていないの。周明旭の身元も、政府の要人というだけで、まだ明らかにされていない』

「そのバイクの女たちは、どうなった?」

『続報はないから、逃げたんじゃない』

「ありがとう。知らせてくれて」

秀麗とアグネス、彼女たちだ、と猪狩は思った。アグネスは、周明旭を日本から国外追放にしてといっていた。その後は自分たちで対処するから、とも。

猪狩はスマホの通話を終えた。

猪狩は胸につかえていたものが少し消えるのを覚えた。

きっと、アグネスか秀麗から電話がある。

猪狩はベッドにひっくりかえり、天井を見つめた。

まだすべてが解決したわけではない。警察内部にいるモグラは誰なのか？「対北朝鮮」コントラはどうなっているのか？　39号室がらみの四つの事案はどうなるのか？　まだ闇の回路は見通せない。

スマホが震えた。

猪狩は跳ね起き、スマホを摑んで、耳にあてた。

『マサト、ありがとう』

アグネスの声が聞こえた。

「ふたりとも無事だったか」

猪狩はほっと胸を撫で下ろした。

秀麗の声が続いた。

『マサト、ありがと。卓の仇は討った。二人で、また日本に行くよ。約束通り、対北朝鮮コントラのことを教えるね』
『再見！』
アグネスと秀麗の元気な声がハモって聞こえた。
「再見」
猪狩も小さい声で応えた。通話が終わった。
窓の外に青空が広がっていた。飛行機雲が一筋天空を過っていた。

暗黒回路

一〇〇字書評

切り取り線

購買動機（新聞、雑誌名を記入するか、あるいは○をつけてください）	
□（　　　　　　　　　　　　）の広告を見て	
□（　　　　　　　　　　　　）の書評を見て	
□ 知人のすすめで	□ タイトルに惹かれて
□ カバーが良かったから	□ 内容が面白そうだから
□ 好きな作家だから	□ 好きな分野の本だから

・最近、最も感銘を受けた作品名をお書き下さい

・あなたのお好きな作家名をお書き下さい

・その他、ご要望がありましたらお書き下さい

住所	〒				
氏名		職業		年齢	
Eメール	※携帯には配信できません	新刊情報等のメール配信を 希望する・しない			

この本の感想を、編集部までお寄せいただけたらありがたく存じます。今後の企画の参考にさせていただきます。Eメールでも結構です。

いただいた「一〇〇字書評」は、新聞・雑誌等に紹介させていただくことがあります。その場合はお礼として特製図書カードを差し上げます。

前ページの原稿用紙に書評をお書きの上、切り取り、左記までお送り下さい。宛先の住所は不要です。

なお、ご記入いただいたお名前、ご住所等は、書評紹介の事前了解、謝礼のお届けのためだけに利用し、そのほかの目的のために利用することはありません。

〒一〇一‐八七〇一
祥伝社文庫編集長　坂口芳和
電話　〇三（三二六五）二〇八〇

祥伝社ホームページの「ブックレビュー」からも、書き込めます。
www.shodensha.co.jp/bookreview

祥伝社文庫

ソトゴト　暗黒回路《あんこくかいろ》

令和 3 年 3 月 20 日　初版第 1 刷発行

著　者　森《もり》　詠《えい》

発行者　辻　浩明

発行所　祥伝社《しょうでんしゃ》

東京都千代田区神田神保町 3-3

〒 101-8701

電話　03（3265）2081（販売部）

電話　03（3265）2080（編集部）

電話　03（3265）3622（業務部）

www.shodensha.co.jp

印刷所　堀内印刷

製本所　ナショナル製本

カバーフォーマットデザイン　芥 陽子

Printed in Japan ©2021, Ei Mori　ISBN978-4-396-34707-9 C0193

祥伝社文庫の好評既刊

森 詠
ソトゴト 公安刑事
正義感ゆえの独断と暴走――。熱く、まっすぐな公安捜査員・猪狩誠人《いがりまさと》が、陰謀渦巻く外事案件に挑む！

森 詠
ソトゴト 謀殺同盟
「人質を奪還せよ」公安の作業班が壊滅、要員1名拉致さる。タイムリミットは七十二時間、猪狩に特命が下る。

森 詠
黒の機関
戦後、「特務機関」はいかに復活したか
戦後、平和憲法を持ち、民主国家へと変貌を遂げたはずの日本の裏側で、暗躍する情報機関の実態とは！

夏見正隆
チェイサー91
日本が原発ゼロ宣言、そしてF15イーグルが消えた！ 航空自衛隊の女性整備士が、国際社会に蠢《うごめ》く闇に立ち向かう!!

夏見正隆
TAC《タック》ネーム アリス
闇夜の尖閣《せんかく》諸島上空。〈対領空侵犯措置〉に当たる空自のF15J。国籍不明の民間機が警告を無視、さらに!!

夏見正隆
TACネーム アリス
尖閣《せんかく》上空10vs1
尖閣諸島の実効支配を狙う中国。さらに政府専用機がジャックされた！ 乗員のひかるは姉に助けを求めるが……。

祥伝社文庫の好評既刊

安東能明
侵食捜査
入水自殺と思われた女子短大生の遺体。彼女の胸には謎の文様が刻まれていた。疋田は美容整形外科の暗部に迫る――。

安東能明
ソウル行最終便
日本企業が開発した次世代8Kテレビの技術を巡り、赤羽中央署の疋田らが韓国産業スパイとの激烈な戦いに挑む！

安東能明
彷徨捜査
赤羽中央署生活安全課

赤羽に捨て置かれた四人の高齢者の身元を捜す疋田。お国訛りを手掛かりに、やがて現代日本の病巣へと辿りつく。

小杉健治
裁きの扉
刑事の失踪、調査員の謎の死――幼稚園の廃園と土地売却に加担する、悪徳弁護士の封印した過去とは？

小杉健治
灰の男㊤
B29を誘導するかのような放火、空襲警報の遅れ――昭和二十年三月十日の東京大空襲は仕組まれたのか⁉

小杉健治
灰の男㊦
愛する者を喪いながら、歩みを続けた昭和の人々への敬意。衝撃の結末が胸を打つ、戦争ミステリーの傑作長編。

祥伝社文庫の好評既刊

祥伝社文庫　今月の新刊

富樫倫太郎
警視庁ゼロ係　小早川冬彦Ⅰ
特命捜査対策室

西村京太郎
北陸新幹線ダブルの日

森　詠
ソトゴト　暗黒回路

黒崎裕一郎
渡世人伊三郎　血風天城越《あまぎ》え

井川香四郎
千年花嫁　京　神楽坂咲花堂

警視庁の「何でも相談室」に異動になった小早川冬彦は、二十一年前の迷宮入り殺人事件に挑む。日本各地へ活躍の場を広げる新シリーズ始動！

十年前、北陸新幹線開発の功労者が殺され、容疑者すら浮かばぬまま歳月は流れた。幻の軍用機、大戦末期の極秘作戦……十津川、闇を追う！

覚せい剤製造工場、そして中国船籍の貨物船が爆発炎上。〝北〟及び〝中共〟に絡む大物工作員の名が浮かび……。公安刑事・猪狩誠人シリーズ第三弾。

押し込みに盗まれた千両箱が天城の山中に消えた！　恩ある親分の娘が犠牲になったと知った伊三郎は〝清水の長五郎〟と共に仇討ちへ加勢する。

とぼけた性質《たち》の綸太郎と豪胆な大坂娘が夫婦になった……。古物に秘められた人と人とをつなぐ来歴を紐解く！　情感あふれる時代小説。